紫藤萝瀑布

宗璞 著

杨柳 编

图书在版编目（CIP）数据

紫藤萝瀑布 / 宗璞著. — 南京：江苏凤凰文艺出版社，2016
（名家书坊）
ISBN 978-7-5399-8882-5

Ⅰ. ①紫… Ⅱ. ①宗… Ⅲ. ①随笔－作品集－中国－当代 Ⅳ. ①I267.1

中国版本图书馆CIP数据核字(2015)第260060号

书　　名	紫藤萝瀑布
著　　者	宗璞
责任编辑	蔡晓妮
责任校对	史誉瑕　王娜娜
出版发行	凤凰出版传媒股份有限公司
	江苏凤凰文艺出版社
出版社地址	南京市中央路165号，邮编：210009
出版社网址	http://www.jswenyi.com
经　　销	凤凰出版传媒股份有限公司
印　　刷	江苏凤凰新华印务有限公司
开　　本	880×1230毫米 1/32
印　　张	8.875
字　　数	225千字
版　　次	2016年9月第1版　2018年3月第2次印刷
标准书号	ISBN 978-7-5399-8882-5
定　　价	39.00元

（江苏凤凰文艺版图书凡印刷、装订错误可随时向承印厂调换）

目录

三松堂依旧

003　安波依十日
010　一九八二年九月十日
014　对《梁漱溟问答录》中一段记述的订正
019　今日三松堂
021　梦回蒙自
024　三松堂依旧
029　漫记西南联大和冯友兰先生
039　人和器
042　给古人少许公平
047　水仙辞
051　霞落燕园
057　忆旧添新
059　三幅画
062　悼张跃
065　《丛竹间燕园的家书》读后
068　久病延年

071　刚毅木讷近仁
077　大哉韦君宜
079　向前行走
082　忆朱伯崑
086　祭李子云
088　握手

萤火

095　秋色赋
098　墨城红月
101　热土
105　萤火
109　爬山
114　澳大利亚的红心
120　羊齿洞记
124　岭头山人家
127　"热海"游记

130　孟庄小记

137　促织,促织!

140　比尔建亚

142　拾沙花朝小辑

过去的瞬间

149　我的澳大利亚文学日

158　不要忘记

162　彼得·潘的启示

167　彩虹曲社

170　从"粥疗"说起

173　星期三的晚餐

178　《世界文学》和我

182　京西小巷槐树街

184　客有可人

189　药杯里的莫扎特

192　《幽梦影》情结

196	祈祷和平
201	"字典"的困惑
203	过去的瞬间
206	一封旧信
209	雕刻盲的话
211	谁是主人翁
213	乘着歌声的翅膀
215	我与人民文学出版社
219	散失的墨迹
223	"大乐队"是否多余
225	考试失利以后
229	铁箫声幽
235	云在青天

冷暖自知

243	冷暖自知
244	行走的人

247　痛读《思痛录》
249　耳读《朱自清日记》
253　耳读王蒙旧体诗
256　无尽意趣在"石头"
260　采访史湘云
263　漫说《红楼梦》
270　《我这九十年》序
272　紫藤萝瀑布
274　我的创作六十年

三松堂依旧

安波依十日
一九八二年九月十日
对《梁漱溟问答录》中一段记述的订正
今日三松堂
梦回蒙自
三松堂依旧
漫记西南联大和冯友兰先生
人和器
给古人少许公平
水仙辞
霞落燕园
忆旧添新
三幅画
悼张跃
《丛竹间燕园的家书》读后
久病延年
刚毅木讷近仁
大哉韦君宜
向前行走
忆朱伯崑
祭李子云
握手

安波依十日

一九八二年九月十一日,我们来美国的事情已完。这天只和家人往游新泽西天然动物园,是计划中唯一的余兴节目。

哥伦比亚大学东院招待所的房间进口处有小楼梯,约七八阶。清晨出门,父亲上楼时脚步不稳。这几天确实太累了。问他哪里不舒服,他说很舒服。见他兴致勃勃,谁也不愿扫兴。我们在校外小店进早餐,和父亲的挚友卜德博士话别。他很为只有孙女没有孙男而遗憾,笑说自己是老封建。早餐后他站在街角处看我们驱车离去。他是个瘦削的老人,白发如银。街上空无一人,也没有风吹起他的衣角或白发。父亲在车中招手。我想,他们两人恐怕再难会面了。

天然动物园的景致若使贾宝玉来评点,当说它造作。狮子懒洋洋睡在路旁,金钱豹躲在不知何处;猴子爬到车顶上,鸵鸟歪头往车窗里瞧,都希望得点好吃的。据说非洲的天然动物园大不相同,要"天然"很多。这里的游乐园,连同动物园一起,有一个招徕游客的名字——"大惊险"。可是我们都没有多少惊险之感,真正的惊险场面出现在返回纽约的路上。

路是平坦的,虽然很少颠簸,总不同于家居。父亲是很累了,但他还是说"很舒服"。他额头不热,手却冰凉。"千万等回国以后再生病。"我心里说。这时忽然听到异常的声音,咔嚓咔嚓,有节奏地响着。哥哥把车开到路边停下。

"左边轮子坏了,"哥哥宣布,"得换下来。"

车后有现成的轮子和工具。哥哥患严重的关节炎,无法操作。嫂嫂和我费尽九牛二虎之力把新轮子拖下来,工具装好,摇了半天,也没有卸下旧轮子。"以前我几分钟就能换下来。"哥哥慨叹。现在没有办法,只好找出白手巾绑在车上,向开过的车求助。

车子一辆又一辆风驰电掣般从我们身旁过去了。谁也不注意路边停着车。我们奋斗了约一个多小时,车停着,没有冷气,太阳直晒,车里热如蒸笼。父亲仍是照他平常一样,老实地坐着,绝不催促,绝不焦躁。

不远处又有一辆车停下,也是修理什么,嫂嫂跑过去求援。那是一家波多黎各人,全都黑黑的,很有吉普赛人模样。男的过来了。他摇了几下千斤顶,就把车身顶了起来,迅速地换上新轮子,从始至终没有说一句话。向他致谢时,才发现他并不会说英文。

无怪乎卜德老先生想要个孙子呢。车修好了,大家决定先到最近的一个站上打尖。这时父亲脸很红,有些气喘,可还是说"很舒服"。哥哥陪他去盥洗室,过了很久还不出来。我有些着急,托一个男孩进去看看,他一会儿就出来了,说:"那位老先生晕倒了,要叫救护车。"我愣住了,直盯着他,他忙又说:"已经醒了,像是好了。"这时哥哥扶着父亲出来了,还有两个美国人陪着,送他躺在一个长椅上。两人之一是医生,他敲敲听听,一面命餐室的人拿冰袋,老人是在发烧。医生说心脏没问题,返回纽约应该是可以的。

父亲躺着,完全清醒,还是说没有哪儿不舒服,还一再说回哥伦比亚。我们想起他的丹毒旧病,看他的左腿,果然有一点鲜红起来了,觉得有些把握,便决定返回纽约。从父亲晕倒起,只有有用的人上前帮助,并无闲人围观。

车子在落日斜晖中疾驶,大家都不说话。父亲起先微笑着说没有什么,后来我叫他,只哼一声。走了一段路,他忽然垂下头,怎么叫都不回答。他又晕过去了!等不得到纽约!我叫起来。就在最近的一个收买路钱处要了救护车,我们的车停在路边等候。

父亲斜靠着我,完全不省人事。难道真的不能回家了么?我们一定得一起回去!旅行前就商量好的,无论遇到什么事也要回去!记得吗?我们庭院中十年浩劫失去的竹子还没有种,书案上还有未完成的书稿,还有我那重病的弟弟在等着,盼着。啊,父亲!你可一定要和我一起回去啊!

不到五分钟便开来一辆车,跳下两个壮汉,把父亲抬上担架,给他吸氧。紧接着又来了一辆车,这才是装载病人的车。救护人员身着黄色工作服,在浓重的暮色中十分醒目,使人精神一振。他们敏捷地把父亲抬上车,我坐在他身旁,车子往最近的医院开去。

于是父亲住进了波思·安波依地区医院。我又开始了一段侍病生活。

自七十年代始,陪侍卧病在床的二老双亲是我的生活内容之一。记得一次从城里开会回来,疲惫得恨不能立刻倒下,再也不起来。可是母亲发高烧,正等着我送医院。有时是父亲重病,需要马上治疗。每次都要跑来跑去找救护车,找担架,找抬担架的人,求不尽的人情,说不完的好话。比较起来,这次是顺利的。

安波依医院是普通的公立医院,论级别,可能相当于海淀医院,还不如海淀医院宽敞。来就医的都是平民百姓。依我看来,它很好。它有两头自动起落的床,有活动磅秤,每天称体量,把病人一卷,吊起来,毫不费事。点滴抗菌素不是每天扎针,而是在臂弯里埋进针头,用时打开。每天抽血化验,缺什么便补给什么。每人床头有电话,床对面墙上有电视,付钱使用。这都是美国人缺不了的东西。这些大概都是工业发达,医学先进的表现。但是医院给我印象最深的和发达与否似乎没有关系,那是这里的护士。

护士是神圣的职业,是白衣天使。小时在教科书里读过讲南丁格尔的文章,很为她伟大的人格所感动。可是这些年,我们的护士和天使差得太远了。在美国医院里见到护士的工作情况,不由得要为她们写一笔。

这些护士小姐们都很整洁漂亮,可她们什么都做。给药打针,铺床叠被,清理排泄物,给病人擦身,总是细心而又耐心。我在这里陪住其实多余,也是格外照顾,一般是不准陪的。父亲住两人一间的病房,十天中换了三个病友。一个是犹太工人,一个是西班牙人,卖肉为生,也不会说英语。第三个是个小黑人,在码头上开什么机器。他们的社会地位都差不多,护士小姐们对他们都一样周到。

有一位胖胖的小姐,她常用手给病人揉背。"可以轻松一些。"她说。到晚上总问我:"要杯茶吗?"一会儿便端来茶或咖啡。我问她为什么选择这一行,她笑眯眯地说:"我喜欢照顾人。"还有一位年长些,说她需要工作贴补家用。有一位特别漂亮的,说她母亲是护士,她从小就想当护士。她们都是中学毕业后又上护士学校,有的人在胸前戴着学校的毕业纪念章。最神气的是两位护士长,头戴白色头饰,胸佩工作十年(也许是二十年)的纪念章。她们比一般护士涂抹更浓,显得格外隆重。所有的护士看上去都以自己的职业自豪,并不想随时跳行变做医生,那当然也是不可能的。

曾约胖小姐谈谈护士工作。她说可以谈的太多了。一个午夜她下班后到我栖身的吸烟室来,可是我数夜未得安眠,那晚睡得正熟。迷糊中知道她来了,跳起身留她坐,她已走到走廊另一头,摆摆手转身不见了。究竟她们的甘苦如何,我不知道。也许有什么措施促使她们如此积极。不过她们具有高度的职业道德,这一点是显然的。

这医院病人民族成分复杂，工作人员也是一样。那晚收父亲住院的医生是印度人，后来管他的医生是犹太人。胖小姐是意大利人。化验室有一位中国台湾人，听说来了中国人，特地来问有无需要帮忙之处。医院门口有明文告示，规定对各人种不得歧视。各民族杂居是美国一个突出现象，越到下层越显著。

一纸告示当然不能说明问题。以前知道美国黑人和波多黎各人多在社会下层，这次来才知道白人中也分三六九等。意大利、西班牙等南欧一带人属下等，东欧人好一些，法国人好多了，北欧人是上等。白人中的顶尖是 W. A. S. P.，即白人中之安格鲁撒克逊种之新教徒。这类顶尖人物似无明文之优惠待遇，但是在找工作时他们吉星高照的机会总要多一些。

至于中国人的地位，以前有这样的笑话：中国大使去拜客，主人说我这儿没有脏衣服。现在大不相同了。不少中国血统的美国人以祖先传给的智慧和毅力在科技、企业界获得高位，还有我们正在走向现代化的祖国，为每一个人撑腰。总的来说美国的民族问题这些年是有改进的，他们也很重视这一问题。

医院里除医生、护士、勤杂人员外，还时常有牧师出现。刚进医院等着收住病房时，斜对面布帘内有一个从楼上坠伤的黑人女孩，一位黑人妇女显然是她的母亲。还有一位白人男子，我起先以为是孩子的父亲，后来他过来搭话，才知道是牧师。他说帮助排忧解难是牧师分内的事，问我是否需要帮助。后来在病房也来过几位牧师，都是全副披挂，身着黑衣，手持《圣经》，问要不要谈话。我以为和牧师谈话是危重病人的事，心里不大欢迎，也未见别的病友和他们谈话。

护士小姐总是受欢迎的。她们不只细心照料病人，还耐心解释病情。一位高个儿小姐说父亲缺钾,我听不懂,她特地送了一份剪报来,上面是关于钾的说明。主管医生请了医院外的心脑专家来会诊。管推车、称体重的特大胖子(这种胖子国内没有)动作灵活麻利,绝不要求家属助一臂之力。病人膳食也是柔软可口的。

安波依医院的普通的美国人用他们平凡的工作治好了父亲的病。父亲病势平稳后,哥哥因假满必须去上班。分别前他对我说:"又剩你一个人了。"我回到病室中,正遇见那已经出院的犹太人送来两个西红柿。小黑人的母亲说有一个什么会要来看望,问我们有什么困难。我估计那是个慈善组织,向她解释我们什么也不需要,我们有领事馆在纽约。电话里传来美国各地友人的问候,附近认识的人(奇怪几乎走到哪儿都能找到认识的人)送来食品。父亲可以下床了,我扶他在走廊上踱步,一位住在五人一间病房里的工人笑道:"开始他的马拉松!"他的笑容使我想起"文革"中北京的一个医院不肯为父亲治病,病房中几位工人愤愤不平的样子。这幽默和那愤愤都显示了人和人之间的正常的关心,让人久久不忘。

客居他乡又患重病,在秦琼的时代是连黄骠马也得卖了。我们这段生活虽然紧张,却不觉凄凉。我想最主要的原因是我们有一个大靠山——祖国。我们不是无根的小草,而有祖国大地可以依附;我们不是飘零的落叶,而是牢牢生长在祖国这株大树巨人的枝头。我们离家千万里,却和祖国息息相通,在祖国的庇护下,我们把落魄变成了奇遇。

十天以后,纽约领事馆的同志来接我们出院。我回头看波思·安波依的小街,我知道永不会再来了。

我们要回家了,回家了。

本文写于一九八四年元月上旬。此期间小弟病逝。此期间父亲在北京又两次住院，一切都方便得很了。护士同志也在向天使的境界进发。何时天下人都能得此方便，而不致盛年殂谢，壮志难酬，则吾身独病死亦足！

原载《三月风》1984年创刊号

一九八二年九月十日

写这篇文章，有些像写历史小说。因为记的是一九八二年九月十日这一天，而现在已是一九八五年底了。三年如逝水，那一天情景却仍然历历在目，没有冲淡，没有洗掉，看来应该记录在案。

三年前的九月十日，美国哥伦比亚大学授予父亲名誉文学博士学位。这是我侍八十七岁老父赴美的起因。

但这次旅行的实际动机是，据我们的小见识，以为父亲必须出一次国，不然不算解决了政治问题，所以才扶杖远涉重洋。总算活着出去，也活着回来。所获自然不止政治上争了一口气和一个名誉博士。

我们在九月九日自匹兹堡驱车往纽约，到市郊时已是黄昏，路边的灯不知不觉间亮了起来，越来越多。到哥大招待所时，黑夜已先我们而至了。从高楼的房间里下望，只见一片灯光的海洋，静止的闪烁的和流动的光，五彩缤纷，互相交叉，互相切入，好不辉煌。

十日上午，有几家报纸和电台来访，所问大多为来美感想。其中一位记者与我的兄长在宾州大学同学，大家又一次慨叹世界之小。在不断的客人中，清华老学长黄中孚出现在门前，宣称带来了熨斗，问我们的"礼服"是否需要熨一下。接着我在费城几位女友联袂而至，带来四双鞋任我挑，因为据说我的鞋不大合格。这时我们不但惊世界之小，更喜人情之厚了。

下午四时，在哥大图书馆圆形大厅举行了隆重的授予名誉博士的仪式。仪式由哥大校长索尔云主持。上台的几个人都罩上了丝绒长袍,很庄严,可也很热。索尔云笑道:"荣誉和安逸是不能并存的。"

仪式最先由哥大哲学教授狄百瑞先生致词。这次授予学位本系他所倡议。狄先生在香港中文大学新亚书院讲学时,对他的介绍中有一句话:"先生本一介书生。"看到一位金发碧眼的书生,觉得很有趣。他在致词中说:"我自己不能理解也不能同意近年来对冯先生的批评;我也不妄自评价他的行为的意义。我以为,他了解自己是有困难的,其中有尖锐的冲突。但是他忍耐,他永不失望,总是向着未来,相信中国和西方会有更好的了解。他是中国真正的儿子,也是哥伦比亚可尊敬的校友。他的学术研究为促进我们两大民族的了解,做出了很多贡献。"

之后由索尔云致词,授证书,戴兜帽。再由父亲致答词。这份答词已收入《三松堂自序》。他在答词中概括地讲述了自己六十年哲学路程,最后引用了"周虽旧邦,其命维新"这两句诗。他的努力是保持旧邦的同一性和个性,同时要促进实现新命——现代化。请注意"旧邦新命"的提法首见于冯撰西南联大纪念碑碑文:"我国家以世界之古国,居东亚之天府,本应绍汉唐之遗烈,作并世之先进。将来建国完成,必于世界历史,居独特之地位。盖并世列强,虽新而不古,希腊罗马,有古而无今。唯我国家,亘古亘今,亦新亦旧,斯所谓'周虽旧邦,其命维新'者也。"碑文作于一九四六年。这次又提到这两句,强烈地表现了老人一贯热爱祖国的精神,如日月昭昭,肺腑可见!

答词中还说,在国家统一、建立了强大的中央政府后,会出现新的广泛哲学体系,作为国家的指针。中国今天也需要一个包括新文明各个方面的广泛哲学体系来指导。对于这一点,父亲的挚友卜德提出了异议。

仪式之后是招待会，父亲坐在轮椅上和来祝贺的宾客握手，不少人问起我的创作。现在想来很觉惭愧，三年来我在这方面毫无进展。晚上为父亲举行的宴会上，有几位朋友讲了话。卜德先生是《中国哲学史》两卷本的英译者，曾数次到中国。他自己说，一九七八年是最后一次，那年他两次到北大，都未获准见父亲。他确曾写过一信，说既然如此，他永不再来。如今逢此盛会，彼此感动可想而知。感动和欢喜不妨碍他坦率地说出自己的看法，意见不同也丝毫不妨碍友谊。这使我也感动和欢喜。

卜德那一段异议译文大意如下："冯先生答词中说，一国政治的统一往往伴随着新的统一的哲学，并以为今天也要如此。可以理解，在任何时代和国家中，许多人——特别在他们经历了严酷的政治、社会紧张局面之后，会渴望有一个无所不包的单一的体系，使他们知道如何待人处世，如何对待人类以外的世界，这体系会使人得到心理上的平安和有社会目的。但是如果这样，特别是官方支持时，就会走向教条主义和盲目的狂热，使人不敢提出问题。所以我以为，理智的多样思考，尽管会带来实际困难，总是比整齐划一为好。我以为，先秦的百家争鸣，汉以后佛道教的争辩，比后来政府支持的正统儒家，更能促进理性发展。"

父亲后来说，当时无时间深谈，可是卜德说的不需要正统，这不需要本身也是一个正统。所以在一个时期中还是要有大多数人共同的思想。我很怕落入哲学的论辩，制止他再发挥。我以为，一个时期大多数人共同的思想最好是自然形成而非人为强制，可以提倡，而不应禁止。数千年封建制度使我们习惯于统一，最好也渐渐习惯于不同、多样。

晚宴上发言的还有哥大副教授陈荣捷和哈佛教授杜维明。陈先生说，最重要的是，当别人贬低中国文化传统时，在一片全盘西化的呼声中，冯先生写出了他的哲学史，使知识界重新信任自己的传统。他至少给中国哲学以尊严，如果还不是荣耀的话。这就保证了他在中国历史上的地位。杜先生说，冯教授最关心的是儒家文化的个性和为科学技术规定的世界文化二者的创造性综合，这和儒家那永远的追求不可分。那追求是：在使人性失去的世界中，追求充分的人的意义。

最后父亲讲了一则轶事：我们在旧金山机场遇到一位老人，攀谈起来。那位老先生问，你们来自中国，可知道冯友兰先生是否还在世？双方大笑后得知老先生也是哥大校友，比父亲高一班，老先生说大家都非常关心父亲的情况。晚宴结束了。父亲再次感谢哥大，也感谢在美国体验到的温暖的人情和理解。

回到房间里，凭窗而望，见灯光的海洋依旧。心头不觉泛起一阵温暖的波浪，这是人情的温暖，是逐渐了解的温暖。一张张含笑的面孔在眼前掠过，仪式上的、招待会上的、晚宴上的，还有两个多月来的新朋旧友，他们那关心的、寻求理解的目光比灯还亮。灯光的海洋流动着，夜复一夜。从昨晚到今晚，有多少页人生的书翻过了呢。

1985年岁暮
原载《丁香结》，百花文艺出版社 1987 年 4 月

对《梁漱溟问答录》中一段记述的订正

近读汪东林著《梁漱溟问答录》,见一百八十六页上,记述了梁漱溟与某教授的一次会见,颇生感慨。岁月磨人,记忆果然会移形若此。人都可能记忆有误,老年尤甚。我写此文,不是要责备谁,而是有责任记下事实,以减少一些"历史只能是写的历史"的怅惘。

一百八十六页上提到的某教授,即我的父亲冯友兰。

一百八十六页上说,梁先生于"批林批孔"初期写信批评冯先生,不久,冯由女儿陪同,悄悄地来见,作了一番解释。

而事实是,梁写信给冯在一九八五年,冯梁相见也在一九八五年,所谈内容,无一句涉及《批林批孔》。

我自一九七〇年始,随父寓燕园,迄今已十八年。十八年间曾两次见梁先生。一次在一九七一年,梁先生到我家来访(已见《三松堂自序》)。另一次即在一九八五年。十四年间,父亲与梁先生不曾见面,亦无联系。

一九八五年,人们的生活和以前很不同了。以前筑墙唯恐不高,批判唯恐不深,斗争唯恐不尖锐,现在则逐渐有了来往,有了交融,有了感情。十二月四日,北大哲学系为父亲举办九十寿辰庆祝会,哲学界人士济济一堂。前夕,我家私宴庆祝,亲友无不欢喜光临。在筹办这次宴会时,父亲提出邀梁先生参加。我向政协打听到地址,打电话邀请,梁先生亲自接电话,回答是不能来,天冷不能出门。我也觉得年迈之人确不宜在寒冬出门，道珍重而罢。

数日后，父亲收到梁先生一信，信只一页，字迹清晰有力，大意是，北大旧人现唯我二人存矣，应当会晤，只因足下曾谄媚江青，故我不愿来参加寿宴。如到我处来谈，则当以礼相待，倾吐衷怀。父亲读后并无愠色，倒是说这样直言，很难得的，命我寄去一本《三松堂自序》。

忙过庆寿之后，父亲说要给梁先生写信，用文言，需我笔录。信稿如下：

漱溟先生：

十一月廿一日来信敬悉一切。前寄奉近出《三松堂自序》，回忆录之类也。如蒙阅览，观过知仁，有所谅解，则当趋谒，面聆教益，欢若平生，乃可贵耳。若心无谅解，胸有芥蒂，虽能以礼相待，亦觉意味索然，复何贵乎？来书竟无上款，窥其意，盖不欲有所称谓也。相待以礼，复如是乎？疾恶如仇之心有余，与人为善之心不足。忠恕之道，岂其然乎？譬犹嗟来之食，虽曰招致，意实拒之千里之外矣。如何金石交一旦更离伤，诗人诚慨乎其言之也。

非敢有憾于左右，来书直率坦白，甚为感动，以为虽古之遗直不能过也，故亦不自隐其胸臆耳。实欲有一欢若平生之会，以为彼此暮年之一乐。区区之意，如此而已，言不尽意。顺请

道安

冯友兰

十二月六日

当时我认为应反驳"谄媚江青"的指责,因为这是莫须有的事。父亲说一切过程《自序》中已写清楚,不必赘言。

过了几天,收到梁先生来信。我无留信习惯,此信不知何故,夹在幸存的一些信件中,得以抄录:

芝生老同学如晤:

顷收到十二月六日大函敬悉一切。《三松堂自序》亦已收到并读过,甚愿把晤面谈或即在尊寓午饭亦可,请先通电话联系,订好日期时间,其他如汽车等事,亦均由尊处准备是幸。专此布复,顺请阖府均安!

梁漱溟手复
十二月十一日

父亲说,还是去看他,不必麻烦他来。遂由我电话联系。记得梁先生还专来一函说电话必由他亲接,以免延误。在一九八五年十二月二十四日,父亲携我乘北大汽车处的车,前往木樨地二十二楼。我想这一行动无需保密也无需登报,当然如果哪家报刊有兴趣,登一登也无妨。我们无需"悄悄地"前往,也不曾"悄悄地"前往。

回忆起来,这次晤面谈到四个话题。关于所谓谄媚江青,父亲说,一切事实俱已写清,应该能明白,如有不明白处请提出来。并引了孔子见南子的故事,还有"天厌之,天厌之"那两句话。看来梁先生读过《自序》后确已较明白,未再就此事发表任何意见。何以会有《问答录》中的说法,希望有"一个他自己满意别人亦认为公正的答复",令人费解。事实就是事实,无所谓满意或不满意。若说要公正,对任何人都应公正。

当时我本着"童言无忌"的心理,对梁先生说了一番话,简记如下:

"梁先生来信中的指责,我作为一个后辈,很难过。因为我以为您不应该有这种误会。父亲和江青的一切联系,都是当时组织上安排的。'组织上'三字的分量,谅您是清楚的。江青处处代表毛主席,是谁给她这种身份、权利的?江青半夜跑到我家地震棚,来时院中一片欢呼:'毛主席万岁!'是谁让青年们这样喊的?居心叵测的女人和小人君临亿万人民的原因,现在大家都逐渐清楚了。父亲那时的诗文只与毛主席有关,而无别人。可以责备他太相信毛主席共产党,却不能责备他谄媚江青。

"我们习惯于责备某个人,为什么不研究一下中国知识分子所处的地位,尤其是解放以后的地位?古时一些政治怨愤每托男女之情,近年又有毛附于皮的比喻。最根本的是,知识分子是改造对象!中国知识分子既无独立的地位,更无独立的人格,真是最深刻的悲哀。"

梁先生宽容地听了我的童言。恐亦因是童言,未能进入他的记忆,故不提及。不知怎么,话题转到他的青年生活。老人说他原打算出家,不愿结婚,很经过一番痛苦挣扎。老梁先生很盼儿子结婚,但从未训诫要求,他对这点常怀感谢。这一段话很长,可能因我注意力不在此,记得的不多了。

接着谈到佛学。我的笔记本上有一段:小乘佛教先出,是原始佛教。然后有大乘。所谓接引众生,是从愚昧走向开明,接引的方法不同,故有派别。密宗收罗了外道。梁走的是玄奘的路,是唯识法相。破二执,我执法执;断二取,能取所取。

(宗璞现按:这是梁先生谈话的"段落大意"。)

然后说到两位老人各自的生活,梁先生说他的养生原则是少吃多动。谈话自始至终,未提及批林批孔。我想当然因梁先生知道那情况的复杂,而谄媚江青是品德问题。

最后,梁先生取出一本《人心与人生》相赠,并坐到书桌旁签字。写的是"芝生老同学指正,一九八五年著者奉赠",写完取出图章。我习惯地上去相助,他说不必,果然盖得很清晰。

我们起身告辞,这时梁先生亲切地问我:"你母亲可好?代我问候。"我回禀道:"母亲已于一九七七年十月去世。当时大家都在'四人帮'倒台的欢乐中,而我母亲因父亲又被批判,医疗草率,心绪恶劣,是在万般牵挂中去世的。"梁先生喟然,直送我们到电梯前,握手而别。

1989 年

原载《光明日报》1989 年 3 月 21 日

原题为"记冯友兰与梁漱溟的一次会晤",

《光明日报》编辑部改为今题

今日三松堂

先父冯公友兰逝世已将三周年了。

三年来,不时有各地的学人前来三松堂前凭吊,都想拍一张三松全景的照片,可叹树下再没有哲学老人了。也总有人要求看一看故居。为此,我们用一个房间陈列父亲著作的各种版本、各种文字的译本,以及有关资料。父亲的烙画像微笑地俯视着这一切。纪念文集经过多方奋斗,今年可由北大出版社出版。《三松堂全集》出了一至九卷,又出第十一、十二卷,第十三卷也已付印,第十四卷即最后一卷,河南人民出版社计划于今年出版。至于第十卷何时方能出版,则要看《中国哲学史新编》第七册的命运如何了。

在编辑全集过程中,不断搜寻到一些零散文字。这里刊载的几篇短文,都是未经发表过的。西南联大纪念碑碑文是父亲的得意之作。一九八九年五月四日,复制的纪念碑在北大西门内揭幕,父亲坐在轮椅上参加,被校友们抬到台阶上。这是那几年间父亲坐轮椅去到的最远的地方了。何以一九七六年写此"自识",则无记忆。

梅贻琦铜像揭幕典礼举行时,我代父亲宣读致词。词并不长,通过对梅先生的怀念,勾画出了清华近百年的历史,中肯地指出了清华所经历程的意义。对此,梅先生地下有知,想来也会欣然同意的。

《纪念新文化运动》一文的内容是父亲经常说的。少数服从多数的原则已深入人心,多数容忍少数还不为大多数人习惯。而没有容忍也就不可能有民主,这是"五四"以来的深刻教训。应该多讲解这一道理,以利于民主的推行。父亲一生,热爱祖国,热爱传统文化,又深知国家要发达富强,文化要发扬光大,必须经过工业革命,走现代化的道路。他在四十年代初就提出了这一看法。民主是现代化的关键环节,更是他晚年的深切体会。

父亲临终最后的话是:"中国哲学一定会大放光彩!"他的终极关怀还是在于哲学,我相信他的预言会实现。

哲人已逝,三松依旧。岁月不居,而对父亲的纪念将常有常新。

1993 年 6 月 13 日
原载《东方文化》创刊号,1993 年 10 月

梦回蒙自

对我的父亲——冯友兰先生来说，蒙自是一个有特殊意义的地方。

一九三八年春，北大、清华、南开三校从暂驻足的衡山湘水，迁到昆明，成立了西南联合大学。因为昆明没有足够的校舍，文学院和法学院移到蒙自，停留自四月至八月。我们住在桂林街王维玉宅，那是一个有内外天井、楼上楼下的云南民宅。一对年轻夫妇住楼上，他们是陈梦家和赵萝蕤。我们住楼下。在楼下一间小房间里，父亲修订完毕《新理学》，交小印刷店石印成书。

《新理学》是哲学家冯友兰哲学体系的奠基之作，初稿在南岳写成。自序云："稿成之后，即离南岳赴滇，到蒙自后，又加写鬼神一章，第四章第七章亦大修改，其余各章字句亦有修正。值战时，深恐稿或散失。故于正式印行前，先在蒙自石印若干部，分送同好。"此即为最初的《新理学》版本。其扉页有诗云："印罢衡山所著书，踌躇四顾对南湖。鲁鱼亥豕君休笑，此是当前国难图。"据兄长冯钟辽回忆，父亲写作时，他曾参加抄稿。大概就是《心性》《义理》和《鬼神》这几章。我因年幼，涂鸦未成，只会捣乱，未获准亲近书稿。

《新理学》石印现仅存一部，为人民大学石峻教授所藏。纸略作黄色，很薄，字迹清晰。这书似乎是该在煤油灯或豆油灯下看的。

蒙自是个可爱的小城。文学院在城外南湖边，原海关旧址。

据浦薛凤记:"一进大门,松柏夹道,殊有些清华工字厅一带情景。故学生有戏称昆明如北平,蒙自如海淀者。"父亲每天到办公室,我和弟弟钟越随往。我们先学习一阵(似乎念过《三字经》),就到处闲逛。园中林木幽深,植物品种繁多,都长得极茂盛而热烈,使我们这些北方孩子瞠目结舌。记得有一段路全为蔷薇花遮蔽,大学生坐在花丛里看书,花丛暂时隔开了战火。几个水池子,印象中阴沉可怖,深不可测,总觉得会有妖物从水中钻出。我们私下称之为黑龙潭、白龙潭、黄龙潭,不知现在去看,还会不会有这样的联想。

南湖的水颇丰满,柳岸河堤,可以一观。有时父母携我们到湖边散步。那时父亲是四十三岁,半部黑髯(胡子不长,故称半部),一袭长衫,飘然而行。父亲于一九三八年自湘赴滇途经镇南关折臂,动作不便,乃留了胡子。他很为自己的胡子长得快而骄傲。当年闻一多先生参加步行团,从长沙一步步走到昆明,也蓄了大胡子。闻先生给家人信中说:"此次搬家,搬出好几个胡子。但大家都说,只我和冯芝生的最美。"

记得那时有些先生的家眷还没有来,母亲常在星期六轮流请大家用点家常饭。照例是炸酱面,有摊鸡蛋皮、炒豌豆尖等菜肴。以后到昆明也没有吃过那样好的豌豆尖了。记得一次听见父亲对母亲说,朱先生(自清)警告要来吃饭的朋友说,冯家的炸酱面很好吃,可小心不要过量,否则会胀得难受。大家笑了半天。

那时新滇币和中央法币的比值是十比一,旧滇币和新滇币的比值也是十比一,都在流通。用法币计算,鸡蛋一角钱可买一百个,以法币为工资的人不愁没钱用。在抗战八年的艰苦的日子里,蒙自数月如激流中一段平静温柔的流水,想起来,总觉得这小城亲切又充满诗意。

当时生活虽然平静,人们未尝少忘战争。而且抗战必胜的信心是坚定的,那是全民族的信心。一九三八年七月七日,学校和当地民众在旧海关旷地举行抗战纪念集会。父亲出席作讲演,强调一年来抗战成绩令人满意,中国必将取得最后胜利。又言战争固能破坏,同时也将取得文明之进步。并鼓励学术界提高效率。浦薛凤说这次讲演"语甚精当"。

在那战火纷飞的年月,学生常有流动。有的人一腔热血,要上前线;有的人追求真理,奔赴延安。父亲对此的一贯态度还是一九三七年抗战前在清华时引用《左传》的那几句话:"不有居者,谁守社稷?不有行者,谁捍牧圉?"奔赴国难或在校读书都是神圣的职责,可无论做什么都要做好。

清华第十级在蒙自毕业,父亲为毕业同学题词:"天将降大任于斯人也,必先苦其心志,劳其筋骨,饿其体肤,空乏其身,行拂乱其所为,所以动心忍性,增益其所不能。第十级诸同学由北平而长沙衡山,由长沙衡山而昆明蒙自,屡经艰苦,其所不能,增益盖已多矣。书孟子语为其毕业纪念。"

一九八八年第十级毕业五十年,要出一纪念刊物。王瑶(第十级学生)教授来请父亲题词,父亲题诗云:"曾赏山茶八度花,犹欣南渡得还家。再题册子一回顾,五十年间浪淘沙!"

如今又是五年过去了,父亲也去世三年有余了。岁月流逝,滚滚不尽;哲人留下的足迹,让人长思。

1994 年 1 月中旬
原载《华人文化世界》1994 年第 3 期

三松堂依旧

三松堂依旧。

三棵松树依然屹立。高的一棵那成九十度角的横枝仍然直指西方,矮的一棵还是向四面散开;最大最古老的靠近屋门的一棵,常在我眼中的是那树身,可以抚摸,可以依靠。时光已流逝了许多年,这里仍不时有世界各地的人前来,探望三松,探望三松堂。

冯友兰先生一九一八年从北京大学毕业。当他走出校门的时候,他不知道自己的一生会有怎样的安排,但有一条已经确定,就是他永远不离开哲学。

他太爱哲学,他一生在哲学上的建树以他自撰的楹联总结得最好:"三史释今古,六书纪贞元。"上联写他哲学史方面的成就,下联写他在哲学体系方面的创造,这是大家都知道的了,我不再复述。近来有学者提出,对冯学的研究,要从三个方面,即中国哲学、西方哲学、马克思主义哲学入手。在二十世纪东西方文化大碰撞的时代,唯有融合各方面的优秀成果,才能为中国文化做出新的贡献、找到新的出路,而冯友兰哲学就正是这三方面融合的产物。张岱年先生曾说,当代中国最有名望的思想家是熊十力先生、金岳霖先生和冯友兰先生,三家学说都是中西哲学的融合,但熊先生的体系是"中"占十分之九、"西"占十分之一,金先生的体系是"西"占十分之九,"中"占十分之一,"唯有冯友兰先生的哲学体系可以说是'中''西'各半,是比较完整的意义上的中西结合。"(《冯友兰先生百年诞辰纪念文集》)上海西方哲学学者范明生在其《中西思维模式及其转型》中说:"中国哲学缺少正的方法(其实质是说形而上学的对象是什么),西方哲学缺少的是负的方法(其实质是说形而上学的对象不是什么),将两者结合,对双方都是积极意义,冯先生的主要贡献之一就在这里。"他还说:"在贞元六书中,结合中西思维模式,改铸中国传统哲学的思维模式的努力,都是在推进和提高中华民族抽象思维能力的宏伟事业上,做出了载诸史册的贡献。"(《冯友兰先生百年诞辰纪念文集》)

《中国哲学史》两卷本中有这样一段话,孔子的历史地位如苏格拉底,孟子的历史地位如柏拉图,其气象之高明亢爽亦似之;荀子的历史地位如亚里士多德,其气象之笃实沉博亦似之。读这段话感到很亲切,似乎看到三位东方先哲和三位西方先哲相视微笑,并颔首表示嘉奖冯友兰对他们的理解。

我读的哲学书不多,这几年接触一些文章,发现冯学研究已取得很大成绩,其中一些研究西方哲学的学者写的文章,另有一种分量。我想,这些学者们做的工作恰是冯学研究中比较薄弱的一面,更深入地研究冯学与西方哲学的关系,可能是理解冯学的一个方法。这也说明了冯学在中西文化大碰撞中吸收融合创立新说的贡献。

我从小至大,直到后来工作,都没有离开家。尤其是母亲去世以后,照顾父亲就成了我的重任。有朋友对我说:"你自己就是一个字不写,把老先生照顾好,你的功劳就够大了。"我是努力去做的。我常觉得,我不只对父亲尽孝心,我是对中国文化尽一个炎黄子孙的孝心。

从日常生活中,我觉得父亲的精神有两点应该说一说。一是爱祖国,一是爱思想。

爱祖国不是空泛的,他爱自己的家乡,爱自己的亲人,爱祖国大地的山山水水,爱北京的每一个角落,爱北大、清华的校园,更爱祖国的文化。这是一种很美好的感情。他曾自己给北大的亭台楼阁起名字,我记得现在鸣鹤园小山上的亭子叫做西爽亭。那时人们很少闲情逸致,顾不上他的这些创作。他的头脑是一座资料库,除了藏有大量经史典籍,还有大量诗文。他常在三松下小坐,津津有味地背诵。一次我们比赛,他把《秋兴八首》一字不漏地背出来,我却不能。他坐在那里,思接千里,联系着祖国的历史和未来,联系着祖国的天空和大地。他对祖国的深切感情使他永远不离开祖国的土地,终生在这片土地上服务。

父亲热爱思想。他在《新原人》里说,人的特点就是有觉解,也就是有思想。有了思想的光辉,世界才有意义。"天不生仲尼,万古如长夜。"柏拉图著名的洞穴比喻也是父亲常爱引用的。因为无时无刻不在思想,他对外界事物,尤其是生活琐事有些漠然。"文革"中,我家只剩下一间房子,一切活动都在其中。一次我回家,母亲包了些饺子,等到要煮时,却找不到了,找了半天,后来才发现父亲正坐在这盘饺子上,他毫无感觉。"文革"中常有批斗,一次批斗十分凶猛,父亲回家来稍事休息,平静地对母亲说:"我们吃饭吧。"母亲言及时不觉泪下。父亲的精神中有一块思想圣地,尽管也受时代的沾染,留着烙印,但他"所挟持者甚大",所以虽从荆棘中走过,仍是泰然自若。

现在有些青年学者对冯学甚感兴趣,有人自称到了痴迷的地步,也有人对他仍持批判态度。这里用一个"仍"字,是因冯学的发展是从批判中过来的,这在学术史中并不多见。冯友兰哲学有一个特点,就是不只属于哲学界、学术界,而且属于普通人。在文学上我们有些作品可以做到雅俗共赏,在哲学上很少有人能做到这一点,冯学可以说是做到了。我们常收到各种各样读者来信,也有登门造访的,询问冯著出版情况,叙说他们喜欢读冯先生的书。有一位读者说,他经常读《中国哲学史》和"贞元六书"。他不能说出具体的收获是什么,但觉得读了和不读不一样,感到舒服。大概这就是"受用"吧。一个多月以前,冯先生已经逝世七年了,东北边陲的一个女青年在人生道路上遇到了困惑,写信来要求冯爷爷帮助她。照说哲学似乎是没什么实际用途,冯学在普通人中的影响,说明哲学对于人们的精神境界的作用。

五十年代初,各大学进行院系调整,冯先生回到北大任教,燕园成为他一生居住最长的地方。当时各方面都在探索,对"资产阶级思想"甚为顾忌。冯先生曾有一句话,这句话是:"家藏万贯,膝下无儿。"他以不能将自己的学问传下去为憾。据说当时江隆基副校长曾多次引用这句话。在越来越"左"的路线指引下,不要说一家之言,连整个的中国文化传统都割断了,还有什么可说。幸好我们迎来了改革开放的新时期,各种学说渐渐地可以研究探讨传播,这才有了中华民族的生机。冯先生就是在这时,在年过八旬的高龄开始并最终完成了他晚年的巨著《中国哲学史新编》,创造了人类文化史上的奇迹。我要说一句,尽管经历过各种危难,各种折磨,各种痛苦,中国学者们仍然继续传承,继续创造,无论是哲学方面还是文学方面,中国文化的主流仍在祖国的本土,决不在任何另外的地方。

曾有人问冯先生,谁是他最敬仰的人。他答称是他的母亲吴清芝太夫人和蔡元培先生。他曾说:"蔡先生是中国近代的大教育家,这是人们所公认的。我在大字上又加了一个最字,因为一直到现在我还没有看见第二个像蔡先生那样的大教育家。"

他对蔡元培先生的敬仰,也表明了他对母校的感情。他在《新事论·自序》中说:"二十七年为北京大学成立四十周年,同学诸子谋出刊物，以为纪念。此书所追论清末民初时代之思想，多与北大有关系者。谨以此书，为北大寿。"当时北大四十周年。现在欣逢北大一百周年寿诞，他如果远在千万里之外，也会赶来为母校庆寿，但是他永不能再归来。我愿代他向他的母校北京大学祝贺寿诞，并向保持三松堂依旧的北大校方敬致谢意。

1998 年 1 月
原载《北京大学学报》1998 年第 2 期

漫记西南联大和冯友兰先生

和几个少年时的朋友在一起，总会说起昆明。总会想起那蓝得无比的天，那样澄澈，那样高远；想起那白得胜雪的木香花，从篱边走过，香气绕身，经久不散；更会想起名彪青史的国立西南联合大学，北大、清华、南开三校联合，在抗战的艰苦环境中，弦歌不辍，培养了大批人才，成为教育史上的奇迹。

今年是卢沟桥事变、我国家开始全面抗战七十周年，也是西南联大成立七十周年（包括其前身长沙临时大学）。八年抗战，中华民族经历了各种苦难，终于取得了最后的胜利，西南联大也是这段历史中极辉煌的一部分。

这些年来对西南联大的研究已成为专门题目。记得似乎是在上世纪七十年代末或八十年代初，美国人易社强来访问我的父亲冯友兰先生，请他谈西南联大的情况。这是我接触到的第一个西南联大的研究者。他是外国人，为西南联大的奇迹所感，发愤研究，令人起敬。可是听说他多年辛苦的结果错误很多，张冠李戴，鹊巢鸠占，让亲历者看来未免可笑。历史实在是很难梳理清楚的，即使是亲历者也有各自的局限，受到各种遮蔽，有时会有偏见，所以很难还历史原貌。不过，每一个人都说出自己所见的那一点，也许会使历史的叙述更多面、更真实。

余生也晚，没有赶上入西南联大，而是一名联大附中的学生。只因是西南联大的子弟，也多少算是亲历了那一段生活。生活是困苦的,也是丰富的。虽然不到箪食瓢饮的地步,却也有家无隔宿之粮的时候。天天要跑警报,在生死界上徘徊,感受各种情绪的变化,可算得丰富。而在学校里,轰炸也好,贫困也好,教只管教,学只管学。那种艰难,那种奋发,刻骨铭心,永不能忘!

现在有人天真地提出重建一所西南联大,发扬她的精神。还是那几个少年时的朋友一起谈论,都认为那是完全不可能的。情况完全不一样了,环境也不一样了,人更不一样了。真的,连昆明的天也不像以前蓝得那样清澈了。现在昆明的年轻人,甚至不知道木香花。我们不再说话,各自感慨。

确实各方面都不一样了。那是在国难当头,民族危亡之际,一种生死存亡的紧迫感,让人不能懈怠。这是大环境。从在长沙开始直到抗战胜利,不断有学生投笔从戎。学校和民族命运是一体的。据联大校史载,先后毕业学生三千余人,从军旅者八百余人。奔赴抗日前线和留在学校学习,是一个事物的两个方面。冯友兰先生曾在他为学校撰写的一个布告中对同学们说:"不有居者,谁守社稷?不有行者,谁捍牧圉?"不论是直接参加抗日还是留校学习,"全国人士皆努力以做其应有之事。"前者以生命作代价,后者怎能不以全身心的力量来学习?学习的机会是多少生命换来的,学习的成绩是要对国家的未来负责的。所以联大师生无论遇到怎样的困难,从未对教和学有一点松懈。一九三八年,师生步行,从长沙经贵阳,跋涉千里,于四月二十六日到昆明,五月四日就开始上课。一九四二年以前,昆明常有空袭,跑警报是家常便饭,是每天必修之课。师生们躲警报跑到郊外,在乱坟堆中照常上课。据联大李希文校友(现任云南大学外语系教授)记忆,冯友兰先生曾站在炸弹坑里上课。并不是没有别的教室,而是炸弹坑激励着教与学。这种不屈不挠的精神,上昭日月。

西南联大的子弟从军旅者也不乏人,这也体现了父辈的爱国精神。梅贻琦先生的子女,梅祖彦从军任翻译官,梅祖彤参加国际救护队;冯友兰先生之子冯钟辽、熊庆来先生(当时任云南大学校长)之子熊秉明、李继侗先生之子李德宁都参军任翻译官。当时,梅祖彦、冯钟辽都在联大二年级,未被征调。他们是志愿者。西南联大纪念碑碑阴刻录了参军同学的名字,但因当时条件限制,未能完全收录。在这里,我愿向碑上有名或无名的所有参军的老学长们深致敬意!

　　我的母校联大附中属于联大师范学院,为六年一贯制,不分高中初中,有实验性质,计划要将中学六年缩短为五年,但终未实现。因为学校是新建的,没有校舍,教室是借用的,借不到教室,就在大树底下上课。记得地理课的"教室"便是在树下。同学们各带马扎(帆布小凳),黑板靠在树上。闫修文老师站在树下,用极浓重的山西口音讲课,带领我们周游世界。课后我们笑闹着模仿老师的口音:"伊拉 K(克)、K(克)拉 K(克)。"伊拉克现在是人所共知的了,但克拉克在什么地方,我却不记得。下雨时,几个人共用一柄红油纸伞,一面上课,一面听着雨点打在伞上,看着从伞边流下的串串雨珠。老师一手拿粉笔,一手擎伞,上课如常。有时雨大,一堂课下来,衣服湿了半边。大家不以为苦,或者说,是根本不考虑苦不苦,只是努力去做应该做的事。

　　管理学校,校方要和政府打交道,这可以说是一个中环境。在这个环境里,学校当局有多少自由以实行自己的规划,对办好学校来说是关键性的。一九四二年六月,陈立夫以教育部部长的身份三度训令联大务必遵守教育部核定的应设课程、统一全国院校教材、统一考试等新规定。联大教务会议以致函联大常委会的方式,驳斥教育部的三度训令。此函由冯友兰先生执笔,全文如下:

敬启者,屡承示教育部二十八年十月十二日第25038号,二十八年八月十二日高壹3字第18892号、二十九年五月四日高壹1字第13471号训令,敬悉部中对于大学应设课程及考核学生成绩方法均有详细规定、其各课程亦须呈部核示。部中重视高等教育,故指示不厌其详,但准此以往则大学将直等于教育部高等教育司中一科,同人不敏,窃有未喻。夫大学为最高学府,包罗万象,要当同归而殊途,一致而百虑,岂可刻板文章,勒令从同。世界各著名大学之课程表,未有千篇一律者;即同一课程,各大学所授之内容亦未有一成不变者。唯其如此,所以能推陈出新,而学术乃可日臻进步也。如牛津、剑桥即在同一大学之中,其各学院之内容亦大不相同,彼岂不能令其整齐划一,知其不可亦不必也。今教部对于各大学束缚驰骤,有见于齐无见于畸,此同人所未喻者一也。教部为最高教育行政机关,大学为最高教育学术机关,教部可视大学研究教学之成绩,以为赏罚殿最。但如何研究教学,则宜予大学以回旋之自由。律以孙中山先生权、能分立之说,则教育部为有权者,大学为有能者,权、能分职,事乃以治。今教育部之设施,将使权能不分,责任不明,此同人所未喻者二也。教育部为政府机关,当局时有进退;大学百年树人,政策设施宜常不宜变。若大学内部甚至一课程之兴废亦须听命教部,则必将受部中当局进退之影响,朝令夕改,其何以策研究之进行,肃学生之视听,而坚其心志,此同人所未喻者三也。师严而后道尊,亦可谓道尊而后师严。今教授所授之课程,必经教部之指定,其课程之内容亦须经教部之核准,使教授在学生心目中为教育部之一科员不若。在教授固已不能自展其才,在学生尤启轻视教授之念,于部中提倡导师制之意适为相反。此同人所未喻者四也。教部今日之员司多为昨日之教授,在学校则一等不准其自展,在部中则忽然周智于万物,人非至圣,何能如此。此同人所未喻者五也。然全国公私立大学之程度不齐,教部训令或系专为比较落后之大学而发,欲为之树一标准,以便策其上进,别有苦心,亦可共谅,若果如此,可否由校呈请将本校作为第……号等训令之例外。盖本校承北大清华南开三校之旧,一切设施均有成规,行之多年,纵不敢谓为极有成绩,亦可谓为当无流弊,似不必轻易更张。若何之处,仍祈卓裁。此致常务委员会。

此函上呈后,西南联大没有遵照教育部的要求统一教材,仍是秉承学术自由兼容并包的原则治校。这说明斗争是有效果的。

学术自由,民主治校,原是三校共同的理念。现在,三校联合,人才荟萃,更有利于实践。由此形成一个小环境。西南联大在管理学校方面,沿用教授治校的民主作风,除校长,训导长由教育部任命,各院院长都由选举产生。以梅贻琦常委为首,几年的时间,形成一个较稳定的、有能力的领导班子。这是联大获得卓越成绩的一大因素。他们都是各专业举足轻重的人物,又都是干练之才,品格令人敬服。另一个文件可以帮助我们增加了解。

一九四二年,昆明物价飞涨,当时的教育部提出要给西南联大担任行政职务的教授们特别办公费,这应该说是需要的,但是他们拒绝了。也有一封信,已由清华档案馆查出。信为文言繁体字,字迹已经模糊,经任继愈先生辨认,我们得到准确的信文。任先生认为此信明白晓畅,用典精当,显然为冯友兰先生手笔。全文如下:

敬启者:承转示教育部训令总字第45388号,附"非常时期国立大学主管人员及各部分主管人员支给特别办公费标准",奉悉一是。查常务委员总揽校务,对内对外交际频繁,接受公费亦属当然。为同人等则有未便接受者:盖同人等献身教育,原以研究学术启迪后进为天职,于教课之外肩负一部分行政责任,亦视为当然之义务,并不希冀任何权利。自北大清华南开独立时已各有此良好风气。五年以来,联合三校于一堂,仍秉此一贯之精神未尝或异。此为未便接受特别办公费者一也。且际兹非常时期,从事教育者无不艰苦备尝,而以昆明一隅为尤甚。九儒十丐,薪水犹低于舆台,仰事俯畜,饔飧时虞其不给。徒以同尝甘苦,共体艰危,故虽啼饥号寒,尚不致因不均而滋怨。当局尊师重道应一视同仁,统筹维持。倘只瞻顾行政人员,恐失均平之谊,且令受之者无以对其同事。此未便接受特别办公费者二也。此两端敬请常务委员会见其悃愊,代向教育部辞谢,并将原信录附转呈为荷。专上常务委员会公鉴。

签名人:冯友兰　张奚若　罗常培　雷海宗　郑天挺　陈福田　李继侗　陈岱孙　吴有训　汤用彤　黄钰生　陈雪屏　孙云铸　陈序经　燕树棠　查良钊　王德荣　陶葆楷　饶毓泰　施嘉炀　李辑祥　章明涛　苏国桢　杨石先　许浈阳

签名者共二十五人。他们担任各院院长、系主任等行政职务,付出了巨大劳动,不肯领取分文补贴。"同人等献身教育,原以研究学术启迪后进为天职,于教课之外肩负一部分行政责任,亦视为当然之义务,并不希冀任何权利。"难得的是,这样想的不是一两个人,而是一群人。除这二十五位先生外,还有许多位教授,也同样具有这样光风霁月的精神。有这样高水平的知识群体,怎么能办不好一所学校。

今年,有人问我:七十年前,日本人打来了,你们为什么离开北平?这个问题真奇怪,我们怎么能不离开北平!留下来当顺民吗?那时不要说文化人,就是老百姓,也奔向大后方,要去为保卫国家尽一份力量。离开北平不是逃避,而是去尽自己的一份责任。当然,留在沦陷区的人也会有所作为。教师们肩负的传递文化的重任,他们可以在轰炸声中上课,在炸弹坑里上课,在和政府的周旋中上课,他们能在沦陷区上课吗?能在沦陷区办出一所国立西南联合大学来吗?

冯友兰先生在西南联大期间,不仅担任教学,而且参加学校领导工作,从一九三八年一直担任文学院长。冯先生是西南联大的"得力之人",西南联大校友、旅美历史学者何秉棣在他的《读史阅世六十年》一书中这样说。老友闻立雕说,"得力之人"的说法很好,但还不能充分表现冯先生对西南联大的贡献。应该指出,冯先生为西南联大付出大量心血,是当时领导集团的中坚力量。云南师范大学雷希教授对西南联大校史研究多年,在《冯友兰先生在西南联大校务活动考略》一文中说:"从有案可查的历史记载来看,冯先生在西南联大是决策管理层的最重要成员之一,教学研究层的最显要教授之一,公共交往层的最重要人物之一。"这是符合实际情况的。

据《冯友兰年谱初编》载,除了上课,冯先生每天都开会,每周的常委会,院系的会,还有各种委员会。在繁重的工作之余,他著书立说,建立了自己的哲学体系。他的"贞元六书"与抗战同始终,第一本《新理学》写在南渡之际,末一本《新知言》成于北返途中。在六本书各自的序言中,表达了他对国家和民族深切宏大的爱和责任感。他引横渠四句"为天地立心,为生民立命,为往圣继绝学,为万世开太平",说"此为哲学家所自期许者也"。听说有一位逻辑学者教课时,讲到冯先生和这四句话,为之泣下。冯先生的哲学,不属于书斋和象牙之塔,他希望它有用。哲学不能直接致力于民生,而是作用于人的精神。在这方面,已经有了广泛的影响。社会科学工作者李天爵先生说,他在极端困惑中看到冯先生的书,知道人除了自己的社会地位,还应当考虑自己在宇宙中的地位。一个普通工人告诉我,他看了《中国哲学简史》,觉得心胸顿然开阔。最近在报上看见,韩国大国家党前党首、下届国家总统候选人朴槿惠在文章中说,在她人生最困难的时候,读了冯友兰的书,如同生命的灯塔,使她重新找回了内心的平静。

二十世纪四十年代,一天在昆明文林街上走,遇到罗常培先生。他对我说:"今晚你父亲有讲演,题目是'论风流',你来听吗?"我那时的水平,还没有听学术报告的兴趣。后来知道,那晚的讲演是由罗先生主持的。很多年以后,我读了《论风流》,深为这篇文章所吸引。风流四要素:玄心、洞见、妙赏、深情,是"是真名士自风流"的极好阐释,让人更加了解名士风流的审美的自由人格。这篇文章后来收在《南渡集》中。《南渡集》顾名思义,所收的都是作者在抗战时写的论文,一九四六年已经编就,后来收在《三松堂全集》中。

最近,三联书店出版了"贞元六书"和《南渡集》的单行本。《南渡集》是第一次单独出版。它和"贞元六书"一样,凝聚着作者对国家民族的满腔热情。它们的写作距今已超过半个世纪,仍然可以感到作者的哲学睿智和诗人情怀,化成巨大的精神力量,扑面而来。

西南联大这所学校虽然已不复存在,但它的精神不会消失,总会在别的学校得到体现,在众多知识分子、文化人身上延续。对此我深信不疑。冯友兰先生在他撰写的《国立西南联合大学纪念碑碑文》中为这一段历史做出了深刻而全面的总结,指出可纪念者有四。转述不如直接阅读,节录如下:

> 我国家以世界之古国,居东亚之天府,本应绍汉唐之遗烈,作并世之先进,将来建国完成,必于世界历史,居独特之地位。盖并世列强,虽新而不古;希腊罗马,有古而无今。唯我国家,亘古亘今,亦新亦旧,斯所谓周虽旧邦,其命维新者也。旷代之伟业,八年之抗战已开其规模,立其基础。今日之胜利,于我国家有旋乾转坤之功,而联合大学之使命,与抗战相终始。此其可纪念者一也。
>
> 文人相轻,自古而然,昔人所言,今有同慨。三校有不同之历史,各异之学风,八年之久,合作无间。同无妨异,异不害同;五色交辉,相得益彰;八音合奏,终和且平,此其可纪念者二也。
>
> 万物并育而不相害,道并行而不相悖,小德川流,大德敦化,此天地之所以为大。斯虽先民之恒言,实为民主之真谛。联合大学以其兼容并包之精神,转移社会一时之风气,内树学术自由之规模,外获民主堡垒之称号,违千夫之诺诺,作一士之谔谔,此其可纪念者三也。
>
> 稽之往史,我民族若不能立足于中原,偏安江表,称曰南渡。南渡之人,未有能北返者:晋人南渡,其例一也;宋人南渡;其例二也;明人南渡,其例三也。风景不殊,晋人之深悲;还我河山,宋人之虚愿。吾人为第四次之南渡,乃能于不十年间,收恢复之全功,庾信不哀江南,杜甫喜收蓟北,此其可纪念者四也。

此文不仅内容丰富且极富文采，可以掷地作金石声。不止一个人建议，年轻人应该把它背下来。我想，记在心上的是这篇文章，也就是对西南联大的永恒的纪念。

2007年6月至7月
为《西南联大建校七十周年纪念文集》而作
原载《中华读书报》2007年11月23日

人和器

——第八届冯友兰学术思想研讨会"旧邦新命：冯友兰与西南联大"书面发言

云南师范大学成立七十周年，是十分值得庆祝和纪念的。西南联合大学已经离开昆明七十年了，可是它留下的种子在云南师大这里埋藏着、生长着。先贤们的精神从来没有中断他们的影响。

冯友兰先生自留学归来，从参加工作的那一天起，便一直在大学的讲台上，一生从事教育事业，没有一天转向。尤其在国家民族的危亡时刻，他和同仁们一起坚持西南联大的工作，为民族传递着文化血脉，为国家培养了精英人才，成为教育史上的一个奇迹。

冯先生的哲学成就，往往掩盖了他对教育事业的贡献，而在他的一生中，教育是很重要的一方面。他关于教育的著作不多，但可以看出他的教育思想。那是带有根本性的，很有意义。写于一九四八年六月的《论大学教育》一文，较完整的传达了他的看法。

冯先生的教育思想最根本的一点是关于大学目的的阐述。大学要培养什么？他的回答是："大学要培养的是人，不是器。"当然，来上大学的都是人，不是桌椅板凳。这里所说的人不是生物意义上的人，而是完整意义上的人。他说："'人'是什么？如何成为一个'人'？所谓'人'，就是对于世界社会有他自己的认识、看法，对已往及现在所有有价值的东西——文学、美术、音乐等都能欣赏，具备这些条件者就是一个'人'。所以大学教育除了给人一专知识外,还养成一个清楚的脑子、热烈的心,这样他对社会才可以了解、判断,对已往现在所有的有价值的东西才可以欣赏。有了清楚的脑、热烈的心以后,他对于人生、社会的看法如何,那是他自己的事,他不能只在接受已有的结论。"他还说,如果一个学校只要求学生接受结论,那就成了宣传。训练出来的人也就成了器。

根据冯先生的看法,大学的任务不只在传播知识,更重要的是启发心智,培养独立人格。人人具有清楚的脑和热烈的心,社会必定是文明的、和谐的,不断进步的。

冯先生用"继往开来"描述大学的工作。大学要传授已有的知识,并要研究将来的知识。如果只能传授已有的知识,那就是职业学校。大学必须求新知识,特别是那些冷僻的看似无用的知识。不必问它们能不能直接解决穿衣吃饭的问题,因人类不只是穿衣吃饭就够了。

照这样的想法,大学教师应不只教书,而且著书。冯先生自己就是这样做的。三十年代,在清华时期,写出了《中国哲学史》两卷本。四十年代,在西南联大时期,写出了"贞元六书"。八十年代,在北大时期,写出了《中国哲学史新编》。三史六书形成了一个个学术高峰。

特别是"贞元六书",写在国家危亡之际,写在民族大灾难的时刻,写在地处边陲的昆明,在一盏豆油灯下,一字一句建立了他的哲学体系。他在《新世训》序中说:"承百代之流,而会乎当今之变。好学深思之士,心知其故,乌能已于言哉?"并说,他希望他的书,能成为建国的一砖一石。又在《新原人》序中说,哲学家"岂可不尽所欲言,以为我国家致太平,我亿兆安心立命之用乎?虽不能至,心向往之。非曰能之,愿学焉"。

如果不读"贞元六书",只读"六书"的六篇短序,也可以感到他的哲学是和国家民族的命运息息相关的。他希望民族复兴,国家富强。这也是他们那一代人的共同愿望。

他还说,大学是一个专家集团,这个专家集团是自行继续的,只有他们能决定他们自己的事。所以有自己的传统,自己的特色。他几次提出,不能把大学当做教育部的一个司,这在"西南联大教授会为不同意统一教材致教育部函"中剖析甚明。

现在看来,西南联大之所以能成为西南联大,正因为它是一个高水平的知识群体。在不断的斗争中,在相当程度上,这个群体能够实践他们的想法,能够照他们所想的方法教书育人。他们是成功的,对得起中华民族抗日战争那一段历史。

冯先生晚年,因客观形势一度不能讲课,曾十分感叹,说自己是"家藏万贯,膝下无儿"。他希望有更多的人研究他、理解他。当然,那只是一段时间。他的学生很多,好学生也很多,研究他、理解他的人也越来越多。现在举行的"旧邦新命:冯友兰与西南联大"研讨会正是这样做的。我想,这样的学术道路会日益宽阔。

我因身体欠佳,不能来参加会议。想到在我少年时代居住的昆明的蓝天下,有识之士正在纪念冯友兰先生,心中有无限的感动和感谢。

我崇敬我的父辈那一代人,不必列举他们的名字,他们的精神和祖国的江山同在。

2008年10月10日

给古人少许公平

耳读《上学记》中关于冯友兰先生的片断，深为慨叹。短短数页竟有这么多的事实错误、偏见和不理解。记述历史首先必须要事实正确，不然一切判断都是虚伪的。我以久病之身没有精力来做多余的事，但是作为历史见证人，澄清事实，说出自己的看法，是我的责任。

《三松堂全集》到底是全集还是选集早已不是问题。《三松堂全集》第一版(1994年)已收入能找到的检讨文字。书已出版十多年，何先生何以不知？其实在讲述以前翻阅一下就行了，只凭印象是不行的。在《全集》编纂的过程中，曾有两种意见，检讨文字收还是不收。最后冯先生自己做出决定，采纳了蔡仲德先生的意见，收入检讨类文字，不过作为闰编。蔡仲德一直认为，无论编纂《全集》或者编写《年谱》，都要"信"字第一。他认为冯先生的思想历程是中国知识分子的苦难缩影。他是从历史的高度、社会的高度来看，不为尊者讳。蔡著《冯友兰评传》和他的另一些文章对此阐述甚详。

其实涂又光先生主张不收，也不无道理。持这种意见的人也不少。"文化大革命"中发生的奇奇怪怪的事情，后人是很难理解的，完全是一场荒诞梦。所以"文革"后期有个政策叫做"一风吹"，就是把当事人胡说的东西全烧掉，那么冯先生也该有此待遇。可是我们并没有这样做，《全集》还是求尽量的全。为此，涂又光很生我们的气,我们也没有办法。这是出于"公心",保存一份历史资料。

"北大哲学系的老人现在只剩我们两人了,希望能见一面。"这句话是梁漱溟先生一九七二年写给冯先生的,不是冯先生写给梁先生的。后来梁先生曾到我家,两位老友畅谈甚欢。《三松堂自序》俱有记载。以后梁、冯之间虽有不快,最终却能化开,又有一欢若平生之会,并没有"朋友不终"的不幸。(参看拙文《对〈梁漱溟问答录〉中一段记述的订正》)冯先生胸怀坦荡,从来是事无不可对人言的。没有的事可能会混淆一时,但终究总会明白。

经查,《三松堂全集》诗词卷《咏史二十五首》关于汉朝的一首是:"秦帝巡行东复东,赵高叛变路途中。项王倒退乌江死,汉祖继秦歌《大风》。"并无"端赖吕后智谋多"之句。《咏史二十五首》原刊于《光明日报》一九七四年九月十四日,慎重起见,特查了原报,与《全集》所载完全相同。此句不知何人所作,冯先生不敢掠美,也不能接受据此生出的议论。《上学记》出版者三联书店派人请教何先生,何说在《人民日报》上读到。经查也不见此句。何先生已承认自己的记忆错误,但对由记述虚妄所产生的恶劣影响,如何处理,是否也应该有个交代? 三联书店副总编辑李昕先生已代表三联书店向我道歉。责任编辑曾诚也写了道歉信,表示要汲取教训,做好工作,出好"贞元六书"。这是正常的文明的态度。

口述历史不是信口开河,是要负责任的。古人也需要公平。只有公平地对待古人,我们才有真实的历史。

下面要说一些看法。这些看法与何先生不同。我想我用不着回避。

关于《新世训》。《新世训》是一本讲生活方法的书。近年有不少学者写出研究论文,如陈来教授、台湾中央研究院近代史所翟志成研究员都有专文,对此书做出深入分析和学术评价。解放以后,在"贞元六书"中《新世训》是单行本出版最多的,有北大出版社、香港天地图书公司等版本。最后一章《应帝王》讲领导艺术,讲社会的组织和管理。人是社会动物,群居而生,大至国家,小至一个村、一个组,都有领导。领导好了,大家受益。我觉得CEO们都应该读读这篇文章。说它是给蒋介石捧场的,实在令人不解。"贞元六书"中《新原人》是讲个人的道德修养与精神境界,《新事论》是讲中国社会的现代化之路,《新世训》是它们中间的过渡。单从逻辑上讲,它的结尾也自然是《应帝王》。我想何先生并没有仔细读这本书,而把冯先生在抗战中对国家民族兴起的希望、要为祖国文化添砖加瓦的热情,硬加曲解,强作附会,实在可悲。

关于哥伦比亚大学接受名誉博士学位。我参加了那次授予学位典礼。冯先生用英文写答词,由我打字记录,并在会场宣读。我觉得那是一次肃穆的、诚恳的、充满友好气氛的典礼。中美双方,群贤毕至。王浩也到场。没看见何先生。我觉得答词不仅十分得体,而且很深刻。他用很短的篇幅说明他六十年的哲学旅程。他指出:"母校给予我的荣誉不单是个人荣誉。它象征着美国学术界对中华民族学术的赞赏,它象征着中美人民传统友好关系的继续发展。"他最后说:"我的努力是保持旧邦的同一性和个性,而又同时促进实现新命。我有时强调这一面,有时强调另一面。右翼人士赞扬我保持旧邦同一性和个性的努力,而谴责我促进实现新命的努力。左翼人士欣赏我促进实现新命的努力,而谴责我保持旧邦同一性和个性的努力。我理解他们的道理,既接受赞扬,也接受谴责。赞扬和谴责可以彼此抵消。我按照自己的判断继续前进。"我看不出滑稽在哪里。

关于太平天国的反动性。冯先生在《新编》中指出太平天国是神权政治,如果胜利,会使中国倒退到中世纪。他的见解颇具影响。何先生说:"这一点大家过去都知道,只是都不能谈。"原来何先生知道什么能说,什么不能说。冯先生在晚年"海阔天空我自飞"的境界中是不这样考虑的,他按照自己的判断继续前进。

关于《中国哲学史新编》第七册的出版。《新编》第七册因为说了不能说的话,长期不能出版。虽有香港中华书局和广东人民出版社出版了《新编》第七册单行本,但人民出版社始终未能将《新编》七册出全。"中国文库"收入此书也只收了六册,是一部有头无尾的书。对这些情况,我想,何先生并不清楚,很多人也不清楚。借此机会说明。

二○○六年九月十五日《新京报》对何先生的采访中,谈到了应对变化问题。何说:"冯友兰在应对变化时是积极、主动的,我是消极的。"其实,压力并不一定是哪一次的命令,有时是无形的。何先生处境不同,很难体会,有些"站着说话不腰疼"的意思。一九五二年院系调整,各大学哲学系集中到北大,受到上面极大的关注,尤其是冯先生。一九四九年以后,他是最大的被批判和被改造的对象。他的一举一动,都受到注意。为声名所累,明白人应该懂得这句话。我觉得冯先生就像生活在聚光灯下,想逃也逃不出,想躲也躲不开。他没有说话的自由,也没有不说话的自由。张岱年先生曾说,"在那种环境下,冯先生地位特殊,不仅没有'言而当'的自由,甚至没有'默而当'的自由。"那时常有"最高指示",每次指示发布后,立即有人上门,要冯友兰的反应。一九四六年,我的姨母任锐传话,邀请冯去延安;解放前夕,蒋介石派飞机接包括冯在内的学者们去台湾。"文革"中,冯在手术后,腰间挂着尿瓶,被人打倒在批斗台上,游街时接连摔跤,还要继续走,那时他已经七十一岁。

批冯大字报铺天盖地,还有"批冯联络站"等组织,批冯一时成了一种门路。抽象地说消极、积极是没有意义的,必须分析具体情况才知道压力是怎么回事。所要应对的变化是很不相同的,不便类比。所以古训云"设身处地",也就是近贤所说的"同情的理解"。做到这一点,要有明察,要有仁心,聊天式的随意谈论是不公平的。

2006 年 10 月 10 日
原载《冯学研究通讯》2006 年第 4 辑

水仙辞

仲上课回来,带回两头水仙。可不是,在不知不觉间,一年只剩下一个多月了,已到了养水仙的时候。

许多年来,每年冬天都要在案头供一盆水仙。近十年,却疏远了这点情趣。现在猛一见胖胖的茎块中顶出的嫩芽,往事也从密封着的心底涌了出来。水仙可以回来,希望可以回来,往事也可以再现,但死去的人,是不会活转来了。

记得城居那十多年,潆莱与我们为伴。案头水仙,很得她关注,换水、洗石子都是她照管。绿色的芽,渐渐长成笔挺的绿叶,好像向上直指的剑。然后绿色似乎溢出了剑锋,染在屋子里,在北风呼啸中,总感到生命的气息。差不多常在最冷的时候,悄然飘来了淡淡的清冷的香气,那是水仙开了。小小的花朵或仰头或颔首,在绿叶中显得那样超脱,那样悠闲。淡黄的花心,素白的花瓣,若是单瓣,则格外神清气朗,在线条简单的花面上洋溢着一派天真。

等到花叶多了,总要用一根红绸带或红绉纸,也许是一根红线,把它轻轻拢住。那也是潆莱的事,我只管赞叹:"哦,真好看。"现在案头的水仙也会长大,待到花开时,谁来操心用红带拢住它呢。

管花人离开这世界快十一个年头了。没有骨灰,没有放在盒里的一点遗物,也没有一点言语。她似乎是飘然干净地去了,在北方的冬日原野上,一轮冷月照着其寒彻骨的井水,井水浸透她的身心。谁能知道,她在那生死大限上,想喊出怎样痛彻肺腑的冤情,谁又能估量她的满腔愤懑有多么沉重!她的悲痛、愤懑以及她自己,都化作灰烟,和在祖国的天空与泥土里了。

人们常赞梅的先出,菊的晚发。我自然也敬重它们的品格气质。但在菊展上见到各种人工培养的菊花,总觉得那曲折舒卷虽然增加了许多姿态,却减少了些纯朴自然。梅之成为病梅,早有定庵居士为之鸣不平了。近闻水仙也有种种雕琢,我不愿见。我喜欢它那点自然的挺拔,只凭了叶子竖立着。它竖得直,其实很脆弱,一摆布便要断的。

她也是太脆弱。只是心底的那一点固执,是无与伦比了。因为固执到不能扭曲,便只有折断。

她没有惹眼的才华,只是认真,认真到固执的地步。五十年代中,我们在文艺机关工作。有一次,组织文艺界学习中国近代史,请了专家讲演。待到一切就绪,她说:"这个月的报还没有剪完呢,回去剪报罢。"虽然她对近代史并非没有兴趣。当时确有剪报的任务,不过从未见有人使用这资料。听着嚓嚓的剪刀声,我觉得她认真得好笑。

"我答应过了。"她说。是的,她答应过了。她答应过的事,小至剪报,大至关系到身家性命,她是要做到的。哪怕那允诺在冥暗之中,从来无人知晓。

我们曾一起翻译《缪塞诗选》,其实是她翻译,我只润饰文字而已。白天工作忙,晚上常译到很晚。我嫌她太拘泥,她嫌我太自由,有时为了一个字,要争论很久。我说译诗不能太认真,因为诗本不能译。她说诗人就是认真,译诗的人更要认真。那本小书印得不多,经过那动荡的年月,我连一本也没能留得下。绝版的书不可再得了。眼看新书一天天多起来,我指望着更好的译本。她还在业余翻译了法国长篇小说《保尔和维绮妮》，未得出版。近见报上有这部小说翻译出版的消息，想来她也会觉得安慰的。

她没有做出什么惊人的事业，那点译文也和她一样不复存在了。她从不曾想要有出类拔萃的成就，只是认真地、清白地过完了她的一生。她在人生的职责里，是个尽职的教师、科员、妻子、母亲和朋友。在到处是暗礁险滩的生活的路上，要做到尽职谈何容易！我想她是做到了。她做到了她尽力所能做到的一切，但是很少要求回报。她是这样淡泊。人们都赞水仙的淡泊，它的生命所需不过一盆清水。其实在那块茎里，已经积蓄足够的养料了。人的灵魂所能积蓄的养料，其丰富有时是更难想象的罢。

现在又有水仙在案头，我不免回想与她分手的时候。记得是澂莱到干校那年，有人从外地辗转带来两头水仙，养在"破四旧"时漏网的白瓷盆里。她走的那天，已经透出嫩芽了。当时两边屋里都凌乱不堪，只有绿芽白盆、清水和红石子，似乎还在正常秩序之中。

我们都不说话，心知她这一去归期难卜。当时每个人都不知自己明天会变成什么，去干校后命运更不可测。但也没有想到眼前就是永诀。让她回来收拾东西的时间很短，她还想为在重病中的我做一碗汤，仅只是一碗汤而已，但是来不及了。她的东西还没有收拾好，用两块布兜着，便去上车。仲草草替她扎紧，提了送她。我知道她那时担心的是我的病体，怕难见面。我倚在枕上想，我只要活着，总会有见面的一天。她临走时进房来看水仙，说了一句"别忘了换水"，便转身出去。从窗中见她笑着摆摆手。然后大门呀的一声，她走了。

那竟是最后一面！那永诀的笑容留下了，留在我心底。是她，她先走了。这些年我不常想到她。最初是不愿意想，后来就自然地把往事封埋。世事变迁,旧交散尽,也很少人谈起她这样平常的人。她自己,从来是不愿占什么位置的,哪怕在别人心中。若知道我写这篇文字,一定认为很不必,还要拉扯水仙,甚至会觉得滑稽罢。但我隔了这许多年,又在自己案头看见了水仙,是不能不写下几行的。

尽管她希望住在遗忘之乡,我知道记住她的不只我一人。我不只记住她那永诀的笑容,也记住要管好眼前的水仙花。换水、洗石子,用红带拢住那从清水中长起来的叶茎。

澂莱姓陈,原籍福建,正是盛产水仙花的地方。

1982 年 1 月
原载《天津日报·文艺》1982 年第 1 期

霞落燕园

北京大学各住宅区,都有个好听的名字。朗润、蔚秀、镜春、畅春,无不引起满眼芳菲和意致疏远的联想。而燕南园只是个地理方位,说明在燕园南端而已。这个住宅区很小,共有十六栋房屋,约一半在五十年代初已分隔供两家居住,"文革"前这里住户约二十家。六十三号校长住宅自马寅初先生因过早提出人口问题而迁走后,很长时间都空着。西北角的小楼则是校党委统战部办公室,据说还是冰心前辈举行"第一次宴会"的地方。有一个游戏场,设秋千、跷板、沙坑等物。不过那时这里的子女辈多已在青年,忙着工作和改造,很少有闲情逸致来游戏。

每栋房屋照原来设计各有特点,如五十六号遍植樱花,春来如雪。周培源先生在此居住多年,我曾戏称之为周家花园,以与樱桃沟争胜。五十四号有大树桃花,从楼上倚窗而望,几乎可以伸手攀折,不过桃花映照的不是红颜,而是白发。六十一号的藤萝架依房屋形势搭成斜坡,紫色的花朵逐渐高起,直上楼台。随着时光流逝,各种花木减了许多。藤萝架已毁,桃树已斫,樱花也稀落多了。这几年万物复苏,有余力的人家都注意绿化,种些植物,却总是不时被修理下水道、铺设暖气管等工程毁去。施工的沟成年累月不填,各种器械也成年累月堆放,高高低低,颇有些惊险意味。

这只不过是最表面的变化。迁来这里已是第三十四个春天了。三十四年,可以是一个人的一辈子,做出辉煌事业的一辈子。

三十四年,婴儿已过而立,中年重逢花甲,老人则不得不撒手另换世界了。燕南园里,几乎每一栋房屋都经历了丧事。

最先离去的是汤用彤先生。我们是紧邻。一九六四年的一天,他和我的父亲同往《人民日报》开会批判胡适先生,回来车到家门口,他忽然说这是到了哪里,找不到自己的家。那便是中风先兆了,不久逝世。记得曾见一介兄从后角门进来,臂上挂着一根手杖。我当时想,汤先生再也用不着它了。以后在院中散步,眼前常浮现老人矮胖的身材,团团的笑脸。那时觉得死亡是真不可思议的事。

"文化大革命"初始,一张大字报杀害了物理系饶毓泰先生,他在五十一号住处投环身亡。数年后翦伯赞先生夫妇同时自尽,在六十四号。他们是"文革"中奉命搬进燕南园的。那时自杀的事时有所闻,记得还看过一个消息,题目是"刹住自杀风",心里着实觉得惨。不过夫妇能同心走此绝路,一生到最后还有一个同赴死的知己,人世间仿佛还有一点温馨。

一九七七年我自己的母亲去世后,死亡不再是遥远的了,而重重地压在心上,却又让人觉得空落落,难于填补。虽然对死亡已渐熟悉,后来得知魏建功先生在一次手术中意外地去世时,还是很惊诧。魏家迁进那座曾空了许久的六十三号院,是在七十年代初,但那时它已是个大杂院了。魏太太王碧书曾和我的母亲说起,魏先生对她说过,解放以来经过多少次运动,想着这回可能不会有什么大错了,不想更错!当时两位老太太不胜慨叹的情景,宛在目前。

六十五号哲学系郑昕先生、后迁来的东语系马坚先生和抱病多年的老住户历史系齐思和先生俱以疾终。一九八二年父亲和我从美国回来不久,我的弟弟去世,在悲苦忙乱之余忽然得知五十二号黄子卿先生也去世了。黄先生除是化学家外,擅长旧体诗,有唐人韵味。老一代专家的修养,实非后辈所能企及。

女植物学家吴素萱先生原在北大,后调科学院植物所工作,一直没有搬家。七十年代末期,我进城开会,常与她同路。她每天六点半到公共汽车站,非常准时。我常把校园里的植物向她请教,她都认真回答,一点也不以门外汉的愚蠢为可笑。她病逝后约半年,《人民日报》刊登了一张她在看显微镜的照片,当时传为奇谈。不过我想,这倒是这些先生们总的写照。九泉之下,所想的也是那点学问。

冯定同志是老干部,和先生们不同。在五十五号住了几十年,受批判也有几十年了。他有名句言:"无错不当检讨的英雄。"不管这是针对谁的,我认为这是一句好话,一句有骨气的话。如果我们党内能有坚持原则不随声附和的空气,党风民风何至于此!听说一个小偷到他家行窃,破窗而入,翻了半天才发现有人坐在屋中,连忙仓皇逃走。冯定对他说:"下回请你从门里进来。"这位老同志在久病备受折磨之后去世了。到他为止,燕南园向人世告别的"户主"已有十人。

但上天还需要学者。一九八六年五月六日,朱光潜先生与世长辞。

朱家在"文革"后期从燕东园迁来,与人合住原统战部小楼。那时燕南园已约有八十余户人家,兴建了一座公厕,可谓"文革"中的新生事物。现在又经翻修,成为园中最显眼的建筑。朱家也曾一度享用它。据朱太太奚今吾说,雨雪时先由家人扫出小路,老人再打着伞出来。令人庆幸的是北京晴天多。以后大家生活渐趋安定,便常见一位瘦小老人在校园中活动,早上举着手杖小跑,下午在体育馆前后慢走。我以为老先生大都像我父亲一样,耳目失其聪明,未必认得我。不料他还记得,还知道我的近况,不免暗自惭愧。

我没上过朱先生的课,来往也不多。一九六〇年十月我调往《世界文学》编辑部,评论方面任务之一是发表古典文艺理论。我们组到的第一篇稿子是朱先生摘译的莱辛名著《拉奥孔：论画和诗的界限》，原书十六万字，朱先生摘译了两万多字，发表在一九六〇年十二月《世界文学》上。记得朱先生在译后记中论及莱辛提出的为什么拉奥孔在雕刻里不哀号在诗里却哀号的问题。他用了化美为媚的说法，并曾对我说用"媚"字译 charming 最合适。媚是流动的，不是静止的；不只是外貌的形状，还有内心的精神。"回头一笑百媚生"，那"生"字多么好！我一直记得这话。一九六一年下半年他又为我们选择了一组文艺复兴时代意大利文艺理论，都极精彩。两次译文的译后记都不长，可是都不只有材料上的帮助，且有见地。朱先生曾把文学批评分为四类，以导师自居、以法官自命、重考据和重在自己感受的印象派批评。他主张第四类，这种批评不掉书袋，却需要极高的欣赏水平，需要洞见。我看现在《读书》杂志上有些文章颇有此意。

也不记得为什么，有一次追随许多老先生到香山，一个办事人自言自语："这么多文曲星！"我便接着想，用"满天云锦"形容是否合适，满天云锦是由一片片霞彩组成的。不过那时只顾欣赏山的颜色，没有多注意人的活动。在玉华山庄一带观赏之余，我说我从未上过"鬼见愁"呢，很想爬一爬。朱先生正坐在路边石头上，忽然说，他也想爬上"鬼见愁"。那年他该是近七十了，步履仍很矫健。当时因时间关系，不能走开，便说以后再来。香山红叶的霞彩变换了二十多回，我始终没有一偿登"鬼见愁"的夙愿，也许以后真会去一次，只是永不能陪同朱先生一起登临了。

"文革"后期政协有时放电影，大家同车前往。记得一次演了一部大概名为"万紫千红"的纪录片，有些民间歌舞。回来时朱先生很高兴，说："这是中国的艺术，很美！"他说话的神气那样天真。他对生活充满了浓厚的感情和活泼泼的兴趣，也只有如此情浓的人,才能在生活里发现美,才有资格谈论美。正如他早年一篇讲人生艺术化的文章所说,文章忌俗滥,生活也忌俗滥。如季札挂剑夷齐采薇这种严肃的态度,是道德的也是艺术的。艺术的生活又是情趣丰富的生活。要在生活中寻求趣味,不能只与蝇蛆争温饱。记得他曾与他的学生澳籍学者陈兆华去看莎士比亚的一个剧,回来要不到出租车。陈兆华为此不平,曾投书《人民日报》。老先生潇洒地认为,看到了莎剧怎样辛苦也值得。

朱先生从给青年的十二封信开始,便和青年人保持着联系。我们这一批青年人已变为中年而接近老年了,我想他还有真正的青年朋友,这是毕生从事教育的老先生之福。就朱先生来说,其中必有奚先生内助之功,因为这需要精力、时间。他曾要我把新出的书带到澳洲给陈兆华,带到社科院外文所给他的得意门生朱虹。他的学生们也都对他怀着深厚的感情。朱虹现在还怪我得知朱先生病危竟不给她打电话。

然而生活的重心、兴趣的焦点都集中在工作,时刻想着的都是各自的那点学问,这似乎是老先生们的共性。他们紧紧抓住不多了的时间,拼命吐出自己的丝,而且不断要使这丝更亮更美。有人送来一本澳大利亚人写的美学书,找我请朱先生看看值得译否。我知道老先生们的时间何等宝贵,实不忍打扰,又不好从我这儿驳回,便拿书去试一试。不料他很感兴趣,连声让放下,他愿意看,看看人家有怎样的说法,看看是否对我国美学界有益。据说康有为曾有议论,他的学问在二十九岁时已臻成熟,以后不再求改。有的老先生寿开九秩,学问仍和六十年前一样,不趋时尚固然难得,然而六十年不再吸收新东西,这六十年又有何用? 朱先生不是这样。他总在寻求,总在吸收,有执着也有变化。而在执着与变化之间,自有分寸。

老先生们常住医院,我在省视老父时如有哪位在,便去看望。

一次朱先生恰住隔壁,推门进去时,见他正拿着稿子卧读。我说:"不准看了。拿着也累,看也累!"便取过稿子放在桌上。他笑着接受了管制。若是自己家人,他大概要发脾气的,这是他生命中最重要的事啊。他要用力吐他的丝,用力把他那片霞彩照亮些。

奚先生说,朱先生一年前患脑血栓后脾气很不好。他常以为房间中哪一处放着他的稿子,但实际上没有,便烦恼得不得了。在香港大学授予他荣誉学位那天,他忽然不肯出席,要一个人待着,好容易才劝得去了。一位一生寻求美、研究美、以美为生的学者在老和病的障碍中的痛苦是别人难以想象的。他现在再没有寻求的不安和遗失的烦恼了。

文成待发,又传来王力先生仙逝的消息。我家与王家在昆明龙头村便是邻居,燕南园中对门而居也已三十年了。三十年风风雨雨,也不过一眨眼的工夫。父亲九十大寿时,王先生和王太太夏蔚霞曾来祝贺;朱光潜先生去世时,他们还去向朱先生告别,怎么就忽然一病不起!王先生一生无党无派,遗命夫妇合葬,墓碑上要刻他一九八〇年写的赠内诗。诗中有句云:"七省奔波逃狎犹,一灯如豆伴凄凉。""今日桑榆晚景好,共祈百岁老鸳鸯。"可见其固守纯真之情,不与纷扰。各家老人转往万安公墓相候的渐多,我简直不敢往下想了,只有祷念龙虫并雕斋主人安息。

十六栋房屋已有十二户主人离开了。这条路上的行人是不会断的。他们都是一缕光辉的霞彩,又组成了绚烂的大片云锦,照耀过又消失,像万物消长一样。霞彩天天消去,但是次日还会生出。在东方,也在西方,还在青年学子的双颊上。

1986 年 5 月

原载《中国作家》1986 年第 4 期

忆旧添新

绿丝绦般的垂柳，六面玻璃罩路灯，小径弯曲，极似燕园一角。这是原华文学校旧址。五十年代初，前楼、东楼、西楼由文化部使用。西边并排三个月洞门，内有三座小楼，由三位长者居住。南为茅盾，北为周扬。中间是阳翰笙，当时他任文教委员会秘书长。

可能因文委宿舍拥挤，阳翰老慷慨地在二号小楼中腾出一室，辟作女生宿舍。这不是每个人都能做到的。那房间有四个女青年迁入，当时我经统一分配在文委宗教事务处工作不久，也是其中之一。照整栋楼房屋布局，那房间应是饭厅，窗外有一大株连翘，春来满眼金黄。从此翰老一家就在过道用餐了，使我常感不安。约在一年之内，那三位女同志有的调走，有的嫁出，只有我无由移动，死守那株黄灿灿的连翘。

转眼便是四年有余。

思来这也是一种机缘。因常在二号小楼出入，翰老知道有这么一个文学爱好者，又无慧根，不愿与高僧周旋，于是在重建中国文联时，把我调去。若无此调动，我可能要摒弃文学，专心于宗教工作。因为那时改造思想的决心非常大，自己不允许有业余爱好，现在想来，有些吓人。到文联后不同了，既在文艺团体，爱好文学可谓大方向对头，不算非分。

在文联工作时，看演出的机会很多。我生长在郊区，是个乡下人，艺术知识缺少。这时在艺术圈子里，受些熏陶，自觉很是滋润。

也不时追随翰老夫妇看川戏,散戏归来,吃一点泡饭,写作到深夜,饭当然是阳家的。中篇童话《寻月记》便是那时夜班所得。

　　"文化大革命"后期,曾到和平里看望,翰老夫妇还是那样安详慈和。他们知道我的惦记,也知道我的遭遇。那种时候,一点惦记于事无补。翰老说:"这就很不容易。"几个字显示了对人情的透视,凝聚了睿智和宽厚,也使我感到一种悲凉。后来春回大地,大家心上平安。阳府乔迁后,我便疏于问候。前辈们于文艺事业,或于文艺外更大的事业建树宏丰,非我所尽知,不敢置词,只对二号小楼,未曾忘记。翠柏识暖,人寿可期。未来的灿烂时光,正在小楼旧主人前面。

1987 年 11 月

原载《文艺报》1987 年 11 月下旬

三幅画

戊辰龙年前夕,往荣宝斋去取裱的字画。在手提包里翻了一遍,不见取物字据。其实原字据已莫名其妙地不知去向,代替的是张挂失条,而现在连这挂失条也不见了。

业务员见我懊恼的样子,说,拿走罢,找着以后寄回来就行了。

我们高兴地捧了字画回家。一共五幅,两幅字三幅画,一幅幅打开看时,甚生感慨。现只说这三幅画。

三幅画均出自汪曾祺的手笔。

老实说,在一九八六年以前,我从不知汪曾祺擅长丹青,可见是何等的孤陋寡闻。原只知他不只写戏还能演戏,不只写小说散文还善旧诗,是个多面手。四十年代初,西南联大同学排演《家》。因为兄长钟辽扮演觉新,我去看过戏。有两个场面印象最深,一是高老太爷过世后,高家长辈要瑞珏出城生产,觉新在站了一排的长辈面前的惶恐样儿。哥哥穿一件烟色长衫,据说很潇洒。我只为觉新伤心,以后常常想起那伤心。一是鸣凤鬼魂下场后,老更夫在昏暗的舞台中间,敲响了锣,锣声和报着更次的喑哑声音回荡在剧场里。现在眼前还有老更夫的模样,耳边还有那声音,涩涩的,很苦。

老更夫是汪曾祺扮演的。

时光一晃过了四十年。八十年代初,《钟山》编辑部举办太湖笔会,从苏州乘船到无锡去。万顷碧波,洗去了尘俗烦恼,大家都有些忘乎所以。我坐在船头,乘风破浪,十分得意,不断为眼前景色欢呼。汪兄忽然递过半张撕破的香烟纸,上写着一首诗:"壮游谁似冯宗璞,打伞遮阳过太湖。却看碧波千万顷,北归流入枕边书。"我曾要回赠一首,且有在船诸文友相助,乱了一番,终未得出究竟。而汪兄这首游戏之作,隔了五年,仍清晰地留在我记忆中。

一九八六年春,偶往杨周翰先生家,见壁悬画图,上栖一只松鼠,灵动不俗。得知乃汪兄大作时,不胜惊异。又有一幅极清秀的字,署名上官碧,又不知这是沈从文先生笔名。杨先生则为我的无知而惊异,笑说,你怎么什么都不知道。

实在是的,我常处于懵懂状态,这似乎是一种习惯。不过一经明白,便有行动,虽然还是拖了许久。初夏时,我修书往蒲黄榆索画,以为一年半载后可得一张。

不想一周内便来了一幅斗方。两只小鸡,毛茸茸的,歪着头看一串紫红色的果子,很可爱。果子似乎很酸,所以小鸡在琢磨罢。

这画我喜欢,但不满意,怀疑汪兄存有哄小孩心理,立即表态:不行不行,还要还要!

第二幅画也很快来了。这是一幅真正的赠给同行的画,红花怒放,下衬墨叶,紧靠叶下有字云:"人间存一角,聊放侧枝花。临风亦自得,不共赤城霞。"画中花叶与诗都在一侧,留有大片空白,空白上有烟灰留下的一个小洞。曾嘱裱工保留此洞,答称没有这样的技术。整个画面在临风自得的恬淡中,却有一种活泼的热烈气氛。父亲看不见画,听我念诗后,大为赞赏,说用王国维标准来说,这诗便是不隔。何谓不隔?物与我浑然一体也。

我这时已满意,天下太平,不再生事。不料秋末冬初时,汪兄忽又寄来第三幅画。这是一幅水仙花,长长的挺秀的叶子,顶上几瓣素白的花,叶用蓝而不用绿,花就纸色不另涂白。只觉一股清灵之气，自纸上透出。一行小字：为纪念陈澂莱而作，寄予宗璞。

把玩之际，不觉欷歔。谢谢你，汪曾祺！

澂莱乃我挚友，和汪兄也相识。五十年代最后一年，澂莱与我一同下放在涿鹿县。当时汪兄在张家口一带，境况比我们苦得多了。一次开什么会，大家穿着臃肿的大棉袄在塞上相见。我仍是懵懵懂懂，见了不认识的人当认识，见了认识的人当不认识。澂莱常纠正我，指点我这人那人都是谁；看我见了汪兄发愣，苦笑道，汪曾祺你也不认识！

澂莱于一九七一年元月在寒冷的井中直落九泉之下，迄今不明原由。我曾为她写了一篇《水仙辞》的小文。现在谁也不记得她了，连我都记不准那恐怖的日子。汪兄却记得水仙花的譬喻，为她画一幅画，而且说来年水仙花发，还要写一幅。

从前常有性情中人的说法，现在久不见这词了。我常说的"没有真性情，写不出好文章"的大白话，也久不说了。性情中人不一定写文章，而写出好文章的，必有真性情。

汪曾祺的戏与诗，文与画，都隐着一段真性情。

三幅画放到一九八七年才送去裱，到一九八八年春节才取回。在家里再翻手提包，那挂失条竟赫然在焉。我只能笑自己的糊涂。

1988 年 4 月
原载《钟山》1988 年第 5 期

悼张跃

张跃,中国哲学史研究者,三松堂的关门弟子,冯友兰先生的最后一个博士生。

他很年轻,时间在他身上停止时,不过三十三岁。不知他还有多少计划,多少梦想,可是本来应是慷慨给予的年岁竟然掠走了一切。

去年春天,我从医院经过治疗回到燕南园,他曾来看望。当时说是睡眠很不好,我们没有料到这是重病的表现。夏天听说他住医院了,还曾想以后要给他介绍一种有助于睡眠的气功。十二月二十二日我奉双亲归窆,知他关心,也曾通知,而那时他已不能起床了。

六天以后,他随老师游于地下。这消息我是从电话中得知的,当时已又是一年春了。我惊诧叹息,人生真不可测。

父亲最后几年的著书生活中,常为助手问题苦恼,学校没有名额,找人抄抄写写总不当意。一九八五年任又之(继愈)先生建议,最好带博士生。学生可以随在身边学习,又可以帮助工作,可谓一举两得。于是,便有张跃出现在三松堂前。

这是个能干的年轻人。父亲有四字评语:"书而不呆。"和我家几个"又书又呆"或竟"呆而不书"的呆子们相比,能帮得上忙多了。他来时,《中国哲学史新编》第四册刚开始。他除在指导下读书写论文,便是帮助查找资料,看《新编》稿,间或也帮助记录。父亲从他那缩微资料馆般的头脑中提出篇目,张跃便去查找。有一次父亲要外子蔡仲德找一本书,说记得这书家里是有的。蔡教授遍找无着,准备次日到大图书馆去借。不料张跃一出书房门,便看见走廊里的一堆书中赫然躺着那本书。为这事我们笑了一个月。

三年一转眼过去,张跃毕业了,获北京大学哲学博士学位,仍回宗教所工作。但他还是每周来一次帮助《新编》的写作。那时我们已找到一位退休中学教员马凤荪先生,旧学颇有根底,做记录胜任愉快,形成了一个较稳定的班子。

《新编》的完成,张跃是有功的。在马先生来以前,笔录的人水平很差,张跃为了弄清究竟是哪几个字,就得向失聪的老人嚷嚷半天。父亲对中国哲学有话要说,原拟写八十一、八十二两章,但内容似少些。是张跃建议合并为一章,成为八十一章,即现在的讲解中国哲学的底蕴精神的最后一章。父亲对八十一这数字很满意。

记得是在中日友好医院病房里谈论这事的。在走廊上张跃对我说:"不管怎样,先弄出一个提纲也好。"都怕父亲写不完这书,但他竟以惊人的毅力字斟句酌地写完了,不仅只是提纲。而只有他年纪三分之一的张跃,患病前正在写《冯友兰先生传略》,竟没有写完。

人们说,这是他们师生的缘分。他们一起看到《新编》的成稿,却都没有能看见最后一册的出版。最后一册,不知什么时候才能出版。其实,出版社对这部书很是关注,从不需要我们费神催促。一九九〇年七月十六日,我去出版社交稿,很快便出了清样,他们说要让老先生亲见此书,可是后来就没有下文。时有读者写信,或竟登门来问,我回答不出。

对老人的生活,张跃也是关心的。往医院看望,每每一陪就是一下午。若干年前,父亲的一位老学生送来一架粉碎机,我搁着没有用。直到这早先看来较特殊的小小机器有了普遍性,直到张跃来了,而且熟了,自告奋勇摆弄它半小时,机器才开始工作。

《新编》第七册完成后,父亲照例向帮助工作的学者们致谢。这是最后一册,父亲把我和仲都写上了。我以为不必,删去了。张跃提出也不要写他,我们当然没有同意。书而不呆,能干而不自矜,这样的人,似乎日见其少了。

张跃的硕士论文题目是"理学的产生与时代精神",博士论文题目是"唐代后期儒学的新趋向",已编辑成书,由台湾文津出版社收入该社的博士丛书。

人生匆匆,真如过客。过客的身份,是每一个人都一样的,但每个人留在别人心中的,很不一样。

1992 年 2 月中旬
原载《文汇报》1992 年 5 月 10 日

《丛竹间燕园的家书》读后

转眼间,沈同先生已去世大半年了。

一个黄昏,沈先生的外甥女沈昆送来一本装帧极精美的书,让我看看。原来是沈先生写给外甥沈靖的一批信,由沈靖自制成书,扉页是大幅照片——燕南园五十三号,他们的家的外景,两扇窗和茂盛的植物。在这上面印出了书名"丛竹间燕园的家书"。

沈先生夫妇除了自己的四个孩子外,还抚养两个甥子女长大成人,是燕园中尽人皆知的事,大家对此都怀着敬意。这些信中不只充满了舅父对甥儿的关心和疼爱,也表露了一个科学家对后辈的教导和期望,沈先生引爱因斯坦的话:"知识面愈扩大,那么知道,还没有知道的领域更扩大。"这和我们的先贤所说"学然后知不足"是一致的,只是那示意图我觉得特别有趣。

在图上他自己还写了几个字,希望沈靖不断上进,"Upward! Upward!! Upward!!!"(向上! 向上!! 向上!!!)

在这万金家书中,他也写到燕南园邻居的情况。没想到其中还提到我。说我去看望他,送去乌龙茶。

我掩卷叹息。在燕南园邻居中,沈先生不算老邻居,不像王力先生、江泽涵先生那样,从昆明时起一直做邻居,在相隔不过数百米空间里过了半个世纪。不过在燕南园邻居中,我最常见到的,可以说是沈先生。因为我每天清晨出外走路(号称做气功),必经过五十号。总见他在松墙后草地上活动。我常想问一问做的什么操,却始终没有问。忽然有几个星期没看见,还没来得及想是怎么回事,沈先生已去世了。

母亲病重时,我曾向沈太太查良锭先生请教营养方面的问题,她是协和医院的营养师。我也曾好几次想去旁听沈先生关于生命科学的讲座,但像我想做的许多事一样,皆为"梦幻泡影"。

对沈先生有一点认识,是由"总鳍鱼"引起的。

总鳍鱼登陆发生在古代泥盆纪,距今已三亿五千万年了。它们登陆后发展为两栖动物,又发展为高级脊椎动物。如果没有总鳍鱼登陆,就没有今天的人类。而其中的一支鱼不肯登陆,不肯变革,不肯发展,亿万年后成为总鳍鱼的活化石。七十年代末我一直想用两支总鳍鱼的命运写一篇童话,提醒人们僵化保守固步自封的下场。

童话本是最容许想象自由驰骋的文学体裁,不过内容有关生物发展,就不该违背科学史实。一九八三年初秋,我动笔写这篇童话时,为了避免错误,便去请教沈先生。

沈先生觉得我的想法很有意思。我想他可以立刻回答的,他却说要再查一查。这是读书人的习惯。似乎是当天下午,沈先生打电话来,说已查到,让我就去。我到五十三号院中,他已站在门廊下等我。那天飘着雨丝,草地绿得发亮。

他递给我一张纸,又拿起一本大书,纸上工整地用英文写着一段话,是从那书上抄下来的。沈先生不算长辈,但当时也已满头白发,我很惶恐,连说:"说说就行了,写着多费事。"

沈先生却不嫌费事,见我有些专门名词不认得,还加以讲解,足以作为我笔下总鳍鱼生活的根据了。童话写成后,发表在上海《少年文艺》上,后获全国首届儿童文学优秀创作奖。

沈先生一九三九年从美国康乃尔大学学成归国,一九四○年开始在西南联大任教,主持动物实验室。也曾在北门街唐家大戏台上住过,那是当时几位单身教员的宿舍。

我以为写《野葫芦引》第二部《东藏记》时,他一定会给我丰富的材料,也以为近在咫尺,随时可以讨教,不料《东藏记》尚未开始,却再无谈话机会了。

但那几个字仍在我耳边回响,"向上！向上！！向上！！！"

1993 年 9 月

原载《文汇报》1993 年 9 月 5 日

久病延年

一九九五年夏,在美、加之行中,沿途几次听到朋友的噩耗,心情很觉沉重。不料九月底回到北京,一出机场,得到的消息更为惊人,那就是冯牧同志去世。我几乎怔住,呆呆地望着说话的人。在飞机上,我还筹划着要先去医院看望冯牧,送上我带回的加拿大草药书。但是太晚了。

在整理旧物的时候,忽见一方图章,上镌"久病延年"四个字。白文,图章是方形,很扁。这是冯牧同志在七十年代初送给我的。那时人们渐渐地趋向逍遥,而我则忙着生病,第一次重病刚趋稳定,又要做一次手术。冯牧当时正以篆刻消遣,收罗了些旧石头,每日练刀。他知道我不停地生病,就刻了这四个字给我。

这四个字对于冯牧同志和我来说,可以说是互勉。五十年代后期我们都在《文艺报》工作,他当时就是大病号。编辑部在文联大楼(即今商务印书馆所在地)四层。大家形容他走到二层便倚着栏杆休息,拿出药瓶喷药,看几页书再上楼去。他还常常发烧,常备抗菌素,有时从我门前过,便在信箱里放上几包,以示支援。在对付疾病这一点上,我们都相信破罐子熬得过铁锅。可能是因为身体的关系,他在编辑部从来没有管过全面的工作,似乎有点顾问的味道。但他有时到国际组来随便谈谈,出些主意,对我们的工作总是很有启发。

那些年强调斗争,"与天奋斗,其乐无穷;与地奋斗,其乐无穷;

与人奋斗,其乐无穷。"最温良恭俭让的人因为要求进步,也强迫自己去斗争。在这方面,冯牧没有"改造"好,他好像不大会整人。他对人宽厚,喜欢朋友。因他常常生病,人去看他,回来说,以为冯牧在家什么都不知道,其实他什么都知道。这当然是因为去看望他的人很多,他关心别人,别人也关心他。进入新时期以后,冯牧担负的工作逐渐多起来。他关心整个的文学事业,这表现为关心作家,关心文学青年,总希望能有一个好的环境,让每一个人的文学才能,哪怕只有一点,都能发挥出来。曾听一位指挥说,一个好的指挥不仅要指挥现有的乐队,还要能提高现有的乐队。我并不太了解情况,感觉上,冯牧同志在他负责工作的那几年里,就是这样做的。

六十年代我在逎兹府住,与作协黄土岗宿舍很近,冯牧有时到我处闲谈。当时我的挚友陈澂莱和我同住,说的来,他上中学时常和澂莱的堂兄们一起打篮球,是西泉城根陈家花园的常客。一转眼很多年过去了,少年们走上不同的道路。但是我们都觉得,冯牧骨子里总有一种旧家子弟的矜持,这使他的性格更为丰富。冯牧同志在自己和疾病的斗争中,还关心很多事,其中之一是我的医疗问题。常常生病的人,跑医院是开门七件事之后的第八件事,不可缺少,也是延年的条件。冯牧希望延年,是为了文学事业。他希望我延年,是要我把小说写完。我想冯牧同志可以放心,无论怎样挣扎,我不会放弃我的小说。

冯牧和我还有一个共同点,就是热爱云南。抗战时我在云南度过了少年时代,那蓝天白云红土和抑扬顿挫的昆明话伴随我成长,成为我的一部分。冯牧在《彩云之南》这篇文章里说:"我把云南看作是我的另一个故乡,一个哺育我发展成长的地方,一个常常使我魂萦梦绕的地方。"他一有机会就要去云南。一九九四年秋,作协创联部组织作家访问云南,请他做团长,当时他身体已很不好,人劝他不要出门。他在一次电话里说,不愿放弃这个机会,亲近云南的机会。有一次他从云南回来以后,寄来一张照片,背景是大片的木香花,他说,木香花有桂花的香气。这我以前完全没有注意到。一九九五年初,《中国作家》"我和云南"征文发奖,冯牧从医院里来颁奖,我从他手里接过奖状,这是最后一次在公开场合见到他。去冬还有几次会,本来都是少不了冯牧的,会场里熙熙攘攘,却觉得有些空,我们再也见不到他了。

"久病延年"这四个字,用来作一篇追思文字的题目,似乎很不合适,可是我还是用了。因为它有一种精神,有一种毅力,还有一种不离不弃的对生活的爱。

原载《文汇报》1996 年 3 月 11 日

刚毅木讷近仁

——记张岱年先生

张岱年先生的著作,我家有好几种,大部分是张先生送给先君冯友兰先生的。也有几种赐我和外子仲,如《张岱年学术论著自选集》《中国伦理思想研究》《张岱年文集》等。我以为哲学书是要正襟危坐来读的,但总没有这样的日子。近日,仲往中关园探望,又带回一本《张岱年学术文化随笔》。因为书名是随笔,似乎可以随便读,一读之下,启示良多,没想到我也是要把学术思想变为随笔才能领会。后又浏览《中国文化及哲学》等书,便有一些想法。张先生书的一个突出特点是个性鲜明,他旁征博引,用的材料很多,但是绝无堆砌之弊,而是经过咀嚼消化,条理分明地用来说出自己的看法。父亲曾说张先生的著作读来亲切有味,我想这是因为他提炼了中国文化的精髓,给我们的不仅是香醇的乳汁,而是乳汁的乳汁,是奶油。

我很喜欢《论中国文化的基本精神》一文。文中提到中国文化的四个基本要点,即刚健有力、和与中、崇德利用、天人协调。我读后精神为之一振。文中说,《周易·大传》提出"刚健"的学说:"大有,其德刚健而文明,应乎天而时行。"又云:"大畜,刚健笃实辉光,日新其德。"这些都是赞扬刚健的品德。《象传》说:"天行健,君子以自强不息。"天体运行,永无已时,故称为健。健含有主动性、能动性以及刚强不屈之义。君子法天,故应自强不息。张先生特别赞赏"天行健,君子以自强不息"的思想,在多篇文章中都讲到。这句话下面还有一句"地势坤,君子以厚德载物"。坤者,顺也,大地以其宽厚能载万物,也就是要宽容,要兼容并包。这句话很重要,如无厚德载物的地,自强不息的天是没有根基的。这两句话曾被清华大学作为校训,激励着许多学子,它镌刻在年轻人的心里。我自己非常喜欢这两句话,曾多次建议清华恢复这一校训,许多校友都有这想法。近闻清华大礼堂内原有的这八个字已经恢复,看来有望。张先生文的第二个要点:和与中。"以他平他谓之和。"意谓聚集不同的事物而得其平衡,叫做"和",这样就能产生新事物,所以说"和实生物"。"君臣亦然,君所谓可,而有否焉;臣献其否,以成其可。君所谓否,而有可焉,臣献其可,以去其否,是以政平而不干。"这是《左传》记晏婴的话,君与臣也不能只是君说了算,要讨论哪些是否,哪些是可。第三个要点是"正德、利用、厚生"。这是春秋时代的三事说,意即端正品德,善于使用工具器物,改善丰富生活。这就包括了人的精神和物质两方面生活。第四个要点是"天人协调"。《文言》说:"夫大人者,与天地合其德,与日月合其明,与四时合其序,与鬼神合其吉凶。先天而天弗违,后天而奉天时。"《基本精神》文中说:"此所谓先天,即引导自然;此所谓后天,即随顺自然。在自然变化未萌之先加以引导,在自然变化既成之后注意适应,做到天不违人,人亦不违天,即天人相互协调。"张先生把中国文化精神从糟粕中清理出来,让我们知道该继承什么,而不是只盯着三纲五常,认为中国文化一无是处。若能把这几点略通一二,人们就会清醒些,就不会在糟粕中打滚,不会以邪门歪道求进身,不会用站笼把人活活站死,也不会学抽鸦片烟!

读这本书,知道一点张先生提出的文化综合创意的学说。有人说这一学说提示了文化发展的规律,因为文化总是在推陈出新的。这是大学问，我无研究。又知道张先生从青年时代就是唯物论者。《世界文化与中国文化》(1933年)一文中贯穿了辩证思想。最后写道："文化是最复杂的现象，文化问题只有用唯物辩证法对待，才能妥善地处理。列宁说：'在文化问题上，性急与皮相是最有害的。'这是我们应永远注意的名言。"张先生自选集中收了这篇文章。他在三十年代就引用列宁的话了。我上过张先生所授的历史唯物主义和辩证唯物主义课，当时有人议论，说张先生讲的唯物论不见得合官方的意思。我懵懵懂懂地过了好些年，现在才逐渐明白，他讲的唯物论，大概是和政治有距离的，所以有学院派马克思主义者之称。去年在加拿大，有几位哲学教授，对张先生的文章都很钦佩，虽然他们都是有信仰的神学家。若论信仰唯物论，张先生可谓老资格，但似一直没有得到应有的重视，他从未当过什么委员、代表，倒是赶上当了回"右派"。

北大中哲史教研室主任陈来先生有一篇文章，其中说："冯先生的《中国哲学史》，张先生的《中国哲学大纲》，前者以人物为线，后者以问题为纲，一纵一横，构成现代中国哲学史研究的经典双璧。"我读陈来文章才知道，有一段时期，因为是"右派"，张先生的书不能用真名出版。无独有偶，冯先生的书五六十年代在台湾多次出版，却没有作者名字，好像这书是从天上掉下来的。曾遇一韩国作家，他说他很感谢偷印这书的人，不然就读不到，岂非大遗憾。现在在台湾读冯著倒是方便了，谁知又有新麻烦。

我一直认为"右派"都是聪明人。近闻有一位老学者说，"右派"是中华民族的光荣和骄傲。这是现在的认识，那时的经历，可是太惨痛了。曾与张先生谈及那一段生活，我问是什么支持着他，他答道："批判想不通，觉得世间再无公理，曾有过自杀的念头。但想到我若自杀,你七姑和孩子就没法活了。"在最艰险的时刻,是朴素的亲情挽住了生命之舟。我自己也有亲身体会。

家里有一张古老的结婚照片,许多人簇拥着魁伟的新郎和娇小的新娘,那便是张先生和我的堂姑母,七姑冯让兰。前面站的两个小女孩,穿着红缎镶亮边的小袍子,高的是张申府先生的女儿,矮一些的就是我,所以我在七岁就认识张先生了。七姑曾在清华乙所和我们城内寓所住过一段时期,但是张先生很少理会孩子,不像陆先生(侃如)还曾把我们孩子抡起来转圈,使得大家都很高兴。那是因为张先生满心装的都是哲学,别的再也塞不进去。七姑曾形容他,上公共汽车永远是被别人挤下来,怎么也上不去。这些年,我却越来越觉得张先生亲近,从心里爱戴他。张先生为人厚道,有求必应,这是众所周知的。我们常常觉得他也能说句"不"才好。

父亲和张先生俱治中国哲学,方法、道路不同,但他们互相理解,互相尊重,且有很深的感情,那并不是因为姻亲的关系。父亲去世的次日,张先生赶到家里,一定要去医院看望,我不愿老人看见他所关心的人躺在一个冰冷的匣子里,但是七姑父坚持要去,非去不可。当时有几位清华教师同来吊唁,乃陪同前往。两位老学者,一个躺着,一个站着,阴阳两隔,相对无语,似乎时间都凝固了。事隔多年,写到这一段,我还是忍不住自己的眼泪。父母亲下葬的那天,大雪纷飞,郊外青山如着一袭素衣。亲友们站在雪地中,没有一位肯戴帽子。张先生披着雪花作墓前演说,他说冯先生是一位与时俱进的思想家,他的一生是追求真理的一生。张先生的话透过雪花,在众人心上回荡。

一九九一年我罹重病,张先生数次从中关园步行半小时来看望。我知道他看望的不只是我。

我们一代又一代的学者,都是在努力追求真理,但是他们的步履是多么艰难!从焚书坑儒始,各种查禁,以至于砍头,可以作一部专史。到"文化大革命",歪曲批判,残酷斗争,还有各种助纣为虐的唾骂,一起上阵。他们坚持活下来,完成自己认为应该做的事,这需要多么大的勇气和毅力。东坡论留侯云:"天下有大勇者,卒然临之而不惊,无故加之而不怒,此其挟持者甚大,而其志甚远也。"在荆棘中行走的人,很少认为自己是大勇者,只是有一种精神,一种志向,遂留下了名山事业。

有的人内涵很少,却从外界得到很多,有的人内涵丰富,却从外界得到很少,这也就是一种平衡吧。

"刚毅木讷近仁"是孔夫子的话,父亲用来形容张先生(见《张岱年文集》序)。我写下这句话作题目时还以为是自己的发明呢,其实我一定读过这篇序的。张先生有一枚非等闲的闲章,镌有"直道而行"四字。他确实是直道而行,所以不会挤公共汽车。他口吃,不善言词,木讷气质一见便知,于木讷中自有一种温厚气象,使人如坐春风。这春风很近,因为房间堆满书,人能占有的地方很小。在表弟未分得房子时,张先生的书斋放不下一把待客的椅子,我们去了,索性坐在床上。现在倒有了一张凸凹不平的老式沙发,人先需侧行,然后就座。张先生重听,日益严重,而我听力、视力减退的速度似乎要和老人比赛,大家促膝而谈,倒免得高声。

以上文字是去年写的,总想再改得好些,便搁着。转眼冬去春来,一九九七年三月二十二日《张岱年全集》由河北人民出版社出版并举行了首发式。张先生命我参加,我当时正在医院又一次和病魔搏斗,未能前往。本来对一位哲学家的著作轮不到我发言,但以我的三重身份：学生、晚辈和读者，似还是可以说几句，意思虽肤浅，心却是真挚的。

张先生亲自参加《全集》的首发式，亲眼见到自己的全集出版，这样的例子并不多。我很为张先生高兴，也为读者高兴。没怎么听见动静，《全集》便到了读者面前，而且装帧精美，错字很少。比较起来，《三松堂全集》的出版过程要艰难得多，已历经十二个寒暑（玄奘取经也不过十四载），还不知何时能见全貌，只有耐心等待了。

去年一份报上刊出张家二老的照片，有小字说明他们都是七十八岁的老人。其实去年他们是八十七岁，今年正好是米寿大庆。我想"改得好些"的愿望，看来一时做不到了，乃将去年之稿略作修改，祝贺《张岱年全集》的出版，并为二老寿。

1996 年 11 月中旬初稿

1997 年 6 月下旬病中改，8 月始成

原载《随笔》1997 年第 6 期

大哉韦君宜

二〇〇二年一月二十六日黄昏,邵燕祥来电话告诉我,君宜同志已于当日中午辞世。我立即给杨团打电话,杨团说君宜同志是在歌声中离去的。那是抗日战争时代留下的歌,万众一心用血肉铸成长城的歌。她是唱着这些歌走上革命道路的,用这样的歌为她送行再恰当不过。

君宜同志是个敢说真话的人。我们经历过的那个古怪时代,要把所有人的头脑都变成复印机,传达什么就照着讲照着说,够不上传达的也要人云亦云,以免出"错"。君宜同志不是这样,她要把她看到的真实情况说出来。小至对一个人的看法,大至对国家局势的看法。我常说,历史是一个哑巴,人们知道的只是写出的字。要更多的人说出真话,我们才可以接近真的历史。

君宜同志是一个能够反思的人。痛定思痛,只有人才能够做到这一点。可是人常常放弃这一特性。有多少人于痛定时就失去了记忆;有多少人于痛定时还要涂抹油彩,说本来就没有什么痛。《思痛录》中有这样一段话:"我就是这样一步一步思索我这十来年的痛苦,直到思索痛苦的根源:我的信仰。直到我们这一整代人所做出的一切,所牺牲和所得失的一切。思索本身是一步一步的,写下来又非一日,其中深浅自知,自亦不同。现在仍归其旧。这个根源,我留给后来者去思索。"她的反思不是偶然的、片段的,而是有目的、有系统的,有这样的反思才能进步。

然而这需要多么大的勇气。也许她根本没有想到勇气,她只是要把她看到和认真思索过的说出来,为了后人。

　　君宜同志是个永不消沉的人,缠绵病榻十余年,写下了近三十万字的文稿,为历史作证。我是一个老病号,在和病魔周旋时,有时会万念俱灰,满脑子萦绕着那两句"纵有千年铁槛寺,终需一个土馒头"。我深知病中写作的艰难,我不知道君宜同志有没有灰心的时刻,但她是胜利者。

　　她终于明白地说出了要说出的话,可以安心地沉默,这让人减少些悲痛。

写于 2002 年清明前夕

向前行走

去年十二月上旬得到雕塑家吴为山先生电话，说熊秉明先生患脑溢血昏迷不醒。他在发病前，曾说要给我写信，惦记仲德的病情，又想着我以多病之身遇到这种大事可怎么好。不料他自己摔了一跤就从此不起。我几次想打电话问秉明兄醒过来没有，却又怕打，怕的是他醒不过来。十二月十五日晚，我往巴黎打了电话，得知秉明兄已于十四日晚九时十五分逝世。

熊夫人陆丙安声音很平静，但显然在压抑着哽咽。她说我正想要通知你，他留下了很多未完成的作品，我一定要把它们整理出来，我要为他出一本纪念文集。我只有请她节哀保重，说不出什么话。

我常想到杜甫的一句诗："访旧半为鬼，惊呼热中肠。"这两年，隔一些时候便会收到讣告。有的朋友几个月不见，再得到消息时，原来他已经离开了。我这一代人，好像是一个枝头的许多绿叶，正在悄悄地落下，一片又一片，回归了大地。如今，熊秉明兄落下了他人生的帷幕。

秉明兄与我同为清华子弟，是成志小学的先后同学，可谓从小相识。但因年纪相差，相互并无了解。直到读了《关于罗丹——日记择抄》这本书，才开始真正认识他。我很为书中充满哲理的艺术见解和简朴而动人的文字所折服，不由得写了一篇介绍文字《行走的人——关于〈关于罗丹——日记择抄〉》。我说，"若想活得明白些,活得美些,都应该读一读这本书。"文章发表后也没有寄给秉明兄看,是有朋友告诉他。后来又得到他的几本散文集,又获得许多精辟的艺术见解,后来我眼疾日重,就无法阅读了。

一九九九年北京举办《熊秉明的艺术——远行与回归》展览,展品主要是雕塑,也有绘画和书法。我去看了,虽然只看到大概轮廓,却有一种感受,感受到一个艺术家的精魂在那些金属里发出活力。展品中那些翩翩起舞的铁条鹤,凝聚着生命的沉重的回首牛、跪牛,让人伫立良久。还有一个雕塑是仰天嚎叫的狼,让人仿佛真的听见狼在旷野中的嚎叫,正在穿透黑夜,似乎是绝望的挣扎,又似乎是希望的奋斗。秉明兄的艺术近于抽象,乍一看似乎很不像,但细细揣摩后发现它们是那样真实。他给读者留下了想象天地,大大丰富了作品内容。

有评论家说,"把书法的哲学、语言、形态融入他在西方所接受的雕塑训练,呈现的即是'熊秉明'这位艺术家的文化修养传承。"秉明兄毕业于西南联大哲学系,又多年在西方从事艺术创作。我常想,被东西方两种文化"化"过的人是有福的,世间有这样的人,对大家来说也是一种福分。可惜我们的福分越来越少了,怎不令人悲哀!

在秉明兄的建议下,我张罗着,得到北京出版社的支持,编辑出版了《永远的清华园》一书。那一年,我在眼科病房中,想得最多的就是怎样编好这本书。自幼生长在清华园中的清华子弟们从自己的角度记下了对父辈的印象,表现了这一代学人的风范。讲的是学问以外的事,留下的是长久的心中的记忆。

去年六月,在杨振宁先生八十华诞寿宴上,秉明兄书写了"八十"两个大字,为振宁师寿。这其实也为他自己祝寿,他也是八十岁,谁也没有想到他会停止在八十岁。寿宴后几天他偕丙安和吴为山君到我家来，谈起我的下一部小说《西征记》时，他说，"你没有打过仗，你怎么写？"我说："就靠你们啊！"他曾参加抗日战争，在滇南一带作战，在丛山密林枪的炮声中读里尔克，可谓携笔从戎。西南联大纪念碑碑阴刻有当时从军学生的名字，记下了他们的爱国热情，如高黎贡山，如怒江水，长在人间。他说："我可以告诉你许多事。"可惜我不能做长时间谈话，未得畅叙，总想着还有下次呢，谁知道竟没有了下次。

吴为山君创作了许多名人塑像，表现了他卓越的才华。秉明兄特别赞赏那一尊冯友兰头像，在给我的信中曾说这尊像"有历史，有哲学"。这像一式二尊，分放在北大、清华的文科图书馆中，注视着青年学子的成长。

我找出《远行与回归》艺术展的画册，一页一页翻过去，那些牛、鹤、狼和抽象绘画在我眼前流过。不能说他停在了八十岁，他的精神还在向前行走，正如他对罗丹雕塑《行走的人》的解释："人果真有一个目标吗？怕并没有。不息地前去即是目的。全人类有一个目的吗？也许并没有。但全人类都亟亟地向前去，就是人类存在的意义。"

2003 年
原载《文汇报》2003 年 3 月 3 日

忆朱伯崑

朱伯崑——北京大学教授,易学专家,著有《易学发展史》等专著。晚年组建了东方国际易学研究院,任院长。七十五岁时易学研究院为他庆寿,颁发伯崑奖,出了一本文集。第一篇文章的第一句话是这样的:朱伯崑先生是冯友兰先生的大弟子。

朱伯崑是清华哲学系学生,用他自己的话说,从一九四七年进清华就跟着冯先生。他们上课有时是一师一生,但冯先生仍是很正式地讲解。那时清华的先生们都是这样的。记得我上邓以蛰的美学课,学生只有两人,我和一位哲学系同学;上李广田的各体文习作,学生也是两人,我和一位物理系同学。学生人少,老师的知识似乎更集中地传授给我们了。

冯先生和朱伯崑的师生之谊,不止是在课堂上那几年,而是终生延续下来。朱伯崑毕业后,留在清华任教。院系调整以后,他们同来北大。朱伯崑不是冯先生的助手,却常来我家,开展师生对话,讨论各种学术问题,并经常帮助冯先生看稿子,一直看到《中国哲学史新编》脱稿。"文革"中,朱伯崑曾被迫在大会上作检讨,痛责自己追随"反动学术权威",他的检讨在大喇叭里广播。"文革"过后旧习不改,仍然常来,与冯先生在书房高谈阔论。老师的声音一年比一年低,学生的声音一年比一年高。家里常来往的年轻人都知道朱伯崑。一次,一位年轻人问,他说话为什么声音这么大?我想,一来是因为父亲耳聋日重,二来是朱伯崑的学问日深。一年一年过去,世事变化很多。而他们的高谈阔论依旧。在他们之间,唯一的话题是学问。父亲八十岁以后,每逢寿辰,家中总有小规模的庆祝,也必会出现朱伯崑送的蛋糕。

一九九〇年十一月二十六日父亲逝世。朱伯崑撰一挽联:"擎夏宇,系国魂,呕心沥血,重诠正统,千载绝学承先圣;赞中华,求真理,白发殚精,再写新编,百年自序启后生。"

老师走了,师生情谊并未终止。朱伯崑没有研究冯学的专著,但有文章和讲话,他解释"照着讲"和"接着讲",一讲便是洋洋洒洒,自成系列。一九九五年酝酿成立冯学研究会,朱伯崑自然而然地被大家公推为第一任会长。他和秘书长胡军(北大哲学系副主任,现代哲学史家)为研究会的成立筹办各种手续,很麻烦了一阵子。朱伯崑任会长十二年间,为推广冯学、开展研究做了不少工作。二〇〇五年的一天,他打电话给我,说要为冯先生诞辰一百一十周年开一次研讨会,我的反应是又要开会了。他拟了讨论提纲和胡军、李中华等冯学研究会理事们一起筹备。会议在十一月八日举行,是一次规模较大的国际性会议。会议的论文,由胡军编纂成书,题名"反思与境界"。其中有许多精彩篇章。如陈来《"圣贤之后"的人生追寻》,分析《新世训》的伦理学意义与功能;牟钟鉴《冯友兰先生是当代贵和哲学的一面旗帜》,指出冯先生提出贵和哲学的贡献。这些论文以及后来蒙培元关于"贞元六书"的文章《理智与情感》,代表了冯友兰研究的新的学术水平。

我不大记得朱伯崑年轻时的模样,似乎他年轻时就像"老夫子"。后来越来越像,再后来我索性就称他"老夫子"。他也不曾抗议。

那年十二月中旬,清华文学院老校友们,在清华人文社会科学学院举行了一次"冯友兰先生和清华文学院"小型座谈会。朱伯崑那时身体已不大好,但还是来了。我因目力太差,看见他竟不认识,问:"你是谁?"他用力说:"我是朱伯崑。"我忙说:"你也来了。"他说:"我自然要来。"

还有坐着轮椅来的,那是西南联大学生、中科院院士唐稚松。在大家热烈的发言中,他讲话时声泪俱下,给人印象很深。他说:"冯先生最爱国,我想起来就很感动,那一代人爱国的热情是后人无论如何赶不上的。"我想,赶不上,能理解也好。遗憾的是现在有些人不只在时间上离开前辈学者越来越远,在思想感情方面,也是越来越远了。个别人更以一种居高临下的态度妄加裁判,信口胡言,使人啼笑皆非。

朱伯崑先生于二〇〇七年五月逝世。大弟子去了,我真有梁柱摧折之感。历史总是要一页一页掀过去的。我感叹之余,特别发了唁电:"常记朱伯崑先生为开展冯学做出的努力。"唁电很短,只有一句话,而常记是实在的,长远的。

朱伯崑在易学上造诣很深,听说有不少商家想借他的影响请他算卦,占卜商机,他坚决拒绝。他常说他的易学是"学术易",不是"江湖易",钻研学问是为了阐明易理,增加人们的智慧,不是为了赢利,也不是为了地位,而是希望有用于国家民族的发展和兴旺。

这些年来,胡军一直任冯学研究会秘书长,做了很多工作。他曾对我说,在工作接触中,他深深体会到朱先生对冯先生的情义深厚,让他很感动。朱伯崑说:"自己所以能有今天的学术成就完全是由于冯先生的提携,没有冯友兰先生就没有自己的今天。"(《反思与境界》编者前言)能够感恩的心是高尚的。现在还有多少人记得自己在学问的进程上,拿在手中的笔是一根接力棒。

在二〇〇七年十二月十二日冯学研究会新一任理事会上,陈来当选为会长。大家特别提出要继承朱先生的遗志,促进冯学研究。在纪念冯先生的同时,增加了对朱先生的纪念。纪念的情意山高水长,影响自然是可以期望的。

2008年12月29日
原载《随笔》2009年第2期

祭李子云

子云,时间过得真快,转眼间你已经离去十五个月了。这期间我常出入医院,也常在心中描摹你在医院中的情景,怎样的挣扎,怎样的告别。我知道只有一个结果,我再也不能与你相见,再也不会听到你的洞见妙语,再也不能毫无顾忌地畅谈我的各种感受了。

我们会面不多,但每次长谈都像是森林中的氧气,从你那得到的永远是理解和启发,使我感到清醒和熨帖。二〇〇四年春我到杭州去,我是独自去的,再没有仲德陪伴了。经上海时,我们见面,从你那得到许多安慰。我们讨论人生,也没有忘记文学。你说几天后你也去杭州,可是,后来你家遇事,没有来。二〇〇五年我又到上海,我们在一个小西餐馆相会,那种东一句西一句漫无边际的闲谈,真是一种快乐。能这样谈话的人太少了。如今又少了你,到哪里去寻找呢?总以为还会有再见面的机会,哪知这就是我们最后的见面。

随着时间的推移,灾祸向我们推进,而终于到了你结束一切的时候,我怕也不远了。

子云,你是有卓越见识的人。在改革开放初期,你的一批评论文章,给了新时期文学多少力量!

你是说真话的人。有见识不容易,能说出来更不容易。在这充满谣言和谎话的时代,说真话需要多么大的魄力!这包括勇气、决断、担当等等条件。

你是能听懂别人话的人，你从来不凭几个条条框框去评论别人。因为能听懂别人的话，看懂别人的书，能体会作品和作者最本质的东西，还能把它揭示出来，说你是第一流的评论家是不够的。你知作品之意，会作者之心。金圣叹读《西厢记》，读到"他不瞅人待怎生"，卧床品味三日未食。现在的人已经缺少这种感动的能力了，而你的慧悟从未减退。

你能领略生活中的各种美，服饰永远得体。你七十岁以后的肤色还可以为化妆品做广告。

天地间孕育一个你这样的人，需要多少灵秀之气！要消逝竟这样容易。子云，我们会再见，在消逝中再见。

原载《新民晚报》2010年12月27日
编者改题为《李子云的慧悟》

握手

上世纪四十年代上半期,我在昆明联大附中读书时,有各种文艺活动。在一次诗朗诵会上,光未然来了,他好像朗诵了一首《为少男少女们歌唱》,有的同学记得是《午夜雷声》。那应该是我第一次见到光年同志,但已没有什么印象。印象清楚的是五十年代初,我在政务院文教委员会宗教事务处工作,文教委员会开会有时叫我去做记录。有一次会议,记得是由习仲勋主持。发言的人我大多不认得,做记录时,有人告诉我他们的名字。到张光年同志发言时,我才知道他就是光未然。他的发言很长,发言中常有人插话。他对旁边的人(好像是胡乔木)说:"我们这些人数学都不好。"不知为什么,会议的内容我全不记得了,只记得这句话。

一九五七年初,我到《文艺报》工作。当时《文艺报》年轻人多,很有朝气,学习的热情很高。那时还没有狠批"封资修"。记得副主编陈笑雨复习英文,要我为他找些书。我找的书是以前的高中英语课本,上面有《大卫·考博菲尔》在饭馆被骗的一段,读了都觉得很有趣。当时编辑组的两位女同志召明和杨明想读点古文,我建议她们背诵。她们要我布置功课并按时听她们背书。有一次,召明背到中间卡了壳,急得哭了起来。在这样的学习气氛中,作为主编的光年同志,自然是重量级。他开讲《文心雕龙》,每周一个半天。这本是很好的学习机会,但我没有能认真听讲。在编辑部的同乐会上,光年同志也朗诵过诗,印象最深的是这样几句:"绿色的伊拉瓦底啊！带着玻璃样透明的心肠,高傲而满足地,流在缅甸庄严的佛土上。"我觉得光年在朗诵时特别显出一种诗人气质。他是一位诗人又是一位学者。

我所在的外国文学部,主任是萧乾,副主任是黄秋耘和邹荻帆,大家都很谈得来。萧乾曾带我们全组人员到北海去会见文洁若。秋耘常说自己是军人,但他总是带一副多愁善感的模样。我们有时一起背诗,你一句我一句,很畅快。在宝钞胡同的《文艺报》宿舍,谢永旺等四个年轻人住一个房间,我称他们为"四杰"。文学评论组有两位年纪略长的同志,被我们称为"鸭、羊二兄"。那一段日子,也就是"反右"以前的几个月,回想起来是很快乐的。

"反右"运动开始以后,空气紧张起来。七月份,我的小说《红豆》在《人民文学》杂志发表,受到批判。当时的《人民文学》主编张天翼曾带我到北大中文系开了一次会,听取意见。后来又安排我写一篇外国作家大炼钢铁的报道,也在《人民文学》发表,以此表示我还可以发表作品,没有什么大问题。这都是对我的关心和爱护。但他也指出这个年轻人肯定是应该注重思想改造的。

一九五八年,干部开始轮换"下放"改造。在一次小规模的会上,光年力主我应该第一批下放,但后来因为工作需要,我到一九五九年才下放。在桑干河畔度过了整整一年。一九六〇年初,我回到编辑部不久,光年和我做了一次长时间谈话。主要是通知我作协党组的决定,调我到《世界文学》杂志工作。我们谈了很多关于思想改造问题,他鼓励我要巩固下放的收获。到《世界文学》以后,我写了短篇小说《后门》,批评社会上"走后门"的现象。虽然我已十分注意语气的委婉,并将原因归于资产阶级的影响。在《新港》(《天津文学》前身)发表时——这在当时已很不容易——题目改为"林回翠和她的母亲"。光年看到了这篇小说,也许是有人向他报告的。在一次作协的会议上,开会休息时他对我说:"这篇小说不好,要投鼠忌器,要注意。"我很感谢光年的关照。以后,局面越来越紧,要写出自己的见识很困难,我在《世界文学》,对研究外国文学也很有兴趣。可做的事很多,我暗下决心不再写作。直到十四年后"新时期"到来,我才重新拿起尘封的笔。

到二十世纪末,作协原领导层的同志多已去世,只剩下光年,也患重病。大概在世纪之交的某一天,我和外子仲到崇文门外他的住处去看望他,光年很高兴,对我说:"'文革'时被打倒,众人都不理我。有一次在灯市口遇见你,你走过来和我握手。后来我写了一首诗,题目就叫'握手'。"说着,坐在旁边的黄叶绿同志取出了那首诗。光年给我们念了一遍,这也是一次朗诵。以后这首诗收在《张光年文集·诗歌卷》,全诗如下:

> 当黑色的风暴,
> 席卷中国大地;
> 我匆匆穿过长街,
> 一切熟人视同路人的时候,
> 感激你,真挚的朋友,
> 你默默地同我握手,
> 你紧紧地同我握手!
>
> 当我开肠剖肚,
> 摘除一串毒瘤;
> 我泰然躺在病床,
> 怀念健在的一切故人的时候,
> 感激你,真挚的朋友,

你深情地同我握手,
你紧紧地同我握手!

当一阵倒春寒,
挟来一阵冰雹;
我闭门谢客,
而又渴望倾诉衷肠的时候,
感激你,真挚的朋友,
你轻轻推进门来,
你紧紧地同我握手!

当风暴过去,
当病痛过去,
当感冒过去的时候,
感激你,真挚的朋友!
想念你,不死的友谊!
让我们紧紧地握手,
紧紧地,更紧紧地!

现在再读,真觉得无限感慨。

《黄河大合唱》是名作,感动了很多人,激励了很多人。我曾多次被那黄河的怒吼震撼。有一次,在北大百年纪念堂听《黄河大合唱》,有一段朗诵特别长,以前听《黄河》时没有的。我觉得这段朗诵不太好,不只啰嗦,也妨碍了音乐,而且词句太政治化了。怎么会有这一段?便打电话给光年。他说,《黄河大合唱》本来是有这一段的,一九四九年进城时说表演不便,删去了。现在又恢复了,很好。我说,我觉得效果不好。又说了我的理由。光年没有再说话,我们就谈别的事了。以后我没有再听到《黄河大合唱》,不知道那一段朗诵如何处理了。

不久以后,光年同志去世了。那一代文艺精英差不多全部走完,这是生活的规律,只有黯然。现在十年过去了,我们来纪念光年同志百岁冥寿。不知为什么,我又想起光年同志当年说的"我们这些人数学都不好",其实,这话也许并不尽然。我想,他们的共同点是把文学当成党的事业。拿光年来说,无论学者的才,还是诗人的才,都没有充分发挥;发挥较好的似乎是在文学事业的组织工作方面。他们竭尽全力,贡献了自己。这种精神是可敬的。

2012 年 9 月 26 日
原载《回忆张光年》,作家出版社 2013 年 10 月

萤火

秋色赋
墨城红月
热土
萤火
爬山
澳大利亚的红心
羊齿洞记
岭头山人家
"热海"游记
孟庄小记
促织,促织!
比尔建亚
拾沙花朝小辑

秋色赋

尝见人形容春天,惯用十分春色几个字,果然呈现出一片花团锦簇的景象。便想,秋色比春色其实更要浓艳几分,若用十分秋色来形容秋天,原也是当得起的。

小时候在北方,家住在一片枫树林子里,林中掺杂着松柏和槐树。每到秋来,绿枝红叶,交相照映,真是艳丽极了。有时靠在窗前,总奇怪晚霞怎么会离得这样近,想伸手拉它过来。后来到了云南,家住在一座小山上,和云南一般的山野村庄一样,那里林木葱茏,石径委曲,清溪淙淙,绕村而过。秋来时,一层深,一层浅,一层淡,一层浓的各种颜色,如同层云出岫,变幻无穷。往往是从远处望见树尖上一点黄意,便知道了秋的消息。

今年正当重阳,去官厅湖畔收秋,又得便领略了一番秋色,只是那丰富又有所不同。火车穿过重峦叠岭,停在了一湖澄碧旁边。下得车来,依着塞上的秋风走去,只见蓝天像冰似的略略透明,坦荡荡的大路,不知通向哪里。蓝天下,大路旁,有一片火红的树林,红得那样深厚,那样凝重,从未见哪一树春花有这等颜色。红树林背后,是向日葵田,风过处,摇曳起一片金黄,衬托得红的特别红,蓝的分外蓝。那近山远山,更如牙雕石琢一般,显得说不出的英挺劲拔。因为好奇,径自奔了红林而去,要看看它怎么能这样红,为什么这样红。到了跟前,见是一片杏树。一群白羊在树下嚼着落叶,因人来了,便踩着满地娇红往小土坡上跑去。同来的伙伴不觉赞叹道:"满园秋色关不住,这也算是塞上一景罢。"

然而秋色也还在别的地方。我们在花生地里劳动了几天以后,就开始了"溜地",就是在收过的地里,捡那些遗漏的财宝。村子里的一位老白大叔赶着三头牛在前面翻地,我在后面跟着。发现一个小白点儿,就高兴得不得了。有时眼看一颗花生落进泥土的波浪里,便连忙把它刨出来。捡着、刨着,清晨的寒意早不知哪里去了,只觉得在这没遮拦的田野上,老白大叔、牛和我成为一个和谐的整体。阳光十分明亮,鞭梢儿和牛角尖上都似乎涂抹着喜洋洋的色彩。于是忽然得了两句诗:"扫却晓寒轻,拾得秋色重。"不是么?每一颗,每一粒都是辛勤劳动的果实。拾满了的筐子虽然未必有多少沉重,收获的欢欣却是有分量的。红的甘薯、黄的土豆、白的花生……每年这绚烂的秋色,来得何尝容易啊。

然而秋色又还在别的地方。夕阳西下,变幻的晚霞照得银灰色的旱芦苇闪闪发光,成为一片通红的光亮的海。这中间,有一点最红的颜色,那是我们的油漆得十分鲜艳的拖拉机。它在工作。马达轰隆轰隆地响着,赶走了田园的幽静。在它身后,掀起的泥土仿佛在奔腾着,喧嚣着,散发着生命的气息。我几乎忍不住想要去搂抱这亲爱的土地,它属于我的祖国,要在它上面建设社会主义。

忽然又飞过来一点红色,停在夕阳的霞光和银色的旱芦苇之间。这是个农村小伙子,穿了件大红卫生衣,靠在自行车上,怔怔地望着拖拉机。老白大叔嫌牛走得慢,又舍不得动鞭子,正抱怨地不好:"瞧这地,净是石头,种了饱的,闹了瘪的。"小伙子听见了,转过头来一笑,说:"再过几年,不管啥地,都能种了瘪的,闹了饱的。"说完了话,骑上自行车,箭也似的向西射去,霎时间就融在那红光中了。我不觉也怔怔地望着他那着红衣的背影,我仿佛看见了表现着丰富收获的多彩的秋色,而且看见了明年、后年,以及多少年以后的更丰富更多彩的秋色。

若说,明年后年的收获,不只是仿佛看见,而是已在计划着、安排着。那是月夜,我在打谷场上守着,见一片寒光,十分清冷,田野村庄,都似乎浸在水里。因为月色无边无际,便生了无边无际的奇想,譬如骑了扫帚飞去之类。然而给我印象特别深的,并不是那天生就的粉红色的扫帚,而是堆积在场上的显得如此温柔的金色的谷子,还有那在月光下如此洁白润泽的花生,已是分出一部分来,留作籽种了。

香山红叶,挈园白菊,秋色本来俯仰皆是,我却要谆谆叮嘱自己,若得十分秋色,还需辛苦耕耘。

原载《北京文艺》1961年第12期

墨城红月

一过兴安岭,觉得天气猛然一凉。车窗外不再是无边的青纱帐,先是些高高低低的灌木丛,再过去,就是均匀的绿色。这就是呼伦贝尔草原么?直到看见那黑色的,又有些透明的河水,才恍然,确实又来到草原上了。

不知为什么,这里的大大小小的河水都是那样一种黑色,它一点不浑浊,只显得有些冷,有些重。但它自己一点不觉得,只顾流着。草原上的中心城市海拉尔,意思是"墨城"。我第一次来时,觉得很奇怪,这个新兴的城和墨城哪里有什么关系。这一次,我从河水又认识了草原,便猜想,墨城的名字,可能是从河水而来吧。

墨城海拉尔便在这样一条河旁,河上有大桥把新旧市区连接起来。这次旅行,喜欢活动的我,为病所拘,不曾出去活动,只管坐着看天。有时在桥上闲步,水么,只是流,已经知道它的特点了,便也还是看天。不料从天上,竟也看出一些名目。

这天是草原上的天,草原毫无遮拦,这样开阔,这样坦率,只是一个劲儿的绿。天呢,却是变化多端。它常常显得离地很近,有时站在四不靠的草原上,总觉得天还是可以用手摸得到的,在大桥上看日落,真是"远在天边,近在眼前"了。太阳如同从炉中锻出的炽热的铁,红得发白。沉下去以后,天边还久久地染着余光。我便想,那一块天,一定很烫很烫。

那云也奇怪。它仿佛不在天上,而在地上,应该说,就是在那天和地的交界上。像要往上飘,又像要往下落,让人摸不着头脑。有时乌云密布,天阴沉沉的,滴得下水来。忽然间云在空中活动起来,大块大块地往天边滑去,太阳马上就光灿灿的,照得人睁不开眼。天也骤然升高了,就是飞,也难得上去了。那些云,都集中到一堆,落到天地的边缘上,好像是谁在那刷了一笔浓墨。想来那里一定会下大雨,让丰盛的草原畅饮一番。再等一会儿,这一"笔"勾销了,却又在天的另一边,添上了一"笔"。这看不见的笔挥来挥去,云层就汹涌而来,呼啸而去,忙个不停。那施云童子、布雾郎君,以及四海的龙王爷,在这一带的任务似乎特别繁忙,我真替他们累得慌呢。

一个傍晚,千变万化的落照已经过去了。只在天地间有一道明亮的红云,直从暮色中透过来。我站在桥上望着它,等它隐去,然而它竟不,只执拗地横在那里。等着等着,云层中忽然起了一团红光,像是个正燃烧的火球,滚了一阵,又倏地消失了。紧接着一个火球又是一个火球,都是那样闪着红光,滚滚而逝。正在看得有趣,听见有人说:"打雷啦,闪电啦,可该回家啦。"回头一看,见是个年老的牧民,牵着一匹肥壮的马,准也是要回家,望着我亲切地笑着。我便也向他笑笑,往住处走去,一路还回头去看那云后的闪电。

过了几天,便是中元节。我的看天的兴趣也达到了顶峰,因为那月亮更是奇怪,它从草原的尽头升起时,简直大得吓人,足像个汽车轮子——当然比汽车轮子好看。它照着刚被黑夜笼罩的绿色草原,现出一种淡黄的颜色,周围有轻云缠绕,引人深思。行到中天,便全没了那种朦胧的气氛,十分明亮,十分光洁。照得上下左右,成了一片通明的世界,让人看了,胸中再存不住半点杂念。等到将落未落时,却又变成朱红的颜色,在碧沉沉的天空里,红色那样含蓄,那样润泽。记得听人唱过一个民歌,其中有"天上的红月亮"的句子,觉得奇怪,月亮哪有红的呢,最多是黄的。在这里,知道了月亮真有红的,而且是这样的红,那红色是活泼的,流动的,仿佛它正在红着……

曾和几位考古专家一同步月,他们用洞察过去的眼光看出这月光下的旷野应该是古战场。这一带民族复杂,地居险要,一向是争战的场所,然而那确都已成了过去。草原,在民族大家庭里劳动着,成长着。在桥头,又看见那老牧民,还是牵着那肥壮的马,大步走着。我们像老相识似的攀谈了很久。他小声告诉我:"咱盟里今年的牲畜,比去年增加了几十万头。"我看着他,高兴而又惊异。他,这个满面风霜的老人,关心的是整个草原的兴旺。扭转乾坤的不就是他,许许多多的他吗?

月光照着他骑马向草原上驰去,我也没问他家住在哪儿。月亮会知道的吧?它默默地照了几千年几万年了。它知道今天的考古专家们将来也会被别人考古,而它也知道这个时代的人怎样在有限的生命里热情地、努力地创造着无限的历史。

我久久不能入睡。推开窗户,等着看那碧天红月的奇景。草原是多么辽阔,天空是多么明净,我们的祖国是多么美,多么好,便连月亮,也是红的啊!

1962 年 9 月
原载《光明日报》1962 年 9 月 20 日

热土

弯曲的石径从小山坡上伸延下去,坡上坡下,长满了茂密的树木,望去只觉满眼一片浓绿,连身子都染得碧沉沉的。坡底绿草如茵,这里那里,点缀着纷红、淡蓝的小喇叭花。石径穿过草地,又爬上对面的小山坡,消失在绿荫深处。微风掠过这幽深的谷底,清晨芬芳的空气沁人心脾。许久以来,我还是第一次来到这隐秘的所在。

这不是我儿时常来游玩的地方么?对了。那四根白石柱本是藤萝架,曾经开满淡紫色的花朵,宛如一个大的幔帐。记得我和弟弟,还有几个小朋友一起,常在这里跑来跑去捉迷藏。而我们最喜欢的游戏是玩土。小山脚下石径旁,那一块地方土质松软,很像沙土,我们便常在这里进行大规模的建设,造桥、铺路、挖河……把土盖在手背上拍紧,然后慢慢抽出手来,便形成一个洞,还可以堆起土墙、土房。我们几乎天天要造一座城池呢。

那正是"七七事变"后不久,我们几个孩子住在姑母家,因为那时这里是教会学校,可以苟安一时。虽然我们每天只是玩,但在小小的心里也感到国破的厄运了。记得就在这藤萝架下,我给飞蚂蚁咬了一口,哭个不停。弟弟担心地拉着我的手吹着,一个大些的小朋友不耐烦了,说道:"这是什么大事,日本兵都打进来了!"

"他们来抢我们的土地吗?"我马上停住了哭,记起了这句大人说过的话。紧接着我就去抚摸我们经常抚摸的泥土,觉得土地是这样温暖,这样可亲可爱。我恨不得把祖国大地紧紧拥抱在胸怀之间,免得被人抢走。我生长在这里,我爱这树、这山、这泥土……

我不觉坐在石径的最下一阶,抚摸着那绿草遮盖的土地,沉入了遐想。

我想起清华校门内的那条林荫道,夹道两行槐树。每年夏初,淡淡的槐花香,便预告着要有一批年轻人飞向祖国各地,去建设我们亲爱的祖国。记得我走上工作岗位那年,我们几个同学在那条路上徘徊了多少次!我们讨论怎样服从祖国的需要,怎样使自己成为一丝一缕,来为祖国、为人民、为革命织造锦绣前程!后来我们全班十一个同学一起写了一份决心书,其中有这样的话语:"如果有不如意的时候,请不要跺脚吧!脚下的土地,埋藏着烈士的头颅,浸染着烈士的鲜血。我们没有权利惊扰他们,我们只有义务在他们为之献身的土地上,实现共产主义理想。"记得在大礼堂宣读这份决心书时,会场是那样安静,气氛是那样激动和热烈,每个年轻的心都充满着建设祖国的美好愿望。会后,我走出礼堂,看到门前一片草坪,我又一次想拥抱祖国的土地。我要用每一分力量,使祖国的土地更加温暖……

下放劳动时,我亲耳听到一个公社书记也说了类似的话:我们脚下的土地非比寻常,"不要跺脚。"在村中住下了,我才知道确实有"热土"这两个字。我的房东大娘在抗日战争、解放战争中都是积极分子,她常说,这附近十几个村庄,多少里地,每一寸都有她的脚印。"连那桑干河的水波纹,都让我踩平了。"她的独生子没有枪高就参了军,五十年代末期在张家口地委工作,多次来信请娘去住。我就坐在大门前小凳上给老人家念过几次这样的信。大娘每次听过,总是怔怔地望着村外那一片果树林。村子居高临下,越过那一片雪白的花海,可以望见花林外面的桑干河,闪着亮光,正在滔滔流去。"热土难离呀!"大娘每次都喃喃地说,"热土难离!"

热土难离!我们的泪水、血汗灌溉着它,怎能不热!我们的骨殖、身体营养着它,怎能不热!因为我们在这里度过了童年,在这里寄托着青年时代的梦想;我们还要永远安息在这里。因为这是我们的,我们自己的,我们自己的祖国的土地。

可是在六十年代末期,一切过去的和将来的梦,一切美好的人为之生活、战斗的信念,都成为十恶不赦的罪行。正在建设的城池轰然倾倒,热土变成了废墟。那段沉重的日子,说不完写不尽,但有些记忆,也会随着岁月的流逝而淡漠的。可有一个说来平淡的现象,却使我永不能忘。由于各种原因,我好几个月不曾出城,一次终于来到这校园中看望年迈的父母,在经过几个宿舍楼时,感到气氛异常,两边楼顶上都横放着床板,后来知道那是武斗中的防御工事。行人经常来往的大路空荡荡的,到处扔着些破砖烂瓦。虽然阳光照得刺眼,却显得十分荒凉惨淡。不知是怎么回事,我踌躇良久,绕道而行。后来听人说,幸亏没有愣走过去,要是走过去,还不知道有怎样的下场!那时,无论怎样下场,我都不在乎,但我却记住了那空荡荡点缀着碎砖石的路面,阳光照得刺眼。

以后我每想起这制造出来的空荡荡的荒凉惨淡,就想起我们的流着活水、开着鲜花的热土地,就想起要在这一片热土上建设共产主义的热切心情,就想起幼年时怕失去祖国的恐惧。无论经过怎样的曲折艰险,我总觉得脚下的热土给我力量,无论怎么迷茫绝望,我从未失去对祖国的信念。

清晨和煦的阳光,从浓密的树荫间照了下来,可以看见一束束亮光里浅淡的白雾。雾气正在消散,一束光恰照在我儿时玩沙土的地方,这里是一片鲜嫩的绿色,我们那幼小的手建造起来的玩具城池,当然不复存在。但我们现在正用成年人的坚定的手,在祖国的热土上,建设着新的、各种各样的美好的城池。为了得到这建设的权利,我们付出过多少巨大的牺牲,多少锥心的痛苦,多少艰辛的劳动……

建设新的城池,当然也不会一帆风顺,说不定还需要血肉之躯来作基石。然而经过那惨重灾难的人民,永远不会束手无策,永远会有足够的勇气,来建设起崭新美好的一切一切,即或面对疾风骤雨、惊雷骇电!因为我们是站在亿万人民的血泪和汗水浇灌的热土上,是站在中华民族祖祖辈辈的身体骨殖营养的热土上啊!

我离开这幽静的绿谷,慢慢走回家去,远远看见巍峨的图书馆门前,有一群群背着书包的年轻人在等候……

1979 年 6 月
原载《十月》1979 年第 4 期

萤火

　　点点银白的、灵动的光,在草丛中飘浮。草丛中有各色的野花:黄的野菊、浅紫的二月兰、淡蓝的"毋忘我"。还有一种高茎的白花,每一朵都由许多极小的花朵组成,简直看不清花瓣。它的名字恰和"毋忘我"相反,据说是叫做"不要记得我",或可译做"毋念我"罢。在迷茫的夜中,一切彩色都失去了,有的只是黑黝黝一片。亮光飘忽地穿来穿去,一个亮点儿熄灭了,又有一个飞了过去。

　　若在淡淡的月光下,草丛中就会闪出一道明净的溪水,潺潺地、不慌不忙地流着。溪上有两块石板搭成的极古拙的小桥,小桥流水不远处的人家,便是我儿时的居处了。记得萤火虫很少飞近我们的家,只在溪上草间,把亮点儿投向反射着微光的水,水中便也闪动着小小的亮点,牵动着两岸草莽的倒影。现在看到动画片中要开始幻景时闪动的光芒,总会想起那条溪水,那片草丛,那散发着夏夜的芳香,飞翔着萤火虫的一小块地方。

　　幼小的我,经常在那一带玩耍。小桥那边,有一个土坡,也算是山罢。小路上了山,不见了。晚间站在溪畔,总觉得山那边是极遥远的地方,隐约在树丛中的女生宿舍楼,也是虚无缥缈的。那时白天常和游伴跑过去玩,大学生们有时拉住我的手,说:"你这黑眼睛的女孩子! 你的眼睛好黑啊!"

　　大概是两三岁时,一天母亲进城去了,天黑了许久,还不回来。我不耐烦,哭个不停。老嬷嬷抱我在桥头站着,指给我看桥那边的小道。"回来啦,回来啦——"她唱着。其实这完全不是母亲回来的路。夜未深,天色却黑得浓重,好像蒙着布,让人透不过气。小桥下忽然飞出一盏小灯,把黑夜挑开一道缝。接着又飞出一盏。花草亮了,溪水闪了。黑夜活跃起来,多好玩啊!我大声叫了:"灯!飞的灯!"回头看家里,已经到处亮着灯了,而且一片声在叫我。我挣下地来,向灯火通明的家跑去,却又屡次回头,看那使黑夜发光的飞灯。

照说幼儿时期的事,我不该记得。也许我记得的,其实后来母亲的叙述,或自己更人事后的心境罢。但那一晚我在桥头的景象,总是反复地、清晰地出现在我眼前,那黑夜,那划破了黑夜的萤火,以及后来的灯光。

长大了,又回到这所房屋时,我在自己的房间里便可以看到起伏明灭的萤火了。我的窗正对着那小溪,溪水比以前窄了,草丛比以前矮了,只有萤火,那银白的,有时是浅绿色的光,还是依旧。有时抛书独坐,在黑暗中看着那些飞舞的亮点,那么活泼,那么充满了灵气,不禁想到《仲夏夜之梦》里那些会吵闹的小仙子;又不禁奇怪这发光的虫怎么未能在《聊斋志异》里占一席重要的地位。它们引起多么远、多么奇的想象。那一片萤光后面的小山那边,像是有什么仙境在等待着我。但是我最多只是走出房来,在溪边徘徊片刻,看看墨色涂染的天、树,看看闪烁的溪水和萤火。仙境么,最好是留在想象和期待中的。

日子一天天热闹起来。解放、毕业,几乎每个人都觉得自己在发光。我们是新中国成立后第三届大学生。毕业前夕,一个星光灿烂的夜晚,和几个好友,久久地坐在这溪边山坡上,望着星光和萤光。我们看准一棵树,又看准一个萤,看它是否能飞到那棵树,来卜自己的未来。几乎每一个萤火虫都能飞到目的地,因为没有飞到的就不算数。那时,我们的表格里无一不填着:"坚决服从分配,到祖国最需要的地方去!"无论分到哪里,我们都会怀着对美好未来的向往扑过去的。星空中忽然闪了一下,是一颗流星划过了天空。据说流星闪亮时,心中闪过的希望是会如愿的,但我们谁也没有再想要什么。有了祖国,有了党,不就有了一切么?我觉得重任在肩,而且相信任何重任我都担得起。难道还有比这种信心更使人兴奋、欢喜,使人感到无可比拟的幸福么?虽然我知道自己很小,小得像萤火虫那样。萤火虫却是会发光的,使得黑夜也璀璨美丽,使得黑夜也充满了幻想。

奇怪的是,自从离开清华园,再也不曾见到萤火虫。可能因为再也没有住在水边了。后来从书上知道,隋炀帝在江都一带经营过"萤苑",征集"萤火数斛",为夜晚游山之用。这皇帝连萤火虫都不放过,都要征来服役,人民的苦难,更可想见了。但那"萤苑"风光,一定是好看的。因为那种活泼的光,每一点都呈现着生命的力量。以后无意中又得知萤火虫能捕食害虫,于农作物有益,不觉十分高兴。便想,何不在公园中布置个"萤苑",为夏夜增光,让曾被皇帝拘来当劳工的萤火虫,有机会为人民服务呢。但在那十年浩劫中,连公园都几乎查封,那"萤苑"的构思,早就逃之夭夭了。

前几天,偶得机缘,和弟弟这个从小的同学往清华走了一遭。图书馆看去一次比一次小,早不是小时心目中的巍峨了。那肃穆的、勤奋的读书气氛依然,书库中的玻璃地板也还在,底层的报刊阅览室也还是许多人站着看报。弟弟说他常做一个同样的梦——到这里来借报纸。底层增了检索图书用的计算机,弟弟兴致勃勃地和机上人员攀谈,也许他以后的梦,要改变途径了。我的萤火虫却从未在梦中出现。行向小河那边时,因为在白天,本不指望看见萤火,但以为草坡上的"毋忘我"和"毋念我"总会显出颜色。不料看见的，是一条干涸的沟，两岸干黄的土坡，春雨轻轻地飘洒，还没有一点绿意。那明净的、潺潺的、不慌不忙流着的溪水，已不知何时流往何处了。我们旧日的家添盖了房屋，现在是幼儿园了。虽是假日，还有不少孩子，一个个转动着点漆般的眼睛看着我们。"你们这些黑眼睛的孩子！好黑的眼睛啊！"我不由得想。

事物总是在变迁，中心总要转移的。现在清华主楼的堂皇远非工字厅可比了。而那近代物理实验室中的元素光谱，使人感到科学的光辉，也是萤火虫们望尘莫及的。我们骑着车，淋着雨，高兴地到处留下校友的签名。从一十年代到七十年代排过来的长桌前，那如同戴着雪帽般的白头发，那敦实可靠的中年的肩膀，那发亮的、润泽的皮肤和眼睛，俨然画出了人生的旅程。我认为，在这条漫长而又短促的道路上，那淡蓝和纯白的花朵，"毋忘我"和"毋念我"，是必不可少的。因为人世间，有许多事应该永远记得，又有许多事是早该忘却了。

但总要尽力地发光，尤其是在困境中。草丛中飘浮的、灵动的、活泼的萤火，常在我心头闪亮。

1980 年 6 月
原载《散文》1980 年 6 月号

爬山

我喜欢爬山。

山,可不是容易亲近的,得有多少机缘凑合,才能来到山的脚下。谁也不能把山移到家门前。它不像书,无论内容多么丰富高深,都可以带来带去,枕边案上,随时可取。置身于山脚,才是看到书的封面,或瑰丽,或淡雅,或雄伟,或玲珑,在这后面蕴藏着不知;若要见到每一页的景象,唯一的办法,是一步步走。

山是老实的。山也喜欢老实的、一步一步走着的人。

我们开始爬山。路起始处有几户人家,几棵大树,一点花草,点缀着这座光秃秃的山。向上伸展着的路,黄土白石,很是分明。到了一定的高度,便成为连续不断的之字形,从这面山坡转过去,不知通向哪里。

"云水洞在那儿?"侄辈问村舍边的老汉。

"在那后面。"老汉仰着指着邻近山峰上的三根电线杆,"还在那杆后面。"他看看我们,笑道:"上吧!"

山路不算险,但因没有修整,路面崎岖,很难行走。我爬到半山腰,已觉气喘吁吁。转身不需要仰首,便见对面山上云雾缭绕,山脚的几户人家,也消失在那一点绿荫中了。

"能上去么?"家人问。

当然能的。我们略事休息,继续攀登。又走了一段,我心跳,头也发胀,连忙摸摸衣袋中的硝酸甘油,坐了下来。"不去了,好么?"家人又问。

当然要去的！只要多休息，从容些就行。我们逐渐升高，山顶越来越近了。

已经有下山的人，他们是从另一侧上去的。"还有多远?"上山的人总爱问。"不远了，快一半了。""值得看，那洞像天文馆一样。"下山的人说。在同一条山路处，互不相识的人总是互相关心，互相鼓励的。虽然在人生的道路上，并不尽然。

转过了山头，便是下坡路了。可以看见对面山头上的三根电线杆，而无需仰首了。这山头后面的山腰中有两间小屋，一前一后。"那里就是了！"有人叫起来。大家为之精神一振，人们加快了脚步。我还是一步步有节奏地走着。山坳里不再光秃秃，森然的树木送来清凉的空气。走着走着，深深的山谷中忽然出现一堵高大的断墙，巨石一块块摞着，好像随时会倒下来。不知经过了多少年月，多少水流风力和地壳变化，叠成了这堵墙，这倒有点像黄山的景色。我忽然想起，去年今日，我正在黄山的云海中行走。

对云水洞的向往阻止了关于黄山的回忆，我们终于到了。一路风景平淡，洞外更像个集市，乱哄哄都是人。洞里会怎样？因为谁也不曾到过这类的洞，大家都很兴奋。进洞了，甬道不宽，地上湿漉漉的，洞顶也在滴水。灯光很弱，显得有些神秘。

前面的人忽然发出一阵惊叹之声，我们进入了一个大厅堂。头上是一个大圆顶，这样的高大！似乎山也没有这样高。"那么山是空的了。"谁说了一句。我们还没有来得及惊叹，灯光灭了，眼前漆黑一片，惊叹声变作惋惜的叹声。如果罩住我们的穹隆能像天文馆的圆顶，发出光来就好了。没有光，什么也看不见。我觉得头上便是黑夜的天空本身，亿万年前便笼罩着大地的天空本身，而我们是在山的内部！人流向前进了，我们模糊地觉得有几块大石，矗立在路边。卧虎?翔龙?还是别的什么?只好想象。有的时候,身在现场也需要想象的。

我们看到石的帐幔,又是这样高大!像是它撑住了黑色的天空。看到洞顶垂下的石钟乳,如同小小的瀑布;听讲解员敲了几下石鼓、石钟,鼓声浑厚,钟声清亮,却不知它们的形状。看得最清楚的,是路边的一只骆驼。它站在那里,不知有几千万年了。第五厅较小,身旁石壁上缀满了闪亮的雪花,头顶垂着一穗穗玉米,不知出自哪一位能工巧匠之手。等我们赶到第六厅——最后一厅时,看到了一座座玲珑剔透的山峰,在明亮的灯光下,宛如仙境,据说这里有十八罗汉像。又是正要惊叹时,灯倏地灭了,只好慨叹缘悭,不得识罗汉面。但是得睹仙山,也算是到了西天吧。

限于时间,不能等下一次开灯。虽然只匆匆一瞥,那雄伟、那奇特、那黑暗都留在了我的眼前。回来的路上,大家仍兴奋地谈说,只因没有看全,稍有些遗憾。我却满意,因为这番见识,是靠一步步走,才得到的。

我们又一步步下了山。山脚的老汉在路边摆出许多块上水石。他问:"上去了?"我对他笑。要知道,比这高得多的山我也上去了呢,无非一步步走而已。

车上人都睡了。我不由得又想起黄山上的那几天。那一次医生原不批准我上山,见我心诚,才勉强同意。我也准备半途而废的。到慈光阁的路上,只是一般山景,已经累了。上了庙后的从容亭,忽觉豁然开朗,远处的大谷,露出宽阔的石壁,如同敞开胸怀,欢迎每一个来客。小路便沿着这雄伟的山谷,向上,向上,消失在云雾中。谁能在这里止步呢?而且那"从容"两字用得多好!我常觉黄山的文化修养较差,是件憾事。这两个字,却是我一直不忘的。

到半山寺,我已抬不起脚。猛抬头,看见天都峰顶的金鸡,是那样惟妙惟肖,顿时又有了力气。"上来吧!上来吧!"它在叫天门,也在召唤远方的陌生人。走吧,走吧,一步步从容地走,终究会到的。

上得蟠龙坡,才真算到了黄山。从这里开始,上下完全是两个世界。从坡顶远望,每一座山,都好像各自从地下拔起,不慌不忙地高耸入云。我恍然大悟,黄山,原是个大石林。站在没有遮拦的坡顶,罡风吹走了下界的一切烦恼,奇丽的景色涤荡着心胸,只觉得眼前这般开阔,心上了无牵挂,毫无纤尘,真如明镜台了。怪不得庙宇、庵、观都选在奇峰异壑,才能修身养性呢。

记得在玉屏楼那晚,本想出来看月的。前两天汤溪的夜,真是月明如洗。只是房中人太多,我在最里面,走不出来。只好从一个狭窄的窗中,对着黑黝黝的大石壁,想象着月下的群山怎样模糊了轮廓,而群山上的月,又是怎样格外明亮,格外皎洁。

半途而废的计划取消了。我继续一步一步向上爬。忽见远处一片明亮的水,中间隐现城池,我以为那是"人寰处"了。被问的人大笑,说那便是著名的云海,只可惜浅了些,所以露出些峰峦。我坐定了观赏,见它波涛起伏,真像大海一般,但它究竟是云,看上去虚无缥缈,飘飘荡荡,与大海的丰富沉着,是两般风味。黄山是山,山中划分区域,以海为名,最初想到这样命名的,也算是聪明人了。

我一步步走着。看那大鳌鱼,那样大,那样高,那样远。我终于钻进了它的腹中,又从嘴里出来了。我在平天矼上漫步,在东海门流连。我走的是现成的路,是别人一步步走出来的现成的路。徐霞客初到黄山时,是用锄凿冰,凿出一个坑,放上一只脚。如果在现成的路上还不能走,未免惭愧。当然,若是无心山水,当作别论。

我登上了始信峰,那是我登山的最终级处。这峰较小,却极秀丽,只容一人行走的窄石桥下,深渊无底。远看石笋矼,真如春笋出土,在悄悄地生长。峰顶是一块大石,石上又有石,我没有想到,上面又写着"从容"二字。

我从容地下了山。因为未上天都,有人为我遗憾。想来我虽不肯半途而废,却肯适可而止,才得以从容始,又以从容终。

后来一直想写一段关于黄山的文字,又怕过于肤浅,得罪山灵。不料从小小上方山的浮光掠影中联想到去年今日。无论怎样的高山,只要一步步走,终究可以达到山顶的。到达山顶的乐趣自不必说,那一步步走的乐趣,也不是乘坐直升机能够体会到的。

于是又想到把写文章比作爬格子的譬喻。林黛玉有话:还得一笔笔地画。薛宝钗评论说:这话妙极了,不一笔一笔地画,可怎么画出来了呢。文章也是一个字一个字写的,不在格子上爬,可怎么写出来了呢?

不一步步爬,可怎么上山呢。

我喜欢爬山。

1980 年 8 月
原载《光明日报》1980 年 9 月 7 日

澳大利亚的红心

瑙玛有个小小的习惯,怕下楼,因此当然也不能上楼。我们在阿丽思泉古斯艺术馆的圆厅里走着,见厅中心有一个螺旋形的小楼梯,梯侧有小喷泉,暗红色的灯光照着喷洒的水珠。我请她到厅边小坐,不要陪我上去。她说到上面就可以看见这个艺术馆的主要内容,她用了一个字,我一时想不起那英文的意思。"上去便知。"我想。

跨过暗红的喷泉,缓缓上到梯顶,我不觉吃了一惊。我怎么忽然来到了澳洲中部的荒原上、旷野间?苍凉而豪迈的中澳大利亚景色,扑向我眼前,这样辽阔,这样一望无际;又这样寂静,这样无动于衷,只有远处小小风车给人一点动的感觉。似乎时间也被这豪迈苍凉羁留住了。那一直伸展开去的原野,直到天边,看不见了,却又明知它还在继续伸延,简直使人想赶过去看个究竟。在棕褐色、有的地方是暗红色的原野上,铺缀着一丛丛灰白的草,一丛丛暗绿的榛莽。再高一些是那一对称为孪生兄弟的橡树,它们真像彼此的影子。最高的植物是一株尤加利树,它那灰白的树皮下,显示着充满了生命力的筋骨。天地交界处有一段远山,又有一座淡蓝色的平顶山,像一个倒扣的长盒,后来知道它的名字是考诺山。又有一座稍长的,一端扁平的浅棕色的山,后来我知道那便是世界最大的独石——艾耳石。

我循着楼栏走了一圈,才悟出那英文字义是全景画。这画面形成一个圆圈,观画人站在中央。近处二十英尺的泥土植物全是实物,连接着二十英尺高的画面。画面不但集中了澳大利亚的有特点的景物,还画出了那原野的苍郁混沌的神情,使人不觉大有"天地悠悠"之感。

次日我们乘车行驶在真正的澳洲内陆原野上,离艾耳石越来越近,这种"天地悠悠"之感也越来越强烈。车行几个小时,眼前总是莽苍苍一片。忽然远处出现了那淡蓝色的考诺山。以后我发现无论从哪个方向看,它总是保持着那淡淡的蓝,虽然远,却很分明。走着走着,考诺山不见了。太阳没遮拦地照着,蓝天亮得耀眼。地下的草格外灰白,榛莽的绿显得格外干涩。而路呢,不知何时起,变成了鲜艳的红色。如果不是亲眼得见,实在难以想象土地能红到那样地步。这红色在那全景画中并不突出,大概是要留给人自己琢磨吧。于是天是蓝的,树是绿的,草是白的,路是一味的红。风吹草低,便是原野的活动,便是原野的声音。

我拿出"罗吉的地图",想看看行程远近。罗吉是气象学家,是瑙玛的儿子。在悉尼那几天,都是他开车。离开悉尼时,他送了我这份地图,还有一个复活节巧克力兔。他对瑙玛极为体贴关心,总是在她需要时及时出现。"这样孝顺的儿子不多了。"瑙玛常说。我也为她高兴。

罗吉的地图告诉我们,艾耳石有三点二公里长,二点四公里宽,三百三十五米高。艾耳是一个人的名字。一八七二年最初来到这石山的欧洲人取此名,艾耳本人与这石山并无关系。这里原有土著,现在都迁往别处了。他们有蛇人的传说,山的阴阳两面有两种蛇,后来成为两个部落。我不禁联想到我们中华民族的龙,其实也是由蛇图腾演变来的。看来在远古时代,蛇的势力不小。

我们到了。艾耳石从近处看如同一匹趴卧的大兽,棕色的纹理好像大象粗糙的皮肤。石山上有好几处洞穴,有的洞中有简单的原始的画,都保存得很好。头一天在阿丽思泉,瑙玛曾请一位研究土著生活的英国朋友来见,他对他们的画很了解,圈圈点点,曲线直线,都有意义,都在诉说一个故事或一种感情。只是有些内容他们不愿人知,他也就闭口不言。在他那里见到一些画,圈、点和线的形状、颜色都很和谐,倒有点像当前抽象派的画。

节目中有一项是欣赏艾耳石变幻颜色。我们清早出发,登上一个沙丘,东张西望。向东看日出,向西看石山的颜色。石山在黑暗里黑黝黝的,黑夜渐渐淡去,石山逐渐显出棕色的皮肤;朝阳在天边涂抹着彩霞,石山在不知不觉间也涂了一层橘红色。在太阳跃出地平线的一刹那,据说石山会像着火一样通红,但那天不知为什么,没有见到这奇观。又因为东张西望不能兼顾,对两边似乎都无多少心得。从沙丘上下来,瑙玛笑道:"走了几万里路,临了石山不变颜色。""总得把最奇特的留给想象。"我笑答。其实眼前的景色已经够奇了。在灰白和暗绿相间的原野上,破开一条鲜红的大路,向石山缠绕过去。远处虽有总是那样蓝的考诺山和另一座奥尔加山,近处的艾耳石却显得这样大、这样孤单,不知从什么时候被抛掷在这里,遗忘在这里。它像澳洲一样,终于被发现了,而且成为胜景。我记起 T. 哈代所著《还乡》的第一章,"一片苍茫,万古如斯。"那描写伊登荒原的文字是多么美;还有那红土贩子——现在科学发达,当然不用红土染色了。

"这路,这土,多么红……"我喃喃道。

"这是澳大利亚的红心,"瑙玛说,"澳大利亚的红心欢迎你。"

"红心"两字并非瑙玛发明,在导游画册里便是这样说的。在辽阔无垠的原野上袒露的红路,真像敞开了赤诚的胸怀,那是人民友好的心愿。我向她感谢地微笑,默默地俯身抓起一把红土。原来在土著的许多美好的传说中,确有红土染身的故事。说是在世界尽头住着一个女人,她的职责是早晨点火照亮世界,晚上熄火让万物安息。在点火与熄火时,她都要用红土装饰自己,红色反照在天上,便成了朝霞和落日的绮辉。

我们沿着红色的路,下午便返回阿丽思泉。在渐渐合拢来的暮色中,西天却逐渐明亮,越来越红,很快就成了一片通红。红云上压着一层层灰黑的云。这里没有别处落照的千百种颜色的变幻,整个天空,只有红与黑两种颜色。红云真像在天上烧着大火,因为天地是这样无边无际,火也烧得透旺,烧得恣意,从天的一端直烧到另一端。偏又有层层黑云,有时在红云上压着,有时在红云下托着,更显出那壮丽的通红来。通红的天连着通红的地面,仿佛从地面上也在升起红云,真使人感到一种浩大、神秘的力量。这大概是那世界尽头的女子在撒扬红土所致吧。

车上几个小孩在说儿歌:"彼吉博吉胖墩墩,拉着女孩们不住地亲;一伙男孩来游戏,彼吉博吉跑开去。"在清脆的童音中忽然发出一声赞叹,瑙玛说:"看那边!"和通红的西天遥遥相对,在草莽中升起一轮明月,月轮很大,染着淡淡的金黄,默然俯视着这原野。我忽然想起,内蒙古草原上大而圆的月亮,不也就是这一个么?它冷眼观看了亿万年来地球各处人类的发展,不知地球上何人初见月,也不知月亮何时初照人。人的智慧发展到今天,月亮本身的奥秘也已让人探得去了。

日落的壮观持续约一小时,夜幕终于遮盖了一切。路边的地灯告诉我们已走上柏油路,红土的原野越来越远……

"告别了,澳大利亚的红心。"我在心中说。我已从自然景色中苏醒过来,和车上的旅客攀谈着。旅客来自澳大利亚各阶层,也来自世界各地。谈笑间,我也学会了瑙玛小时候就在说着的儿歌:"彼吉博吉胖墩墩……"

其实,我虽然离开了那红色的原野,却并未离开澳大利亚的红心。牧场上,大学里,繁华的大城和清幽的小镇中,到处都遇到热心朋友。南澳大利亚的库诺本小学特地赠我一把银色的小勺,柄上有校徽,盒底写着:"请冯女士用它的时候记住我们,并请转达对中国小朋友的友谊。"

访问小学校时,我被安置在大沙发上,孩子们围坐在地,瞪大了眼睛瞧着我。校长科博狄克先生多才多艺,他手弹吉他,领着孩子们唱欢迎歌。我讲我自己的古老伟大正在建设的国家,讲了我们小学生的一天的生活。应校长之请,我也讲了《露珠儿和蔷薇花》这篇童话。我很怀疑我的自译能否达意,孩子们却专心地听。讲完了,一个孩子举手问:"那朵蔷薇死了?""骄傲的蔷薇死了。"我不无伤心地答。

校长让孩子们自由发问,空气很是活泼。问题一个接一个:"中国最高的山?""中国最长的河?""中国的牙膏是什么颜色?""你有多少岁?"我也问他们,问他们的志愿。几乎人人都举起小手。有的要做农民,有的要做理发师;有的女孩愿意做护士,愿做家庭妇女;有的男孩要做警察,要开飞机。只有一个孩子要做科学家,没有人愿当教师。

"如果你几年前来,会有许多孩子要做教师。"校长说,"近来教师失业的很多。"原来澳洲人口增长率趋于零,孩子少,需要的教师也少了。

"不管做什么,"校长又说,"我们要培养的是有用的、快活的人。"

临别时,校长从墙上取下两张图画送我。一张是个黄色的小人,那是海盗;一张是用拇指按出来一个个指印,组成一棵树。我想起澳大利亚名作家帕特里克·怀特的一本书《人类之树》。在人类之树上,每个民族、每个国家尽管有种种不同,都该在自己可爱美丽的国土上辛勤劳作,发展兴旺,并且互相友好往来,使这棵大树根深叶茂,绵衍久远。

面对着这张天真的画,不禁又想起罗吉的地图,想起养猪人餐桌上丰盛的糕点,想起明史教授雨中送别,想起每天看着表为我煮鸡蛋的退休老船长……当然,还有代表澳中理事会接待我的瑙玛那充满了关怀、做出细致安排的亲切的声音。虽然我免不了常请她重复一次,奇怪的是,我总不觉得她说的是外国话。

还有那奇特的剖露着红土的原野——澳大利亚的红心。

1981年6月初
原载《人民文学》1981年8月8日

羊齿洞记

记得二十二年前写《西湖漫笔》时,第一句便是"平生最喜游山玩水"。岁月流逝,直到现在,还是改不了山水旧癖、烟霞痼疾。

一九八二年美国的三个月之行,原拟偷暇去寻访几处自然景色;行到第一站檀香山,便知很难做到了——八十七岁的老父兴致虽好,究竟行动不便。七月十二日,国际朱熹会议组织花园岛之游,本应陪侍老父,不能前往。幸有历史研究所的冒怀辛先生,情愿代我一日之劳,我才得以一览幽胜。

到花园岛之前,并不知岛上有个羊齿洞,只听说在夏威夷群岛中,花园岛是最美的一个。从檀香山乘飞机,掠过大海,二十分钟即可到达。岛上满眼绿色。车行在蜿蜒的公路上,随时可以看见大海:有时灰,有时蓝,有时茫茫一片,有时闪亮得刺眼。路旁除树木外,最多的是甘蔗田,随着山势起伏,偶有较平坦处。颇有些"青纱帐"的意思。

到了外米亚山谷,红黄色的泥土和岩石裸露在外,没有绿色覆盖,给人一种原始的赤膊的感觉。因为峡谷太深、太宽而不陡,初看时不知其深到何等地步;仔细看谷底,却又看不见。不一会儿,一架直升机从谷中飞过,飞机在我们下面,也不显得很大,才知道这峡谷之大了。然而这只是一个准大峡谷,比起美国大陆著名的大峡谷,还差得远呢!

望台上风很大,吹得人几乎站不住。那赤裸的原始的峡谷,却似乎什么也不觉得,只是默默地任风吹,凭雨淋,没有遮拦,没有雕饰,把人吸引了来,又把人的想象牵引到不知何处。

中午在椰林饭店午餐。饭后与澳洲学者柳存仁先生和任继愈兄、邱汉生先生、李泽厚学长一起在椰林中散步。椰林一端望不到边,林中遍生青草,隔不远便有一个小炉子,当为晚会时烤肉用。林的另一端与餐室之间,有一条莹洁的小河,水上有独木舟,岸上有奇花异树,无人叫得出名字。又有几位日本学者和我们一起谈笑,在树下水旁,兴致勃勃,都早把朱熹老人抛在了脑后。

然后乘船。船很大,游人凭栏而坐,中间有夏威夷姑娘跳舞。前几天,在夏威夷商店里看见过草裙,裙已非草制,但式样还是仿草裙的。船上的舞者穿长裙,跳的当然仍是民间舞。舞者身材、面目都很秀美,肤色很黑,睫毛很长,舞姿曼妙,她们自己似乎也很快活。但是想想她们靠这个吃饭,背后的辛酸,还不知有多少呢!

水平如镜,两岸树木郁郁葱葱,绿得很浓。映在水中,连水也是浓绿色。夏日的阳光也很浓,一切都是浓酽的,浓酽得有些慵懒。据美国朋友说,这是夏威夷的一个特点。

船到转弯处停泊了,大家弃舟登岸。一上岸不觉诧异,原来已置身热带树林中。树身高大茁壮,藤蔓纠结,把骄阳隔在远处。循小路上行,两边全是植物的世界,很少空隙。走着走着,忽然豁然开朗!我真不知世间还有这样奇异的景色。

这是一个很大的洞,大到不觉得它是洞。大束大束的羊齿植物从洞顶悬挂下来,一片叶子连着一片叶子,突出到洞顶外。仿佛这洞翻了个个儿,这些植物本该朝上长的,却朝下长了。大滴的水珠,不断从洞顶落下来,滴到羊齿草上。每片叶子都那么绿,那么亮,绿得透明,绿得鲜嫩。不是盆景中的绿,也不是"绿满阶前"的绿,而是悬在头顶上,很大很大的任意生长的一片绿。它像瀑布一样垂下来,好像就要流到我们身上,浸湿衣服,浸湿每一个人……

我一直抬头望着,望得脖子发酸,才想起来问:"这是什么地方?"奇怪的是,无论北京来的,台湾来的,还是美国大陆来的各方学者,都不知道。

大家一面赞叹,一面循着靠侧面洞壁的窄坡向上,走到一个平台。平台边,洞壁有一处凹进去的地方,就像一个供奉佛像的坛座。我忽然想,应该有一个精灵住在这儿,绿色的、头上长着角一样的两棵羊齿草的小精灵。若是他问我有什么愿望,我会告诉他:我愿用一切代价换得弟弟的健康! 我那身染沉疴的弟弟啊,你现在感觉怎样? 我真想把这洞天一下子移到你的前面……

从高坡下望,地上全覆盖着矮矮的植物,也是千姿百态。绿丛中有一泓水,浅浅的,很清澈。这是洞顶的水,流过羊齿草滴下来积成的,也不知有多少年了。

归途中,我满眼仍是洞中景色。车又停过几次,可我都没有注意观赏。一处似睡巨人山(不是"睡美人",而是"睡巨人");一处据说是看瀑布,可谁也没有看见瀑布在哪里。几位英、美女学者和我,在路边攀谈、照相,哈佛杜维明教授走过来,对我说:"我打听到那洞的名字了。"他随即说了那英文名字,意思是"羊齿植物洞"。哦,羊齿洞!

会议结束后,我们在檀香山又逗留了几天,才有暇找地图、导游书等来看看。这才发现,羊齿洞不仅风景特殊,还有一个大用场——结婚圣地。

花园岛的结婚办法很富有浪漫色彩,结婚证是到游船部、照相馆领的,手续简便。然后到椰林中的教堂或羊齿洞举行仪式即可。

原来那小小的"坛座",还真有"圣坛"的作用呢!

那"坛座"上的绿色精灵,是不是该改为手持红线的月下老人呢? 我不知道。不过我知道,那绿色的小仙早飞进许多各种肤色的人的心中,并永远留驻在那里了。

1983 年 4 月 21 日
原载《十月》1983 年第 4 期

岭头山人家

长途汽车到站时,又在飘雨点儿了。这里老天面孔变得快,喜怒无常。我旋即发现我们站在一个山头上,来路是不陡的坡,满坡沉沉的绿树;对面是不深的谷,满谷层层茶丛。这边是汽车站小屋,另一边有面土墙,墙上有用长条石块搭就的简易石门,颇有古风。石头上布满青苔,所以眼前满是绿色。雨中的绿有些灰蒙蒙,向四面八方上上下下延伸着,一时真不知自己身在何处。

进得石门,打听要去的人家,很快有一位六十岁上下的妇人挺身而出,前头带路。路是石头铺的,凸出的部分已经磨得很圆,但路面仍高低不平。越来越大的雨点儿打下来,石头间全是泥水。路是弯曲的,上坡下坡,左转右转,经过分割成小块的田地,经过一条窄街,转到另一条更窄的街。走完这条街,我们来到大片跳动着绿色、没有一点空隙的水田前。对岸是一个高坡,坡下有尖顶大稻草垛。坡前有绿篱,篱后一排房子,那就是我们要去的人家。

好个清凉世界,我暗自思忖。黄昏风雨,送来不少凉意,到底远离尘嚣,气候也不同了。那绿篱后的房屋,纵不一定达到新农村的新水平,肯定也是舒服宜人,可以稍憩我们疲倦的双脚。

主人热情地迎出来。我已经歪歪倒倒,借大家拉扯,跨进大门。大门是破旧的,门洞里满是泥泞,显然比外面成分更多,那是猪的痕迹。大家寒暄着,坐定待茶。我不谙吴语,自有外子应对,喘过气儿,便打量所在的环境。

屋内很黑，只有门，没有窗。渐渐习惯了黑暗，可见室内很宽敞，除简单几件桌椅和靠墙倚着的农具外，没有什么东西。地面是泥土本色，夯过，还是坑坑洼洼。黄狗黑猫，还有几只小鸡，在地上踱来踱去，寻找食物。充塞于整个房屋的，是猪圈味儿。猪圈就在门外，和我们不过一墙之隔。这味儿我很熟悉，四十余年前，我家曾住昆明农村某猪圈楼上。不过那里房屋有窗，够亮，猪圈味儿在光亮中比在黑暗里似要淡些。

另一间是灶间，燃料中也有松针。他们也叫松毛，和几十年前昆明一样。住什么烧什么穿什么，不是几十年，而是几百年沿袭下来，这也是一种稳定。遗憾的是，他们怕失去这稳定。坐在灶门前烧火的姑娘，在岭头山小学成绩优秀，考进了几十里外镇上的中学，可是怕离开家，不肯去上。她坐在那儿烧火，很平静，很惬意，对落满灶台的苍蝇视而不见。她的大哥盖了新房，仍然照旧格式：只有门，没有窗，同样的灶间，同样的阁楼，从楼板间对楼下可以一览无遗。在铁路沿线增添江南风光的二层小白楼是高级房屋，大部分农家尚不能企望。

食物的变化很大。他们挨过饿，吃过草根树皮，现在专吃大米饭了。只是一年收入不够一家人填饱肚皮，每年夏天还需往杭州国营农场割稻，换得"钞票"买粮。不过他们觉得一切都够好了。主人很少问外面的生活，那与他们无关，他们没兴趣。

这时看到墙边凸出的泥台，问是何物，原来是炒茶叶的炉，现在不用了。茶叶全送到队上，有机械化装置来炒。记得几十年前曾听过曹禺同志一次江南行后的报告，他说到梅家坞，见茶农用手炒茶，用手直接感受火候，几乎不忍再喝茶。现在旧炉弃置，当然令人振奋。

但变化还是太慢了！不只在房屋的旧、脏、不合理；不只在这数百户大村没有一个万元户,连千元户也不用提;不只在我们的男主人穿着补丁衣服,更重要的在于几个年轻人对事物缺乏兴趣。尤其是两个姑娘,她们那红红白白脸庞上茫然的眼光,叫人看了心发痛。

江南景色从来脍炙人口,此次来,可能因内、外各种条件,只觉拥挤。大城市固然人拥挤,田野间庄稼也拥挤。挤到田边地头,没有一小块土地空间。丝瓜在陆地勉强沾一点土,架子搭在水中,向水上伸展。地方可谓开发殆尽,而人的智慧,还远远没有开发。这若是开发起来,该是无穷无尽的。

次日清晨,我们又在雨中看到侍弄得无比精细整齐的稻田、茶树和玉蜀黍——他们称为六谷的,所有可用的地方都用上了,让人觉得不够舒展。这村子有一座大礼堂,以前供开大会用。现在会少了,电影也不多。礼堂边有一溜歪斜的平房,便是小学,有几间快要塌了,有几间乱放着破烂桌椅,不知孩子们怎样上课。据说不愿上学的很多,他们看不出上学有什么用,认识几个字便不错,对九年义务教育更是漠然。这些头脑,何时能像田地一样经过精耕细作而丰收呢。

我不愿见这东倒西歪的小学校,不愿见炉火映红的年轻的脸上茫然的眼光,也不愿见那拥挤的绿。我走了,回头望那被一片绿色烘托的石门,门下扶老携幼的主人全家,心里忽然有些歉然。

1986 年 7 月 19 日
原载《散文世界》1986 年 10 月号

"热海"游记

自腾冲西南行约十余公里，山势渐险，巉岩峭壁，几接青天。盘行在山上的公路，呈接连不断的 S 形。眼看到了尽头，前面空荡荡的，只垂挂着大幅蓝得无比的天，蓝得无比深透，无比高远，这是无处去找的只有云南才有的蓝天。车子冲上去，似乎要奔那幅天幕去了，可是一回过头，又是坡路，又是一重天，蓝得无比的天。

我们是往那罕有的热泉地带去。热泉中最著名的一处名叫滚锅，可见有多热！越过山梁，车下行了。下行时的天也一样蓝，好像是一个蓝色的大湖，在远处等着我们掉进去。幸好我们没有坠入，总是有山托着，路引着，到了谷底，又往上行。如此下而上，上又下，忽然一股硫磺气味袭来。主人说，快到了。果然这座山谷与众不同，谷中云雾缭绕，烟气氤氲。车子转了几个弯，路旁立一界石，大书"硫磺塘"三字。

硫磺塘村，见《徐霞客游记》。霞客到这里时，适值狂风暴雨，于风雨泥泞中蹒跚于山间小路，其精神是我们今日的游兴无法比拟的。

在谷中下行颇深，以为到底了，转弯还是向下，直到一条河旁。河水很少，过桥上行，山坳间雾气弥漫，硫磺味愈重了。在一座据说是疗养院的房屋前，我们下车循石阶登山。走不多远，便觉得挟有硫磺味的热气，把我们重重包裹住了。

再往上走，赫然有一台在，台上有石栏遮护。"这就是大滚锅。"主人指点说。走上去，脚底都是热的。台上水气蒸腾，迷茫间见一大池，池面约有十余平方米，池水翻滚，真如坐在旺火上滚开的大锅。站定了细看，见水色清白，一股股水流从池底翻上来，涌起数尺高，发出噗噗的声音，热风扑面，令人悚然。自然神力，真不可测。

这样的水波翻滚不知几千万年了，这池用石砌成八角形则是近几年的事。水与石齐。霞客记载的大池"中洼如釜，水贮其中，止及其半"，看来釜边已削去许多，涌起的水势可能也不如三百年前那样猛烈，然而足可称为壮观了。石沿上刻有八卦，不知为何。台上石缝中不断咕嘟嘟冒出水泡儿，又有小水道通往浴室。同伴把鸡蛋用手帕包住浸在水中，几分钟后便熟了，大家剥来吃。据说有牛掉入池中，很快化为一锅肉汤！只不知有人喝过没有。

台后有数碑，刻有徐霞客对大滚锅的描写。台一侧一碑，有滇人李根源书写的"一泓热海"四字。因为太热，且硫磺气味太浓，无法久立读碑，只好在来回走动间，看上几眼。

从大滚锅住下的山涧中，到处有热水渗出，有的冒泡儿，有的汪着一摊水，有的则成为泉眼模样。一处小泉，从石上流下，两旁岩石呈黄绿色，好像是不规则的琉璃瓦，那是硫磺侵蚀的结果。再往下走，到一河旁，河岸陡峭，幸有栏杆可扶行。沿河道转弯，先闻水声轰隆，忽见一瀑布泻入一池。瀑布不高，但水势很猛，在溅起的水花中，可见水潭一侧有大块颜色鲜明的岩石，好像一张古怪的脸谱，涂有黄、褐、黑、白、绿各种颜色，在这儿看着水的起伏、山的变迁。

"这是蛤蟆嘴。"主人介绍。细看时，巨石颜色果然像癞蛤蟆，尤其是那黄黑色的条纹，似乎涂抹着蛤蟆的黏液。大概曾有什么山精河怪在这里居住过，有一天，它忽然定住了，化作这大石。

可是它还在呼吸。

譬喻作巨大的癞蛤蟆罢了,何以称作蛤蟆嘴呢? 便是因它在呼吸。大石下有洞,像是蛤蟆的阔嘴,隔几分钟,嘴中便喷出一股水花。吸——静止,呼——喷水;吸——静止,呼——喷水。这一个间歇泉,使得幽僻的、脚下热乎乎的山谷,更增加了神秘色彩。

这一带山,名为半个山,"皆迸削之余骨,崩坠之剥肤也。"不知地形怎么样变化,整个山落得了半个,热泉才能涌出。有人曾把照相机掉到池里又捞起来,可见池不很深,水也不过热,但那斑驳浓重的色彩,神秘奇特的气氛,使人疑惑山随时会活动变幻,而不敢久留。

还有十数处泉景,我不能一一走到。据霞客记载,除上述二泉最著名外,还有一处"平沙一围,中有孔数百,沸水丛跃,亦如数十人鼓煽于其下者",值得一观。我没看到,但可借风雨作书中游,足以安慰。

1989 年 2 月 20 日
原载《散文月刊》1989 年 12 月号

孟庄小记

神在哪里？

一九九二年十月二十二至十一月二日，在杭州北高峰下灵隐寺的孟庄小住。孟庄在一片茶园之中，每天清晨，一行行茶树吸了一夜的露水，微微发亮，格外精神，手一碰湿漉漉的。茶花有铜板大，颜色陈旧，貌不惊人。还有小小的茶果，据说毫无用处，只有割去。别的植物以花胜以果胜，唯独茶以叶胜。大概力量都聚在叶里，别的便不顾了。

随着清晨一起来的，是灵隐寺的喧嚣。很难想象沸腾人声来自清净佛地。及至身临其境，才知那"市声"与"市场"是符合的。

刚到"咫尺西天"的大影壁前，便有十多个妇女围上来。"买香哦？买香哦？"一边把香递到面前。一路走过去，便是一场推销与抗购的斗争。除了香，还有小佛像、小玻璃坠儿等买来只有扔掉的东西。熙攘间已过了理公塔、冷泉亭。飞来峰还是那样，只在壁间小路和每一凹处都站满了人，也就无法玲珑剔透了。

以前几次来，大家都忙于阶级斗争，自然无心于山水。现在想上哪儿就上哪儿，至少国内没有限制，自然会热闹。这热闹使人感觉生活别有一重天地，到底是自由多了。

临近寺门，先见香烟缭绕。曾听说现在寺庙香火很盛，亲眼见了，还是不免惊异。寺门前摆着长方形的烛台，约有两米长，数十根红烛在燃烧。一人多高的大香炉,成把成把地烧着香。人们在香烛前跪拜,一行人跪下去,后面有人等着。他们有老有少,有男有女,有智有愚,有丑有俊,必定或有排解不开的苦恼,或有各种需求,觉得人的力量不够,要求诸冥冥中的力量。求一求,拜一拜,精神的负担分出去一点,在想象中抓住点什么,也是好事。

到大雄宝殿,见众人都在殿外礼拜。一青年女子交给僧人一纸五十元,获准到佛前香案下跪求。她祈祷良久,转过身来,面带笑容。也许灾难还未退,但至少她安心了。

前些年,一个朋友悄悄地告诉我,她不是任何教的信徒,可是她每晚必祷告,把一天的烦恼事理一理,一股脑儿交给上帝,然后安稳入睡。这话现在不用悄悄说了。那袅袅香烟,在青天白日之下,凝聚着多少祈求和盼望。据说也有人是专门还愿来的,原来求的事已经满意如愿,特来感谢。说起来,我佛如来、观世音菩萨、耶稣基督、圣母玛利亚都是大大的好人,是芸芸众生的好朋友。

在罗汉堂边山石上坐着休息,仲忽然拉我起身。走开数步后才说,那石旁有一条蛇,正在游动,一面说一面拾起石子要打。我忙制止说,也许是白娘子来随喜呢,再不济也是佛寺里的生灵,不可冒犯。

忽然想起在澳洲访问时,一家公寓下的花丛中住着一条蛇,人们叫它乔治。蛇寿不知几年,这乔治想也不在了。

乘缆车登上北高峰,远望尘雾茫茫,不见人寰。一对青年夫妇带一小孩,对着一面墙跪拜。不由得好奇,上前打听拜的什么,他们不情愿地回答,拜的财神菩萨。

财神菩萨,当然也是人的好朋友。

下山都是石阶,我居然走下来了,满山青松翠竹,清气沁人。不多时到韬光庵。庵依山势而建,楼台错落有致,很不一般。院中有泉,水上有许多落叶,游人用长柄勺推开落叶,舀水来喝。我们在泉侧亭里小坐,见一妇人三步一躬走上来,舀水装入自备的瓶中,又三步一躬向上面的正殿走去。她一定是为亲人祈求平安的。这泉水是矿泉水,又有神灵保佑,传说能疗疾消灾。

我身上的病根儿少说也有好几种,我可不想试一试。听说正殿供奉的是何仙姑,倒想一睹风采。怎奈上去还有百余阶,只好知难而退。真是今非昔比了,若在从前,无论什么角落,总要走过去看一看的。

一阵风来,泉边树上的叶子纷纷飘离枝头,旋转着落向水面。是秋天了。

我们继续下山,依山涧而行。涧中过去大概是泉水淙淙,现在水很少,几近干涸。坡上植物很多,一片苍老的绿,往下伸延开去。涧边有大石,有些人坐着休息。一路走过去,好几个人问:"还有多远?"这是上山人常问的话。

快到灵隐寺了。涧边有用毛竹随意搭成的栏杆。毛竹茶杯口粗细,原以为引水用,走近看时,见竹上插了许多点燃的香,成为很长的竹香炉。香烟向四面飘散,渗入山林涧壑。

这不知供奉的什么神。是山、树的精灵?还是水、石的魂魄?我忽然大为实际起来,很怕香火烧着什么,又明知管不了许多,只好带着担心离开这一片清幽,走进了沸腾的佛地。

西湖别来无恙

西湖秀色,不只在一湖,还在周围的许多景致。我对满觉陇的桂花向往已久,这次秋天来南方,以为或可一见,哪知紧赶慢赶,还是没有赶上。然而没有花,满觉陇也是要去的。

满觉陇者,原来是一条路名。路两旁大片桂林,一眼望不到边。徘徊树下,似有余香,至于小花密缀枝头的景象,就要努力想象了。几乎每年秋天,我都计划到颐和园看那两行桶栽的桂树,计划十之有九落空,所以对桂花其实很不了解。印象最深的是它那浓郁而幽远的香气,所以一见桂林,先觉其味,似乎这芳香也浸透了一些咏桂的文字。

循路来到石屋洞。洞在山脚,奇径穿透,上下颇出意外。院中有小舍,售桂花栗子藕粉。于大桂树下食之,似有一种无香之香浸透全身,十分舒畅,藕粉滋味,倒不及细辨了。

去过了无桂花的满觉陇,又去无梅花的罗浮山。据说罗浮山所种乃夏梅,是一种珍奇植物。我于梅花见得更少,简直无从想象。然而百亩罗浮山风景清幽,楼台亭榭十分雅致,已令人不忍遽去。建筑名字都和月亮有关,如伴月楼、掬月亭等。想必这里是赏月的好所在。若是月下有梅,梅前有酒,更是何异神仙!一个小院落里有一石碑,大书"天缘"二字。两字发人深省,这能赏景物之极致的天缘,不知能有几人得到。我就既未见梅,也未见桂,春来九曲十八涧开得漫山遍谷的杜鹃花,也只能在《志摩日记》中观赏了。

然而西湖的正气和才情是四时不变的。这次见张苍水墓,那"友于师岳"的精神令人肃然起敬。苏堤尽头的苏东坡纪念馆,陈列物虽不多,却系住了游人的仰慕。

还有一个风情万种的西湖,阴晴雨雪都不会令人失望。几次来杭泛舟湖上,次次觉有新意。这次在三潭印月,见游人摩肩接踵,甚无意趣。匆匆走过,下得船来,脚下是碧沉沉的水,头上是蓝湛湛的天,微云一抹,远山如黛,天地忽然一宽,"西湖原来很大。"我说。

听着船边轻柔的水声,想西湖和昆明湖有许多相似之处。前者有孤山,后者有万寿山;孤山上有石亭,万寿山上有铜亭。本来修建颐和园便是以江南景色为样本的,十七孔桥大概也受到三潭印月孔中见月的启发吧。

秋日的阳光还有些灼人,照在水面上,只见一排排光波从桨的左右流过去,然后落进了湖底。到阮公墩转了一圈,那是经徐志摩品定为精品的,这次发现它扎彩楼、建戏台,传染上了许多景点的流行病,成了个扭扭捏捏的假古董,心里却也无甚感伤。

还是在碧波上滑行,逍遥了一阵子。天色渐晚,湖面起了风,船身有些摇摆。水波高高低低,一个接一个,似乎是从水底翻涌起来,不仅是水面的活动。"西湖原来很深。"我又说。

阳光渐渐集中到西边,成为绚丽的晚霞。晚霞映进水面,又透出水波,好像无数层锦缎在抖动。渐渐地,暮色从远处围拢来,推着我们到了岸边。

坐在岩边的石椅上,望着天,望着水,轻轻说了一声:"西湖别来无恙!"

三生石在这里

因为很喜欢三生石这美丽的传说,曾把它写进一篇小说,并以之为篇名,却没有想到,世上真有这块大石头。

我们先是从导游书《灵隐轶话》中看到,便去寻找。问了好几个人,都说没听说过。后来问到一位老者,得他指点,才走上正确的寻石之路。

从下天竺进灵隐边门,就是飞来峰东侧。从山脚到山顶,树木森然,不见游人,只有守门人在大声说话,和西侧的喧嚣大是不同。我们循石阶上山,轻风拂过,树叶沙沙作响。转两个弯,见有人在地上捡毛栗子。问三生石在何处,答道茶地边上就是。

再往上走不远,果然见一片茶地。山坡上翠竹千竿,山坳尽处突出一块大石。我们快步走近，心上一分是惊，二分是喜，似是猛然间见到了故人。

这石约有三人高，横有七八尺，轮廓粗犷，显得端凝厚重，不是玲珑剔透一流。石色灰白与黝黑杂陈，孔隙里生有小植物，有的横生，有的下垂，成为大石的好装饰。向茶地的一面赫然写着一篇文字，题目是唐圆泽和尚三生石迹，记载了圆泽和士人李源转世不昧的友谊，是嘉兴金庭芬于一九一三年所刻。据说圆泽和尚圆寂前，和李源相约，十三年后在此石边相会。李源如约前来，见一牧童骑在牛背上，歌诗道："三生石上旧精魂，赏月吟风不须论。惭愧故人远相访，此身虽异性常存。"诗意颇悠远，不知何人所作。石上所刻以及《辞海》所载，与我所记有个别字不同。

我们从边上转过去，才看清这大石其实是三块相连。当中一块背面写着"三生石"三个大字，笔锋纤细，和大石以及大石般的友谊殊不相称。然而总算有这石头附会这传说，让把假事当真的痴子们可以煞有介事地寻上一番，感慨一番。这石头又正好三块相连，以副三生之数，实在难得。

从古到今，生死和爱情是艺术的永恒主题，其实友谊也是歌咏不尽的。读《中国哲学史新编》第六册，得见谭嗣同对朋友的解释，他以为，五伦中"于人生最无弊而有益"的，就是朋友。他认为朋友的关系能"不失自主之权"，"一曰平等，二曰自由，三曰节宣唯意。"我想，就广义的朋友而言确是如此，最深层的朋友关系则贵在知心，也就是精神上的理解。管仲说："生我者父母，知我者鲍叔。"世间得一知我者，也就不虚此一生了。伯牙碎子期妙解之琴，渐离继荆轲未竟之志，友情的深重高昂，又何逊于罗密欧与朱丽叶呢！

石侧有石阶上山。上山的路，还很长。我们走到三生石上，见三石一块接着一块，如波浪前涌，到茶地边忽然止住。茶地下面远处有村舍,牧童大概就是从那里来了。坐在石边休息片刻,已经很满意,不想再高攀了。下山出边门时,守门人问:"找到了?""找到了。"我们答。访得了三生石,实为这次到杭州的一大收获。

回京后便留心有关三生石的吟咏、故事。《太平广记》记载有李源和武十三郎转世相识之情,似乎是一种断袖之癖,未提到三生石。传说总是在传和说中不断完善的,人们添进自己的企求,剔除自己的厌恶。现在的三生石传说,就寄托着人们对坚贞友谊的向往吧。《全唐诗》载齐己和尚诗,有"自抛南岳三生石,长傍西山数片云"之句,看来那时已有三生石的故事,李源名字可能是后加的。齐己和尚是湖南人,他大概想把三生石安排在南岳。但自然还是在杭州现址好得多。袁宏道有一首三生石诗,描写的似乎就是现在这一块:"此石当襟尚可扪,石旁斜插竹千根。清风不改疑远泽,素质难雕信李源。驱入烟中身是幻,歌从川上语无痕。两言入妙勤修道,竹院云深性自存。"

另一唐僧修睦,有诗咏三生石:"圣迹谁会得?每到亦徘徊。一尚不可得,三从何处来!清宵寒露滴,白昼野云隈。应是表灵异,凡情安可猜。"

"一尚不可得,三从何处来!"直如当头棒喝! 我连忙放下了一支秃笔,掩过了满纸胡言,只自凝望着天上白云,窗前枯树。

1992 年 12 月至 1993 年 1 月
原载香港《大公报》1993 年 3 月 17 日

促织,促织!

秋来了。

不知不觉间,秋天全面地到来了。

最初的信息还在玉簪花。那一点洁白的颜色仿佛把厚重的暑热戳了一个洞,凉意透了过来。渐渐地,鼓鼓的小棒槌花苞绽开了,愈开愈多,满院中弥漫着淡淡的香气。人走进屋内有时会问一句,怎么会这样香,是熏香还是什么?我们也答说,熏香哪有这样气味,只是花香侵了进来罢了。花香晚间更觉分明,带着凉意。

一个夏天由着知了聒噪,吵得人恨不得大喝一声"别吵了",也只能想想而已,谁和知了一般见识?随着玉簪的色与香,夜间忽然有了清亮无比的鸣声,那是蟋蟀。叫叫停停,显得夜愈发的静,又是一年一度虫鸣音乐换演员的时候了。知了的呐喊渐渐衰微,终于沉默。蟋蟀叫声愈来愈多,愈来愈亮。清晨在松下小立,竹丛里,地锦间,都有不止一支小乐队,后来中午也能听到了。最传神,最有秋之意韵的鸣声是在晚间,似比白天的鸣声高了八度,很是饱满。狄更斯在《炉边蟋蟀》这篇小说里形容蟋蟀的叫声"像一颗星星在屋外的黑暗中闪烁,歌声到最高昂时,音调里便会出现微弱的,难以描述的震颤"。小说中的男女主人公都喜欢这小东西,说炉边能有一只蟋蟀,是世界上最幸运的事。

我们的小歌者中最优秀的一位也是在厨房里。它在门边,炉边,碗柜边,水池边转着圈鸣叫,像要叫醒黑沉沉的夜,叫得真欢。叫到最高昂处似乎星光也要颤一颤。我们怕它饿了,撕几片白菜叶子扔在当地,它总是不屑一顾。

养蟋蟀有许多讲究,可以写几本书。我可无意此道,几十年前亲戚送的古雅的蛐蛐罐,早不知到哪里去了。我喜欢自然环境中蟋蟀的歌声,那是一种天籁,是秋的号角,充满了秋天收获的喜悦。

家人闲话时,常常说到家中的两个淘气包——两只猫;说到一只小壁虎,它每天黄昏爬上纱窗捉蚊子,恪尽职守;说到在杂物棚里呼呼大睡的小刺猬,肚皮有节奏地一凸一凹,煞是好看。也说到蟋蟀,这小家伙,为整个秋天振翅长鸣,不惜用尽丹田之气。它的歌声使人燥热的梦凉爽了,使人凄清的梦温暖了。我们还讨论了它的各种名字:蟋蟀,俗名蛐蛐,一名蛩,一名促织。

促织这两个字很美,据说是模仿虫鸣声,声音似并不大像,却给人许多联想。促织,可以想到催促纺织,催促劳动,提醒人一年过去了大半,劳动成果已在手边,还得再接再厉。

《聊斋志异》中有《促织》一篇,写官府逼人上交蟋蟀,九岁孩童为了父母身家性命,魂投蟋蟀之身。以人的智慧对付虫,当然所向披靡。这篇故事不止写出以皇帝为首的统治者的暴虐荒唐,更写出了人的精神力量。生不可为之事,死以魂魄为之!这是一种执着,奋斗,无畏无惧,山河为动,金石为开的力量。

近来,我非常不合潮流地厌恶"潇洒"这两个字。这两个字已被用得极不潇洒了,几乎成了不负责任的代名词。潇洒,得有坚实的根底,是有源有本,是自然而然的一种人格体现,不是凭空追求能得到的。晋人风流的底是真情,晚明小品空灵闲适的底是妙赏。没有底,只是哼哼唧唧自哀自怜,或刻意作潇洒状,徒然令人生厌。

听得一位教师说,她班上有一个学生既聪明,又勤奋,决不浪费时间。她向别的同学推广,有些人竟嗤之以鼻,说:"太牲了!"经过解释,才知道牲者畜牲也,意思是太不像人了。

究竟怎样才像人?才是人?才能做与"天地参"的人?只是潇洒么?只是好玩么?

听听那小蟋蟀!它还在奋力认真地唱出自己的歌!

促织,促——织——

1994年8月

原载《散文》(海外版)1995年1月号

比尔建亚

我家有一盆花,已经有三十多年了。一丛草花,活了三十多岁,也算高寿。更何况我很少管它,几乎连水也不浇,只在深秋时把它移进室内,春暖时搬出去,这是最多的照顾了。它却活得很起劲,不知什么时候,就会在绿叶中透出一支支嫩红的笔杆状的花苞,然后开出一串串吊钟样的花朵。有时在冬天,有时在春天,谁也记不准它开花的节令。

这花名唤比尔建亚,还是一九六六年以前,我在遒兹府居住时,在崇文门花店买的。我想不起当初为什么要买这盆花,只记得随口问了花名,答称"比尔建亚"。这名字相当古怪,究竟是哪四个字,不得而知,后来也没有去请教植物学家。一晃三十多年过去了,看过它的人,许多都离开了这个世界,比尔建亚却还顽强地活着,没有要离开的意思。

我们很用心地养过一盆蟹爪莲,上上下下几层红花,煞是好看,可是稍一怠慢,就活不成,后来盆也不知哪里去了。我们也养水仙,常常是朋友送的能装点满室清雅,自己养的则总落得一簇青蒜似的叶子。今年,我们的水仙不见花苞,想着只有等桃李争春了。不料在杂物间里过冬的几盆绿色植物中,忽然透出一道道娇红,笔杆样的,十分精神。

这是比尔建亚,那娇红的笔杆状的花苞,有的已经绽开,露出一挂挂的小吊钟,花是黄的,有一道深绿的边,花蕊很长。我望着它,心中充满了诧异和敬意。

过了三十多年才忽然意识到,我从未见过另一盆这样的花,所有见过它的人也都说是第一次见。照说该以奇花异草的规格待它,但是我想不起来,它呢,也不计较。

原载《南方日报》1996年4月21日

拾沙花朝小辑

林黛玉曾说,不知为什么,眼泪越来越少了。似是护花主人评:泪还尽,则大限到矣。有几天,我觉得脑中干枯,昏沉沉一片空白,想是因为越来越走近那生满野百合花的尽头了。可是,过了几天,却又生出许多古怪念头,如春水初涨,在脑海中生长流动,活泼泼地。一群念头过去后,留下了痕迹,如同潮水退后的沙粒,便拾起来。时为百花将生之日,是为拾沙花朝小辑。

二月某日,崇文区某中学的一位语文教师打电话来说,初一语文新课本中有我的《紫藤萝瀑布》一文。这篇文章她读过许多年了,但现在要讲解,却觉困难。其背景涵义及对人生的感悟,孩子们是不会懂的,只能讲一讲对景物的细致描写。可是这一点她也觉得难,因为她不记得藤萝的花模样,她周围的许多人都说没有见过藤萝花。

我有些诧异,怎么会没有见过藤萝呢。藤萝是北京的花,就像海棠、石榴一样。旧宅子里面总是有的,京郊的这寺那寺,名园或非名园都常有藤萝架。或许大家都见过,只是不认得罢了。我说,到初夏时再讲这一课,带孩子们郊游,在藤萝花下讲。她说这文章是课本的第二课,等不到初夏了,如有照片看看也好。

照片是有的,但很模糊,勉强认出藤萝花成串地从高处挂下来,并没有瀑布的效果。《宗璞影记》最后一部分"小精灵们"收入了石头、铁箫、猫儿和花的照片,但是没有藤萝。我有一段文字:

"这本影记中有送春的二月兰,有报秋的玉簪花,但是没有紫藤萝瀑布。静止的画面无法表现我所感受的那种灵动,那种活泼,那种热闹和生机。我想就不让照片介入我的文字了。便是二月兰和玉簪花,也只是记下形状而已。"

那位可敬的、认真的女教师取走了照片,我很怀疑照片的作用是正还是负。这几年,我自己也没有看见紫藤萝瀑布了。临湖轩下小湖旁,原有预备好的藤萝架,可是不见藤萝。现在校园中最大的草坪,翻回历史页码,曾是一片果园。那时认为花是不事生产游手好闲的象征。再向前翻一页,这里原有假山,还有一个很长的藤萝架,在花下有石桌、石凳可以小憩。这些都已成为过去,不提也罢。

对了,学生宿舍某楼前也有一个藤萝架,但据说,花总是十分稀落。

我的文字留住了紫藤萝瀑布,我们的心留住了紫藤萝瀑布。

一九九八年,高考语文试题中用"报秋"作为一个考题。那一年高考期间,考生们进了考场,开始回答语文试卷后,我接到出题人之一北大王先生的电话。他说:"现在解密,可以告诉你这个消息。十几万考生同时在读你的文章。"我觉得有一种青春的力量簇拥着我,提携着我,不知该说什么,只是从心底希望大家都考好。

在《报秋》文中我曾这样写:"一朵花苞钻出来,一个柄上的好几朵都跟上。花苞很有精神,越长越长,成为玉簪模样。开放都在晚间,一朵持续约一昼夜。六片清雅修长的花瓣围着花蕊,当中的一丝顶着一点嫩黄,颤颤地望着自己雪白的小窝。

"这花的生命力极强,随便种种,总会活的。不挑地方,不拣土壤,而且特别喜欢背阴处,把阳光让给别人,很是谦让。据说花瓣可以入药,还有人来讨那叶子,要捣烂了治脚气。我说它在生活上向下比,工作上向上比,算得一种玉簪花精神罢。"

清朝李渔不理解这种精神,他说玉簪花容易成活,很"贱"。这样的花本来应是容易普及的,却也总有人说不认得。我便介绍颐和园玉兰树下那一片,它们总是比城中的先开放,提早报秋。这几年来未在初秋去长廊那一带,也不知它们是否还在。

《送春》文中关于二月兰的描写,首先得到了燕园居民的关注和认同。他们不愧是二月兰的知己。有人说,二月兰就是这样的,像紫色的花毯,让那完成了使命的春之神踏着一片轻盈的紫雾离开。二月兰也惹动了乡愁,友人从收音机中听到朗诵这篇文章,写信来说很怀念家乡那一片颜色。这是几年前的事了。我还写了一首小诗《二月兰问答》,有这样的形容:"一幅幅活泼的水彩画/七宝流光罩/又朦胧又飘渺/——二月兰在笑;一个个快活的小乐队/叮叮咚咚敲/又悠扬又跳跃/二月兰在笑。"这样的景色,这几年也不多见了。我们彼此安慰说,今年是小年罢。可是又过了一年,大年仍没有到。那紫色的花毯似乎陈旧了,破损了。它们是野生的、自由自在的小东西,常在溪边、路侧、屋角、树下展现着笑容,是大自然不经意地涂抹的颜色。人占的地盘越多,野生物自然越少。是不是要提出抢救二月兰,辟出一片花圃?野生物是种不出来的,种出来就不是它了。

趁二月兰还有小年,赶快认一认吧。

从抢救二月兰联想到昆明的木香花。它们灭绝得更快。那茂盛的、白得如雪的木香花沿着漫长的泥土路随意生长,伴随着我的少年时代,也点缀了许多人的梦。可是现在昆明的年轻人说,他们从来没见过木香花。自八十年代初,我数次回"乡",真的找不到一点痕迹。它们被高楼大厦、名花异木压下了,挤走了。哪里去找它们的种子?哪里去找它们的根?留下的是记忆。在记忆里,灿烂的、朴实的木香花不只会形成短篱,有时还会攀上屋顶,在檐前形成一道自然的屏风。它们的香气淡淡的,伴随着少年人的想象,飘得很远。

可是,人们说从没有见过木香花。

也许,我该专为木香花写一篇散文。

自告别阅读以后,信息少了许多,想知道纸上的事,总要依赖他人。但我还是很快乐。因为我看得见蓝天白云,青山绿水,水上的桥,桥边的树。我相信,今年的春天仍会在我眼前呈现那姹紫嫣红开遍的景色。我会看见两树迎春随风摇曳的枝条,使得月洞门处在一片嫩黄的光彩中。这花到底是迎春还是连翘,我听人讲解多次,曾经明白,不久又糊涂。我会看见那微雨中的丁香,小小的结仍未解开。我看得见灰喜鹊和黑喜鹊在空中飞。据说,灰喜鹊只会跳,黑喜鹊却会走,我看不清,就靠想象来弥补。

我看不见很多东西,可是我看得见大自然。它是那样大,那样丰富,大得让我看得见,丰富得让我看得见。哲人说:"了解于社会的全之外,还有宇宙的全。"也就是说,要记住自己在宇宙中的地位。我没有很高的境界,只是感觉到自己上下周围有天地、有万物,是多么大的福气。

我看得见大自然,我很满足。

2001年2月中旬
原载《书摘》2001年第12期

过去的瞬间

我的澳大利亚文学日
不要忘记
彼得·潘的启示
彩虹曲社
从"粥疗"说起
星期三的晚餐
《世界文学》和我
京西小巷槐树街
客有可人
药杯里的莫扎特
《幽梦影》情结
祈祷和平
"字典"的困惑
过去的瞬间
一封旧信
雕刻盲的话
谁是主人翁
乘着歌声的翅膀
我与人民文学出版社
散失的墨迹
"大乐队"是否多余
······

我的澳大利亚文学日

一九八一年五月六日,我动身从澳大利亚回国的前一天,是这次访问的高潮。按照日程,这天上午,我将到澳大利亚著名作家帕特里克·怀特家中拜访。然后往谒亨利·劳森之墓。下午参观悉尼艺术馆,晚上在悉尼歌剧院晚餐,有梅卓琳、考斯蒂根夫妇、基尼利夫妇和瑙玛同席。饭后在歌剧院观看现代芭蕾舞。

"太丰富了。"我赞叹。

"你会累坏的。"瑙玛说,"吃药吧,加倍!"相处了快一个月,我们几乎知道了彼此的全部习惯。

我们从瑙玛的住处莫斯曼湾乘船往悉尼市中心,海面波光粼粼,白鸥点点。岸上绿树丛中,隐约露出红白两色的房屋。初到悉尼时下榻的小旅馆,在山坡上显露着它那一角招牌。我想起旅馆中在红玻璃杯里燃烧的蜡烛,照着绘在天花板上的港湾。刚来时欣喜兴奋的心情,这时已换作依依惜别了。

船转了方向,这一带海湾看不见了。两岸仍是绿树。五月份,澳洲正是深秋,也许因为树的种类不同,此时反不如前几天在墨尔本和堪培拉感到的秋色浓和秋意重。

在市中心办了些琐事,即驱车前往怀特家。在车上,瑙玛忽然说:"听着,亲爱的,"她常这样叫我,"你可能一人去见怀特先生,因为我想他大概不会让我进门。""怎么会呢?我们两人一起去。"我有些奇怪。一面想起一路听到的关于怀特的传说。都说他宣布隐居,谢绝访问。途经墨尔本时,一家报纸重新发表了两年前一位美国导演对他的访问记,编者按语说这是罕有的,特地重新发表。人们知道我的日程中列有访问怀特,都颇为惊讶。其实这很简单,只因我是中国人。

"如果他不让我进门,我就在街上等你。"瑙玛又说。我摇头。我直觉地感到怀特先生一定会欢迎她,就像欢迎我一样。

我们准时到达怀特家门。那是一座小楼。坐落在一个小山坡上。小坡本身便是花园。我们自己推开木栅门,循着两边长满各种植物的小径,到了屋门前。忽然一阵狗吠,只见另一侧的铁栅门内,好几只大狗对着我们乱叫,但它们的神情并不凶恶。"它们表示欢迎。"瑙玛幽默地说。

我们按了电铃,门立即开了。我一眼便认出,站在我们面前的便是怀特本人。他身材高大,比照片上瘦一些,嘴角显出文学家的敏感,眼睛透露着哲学家的睿智和聪明。他也许不能说像,却使我想起歌德那敏感而聪明的脸。他立即欢迎我。瑙玛站在门边,问道:"我可以进来吗?"

"哦,当然了。"怀特显然没有考虑过让她等在门外。我胜利地向她微笑。

我们进屋,落座。怀特端茶时,我和瑙玛打量着墙上的两幅大画,都是抽象派的,圈圈点点,曲线直线,不知所云。我很想问问画的什么,话到嘴边,又咽住了。

我知道怀特不喜欢新闻记者采访。我自己很尊重记者的劳动,因为每个人都要看报,读新闻。但这时我不想把自己放在采访的位置提问。我们的会见只是一个中国中年作家对一位澳大利亚老作家的友好拜望,只是见见面,谈谈天。怀特的接待恰也是这样。他亲切友好,随便家常。大家处在无拘束的亲切气氛中,瑙玛和我都很高兴。

"中国是个伟大的国家,很愿意去看看。"怀特说,"但是我太老了。"

瑙玛和我同声抗议,一致说他并不老。他一九一二年生,今年六十九岁。

"我的日子不多了,"他说,"老实说活多久我并不在乎。"

"你可以只到一个地方看看。"瑙玛说。

"如果去,我就要到许多地方。"他微笑。

我告诉他他的书在中国的翻译情况,并把随身带的一本外国语学院出的《外国文学》送给他,那是澳大利亚文学专号,上面有《人类之树》的前四章。

《人类之树》描写澳大利亚人开发澳洲的艰辛过程。有"澳洲创世纪"之称。我亲眼见到澳大利亚丛莽风光之后,才更体会这本书所形象地表现的澳大利亚历史,也更了解书中关于人类开发自然的深刻感受。我们谈到我的旅行,也谈到澳洲的自然景色,那是使人难忘的。

"便是这景色使我回来。"怀特说。

这便是怀特之所以为怀特。有些澳大利亚作家成名后便远离故乡,定居国外。如莫里斯·魏斯特(Morris West)在意大利,《荆棘鸟》的作者科林·麦克劳(Colleen MeCu-llough)发财后定居美国。我在阿得雷德见到一位青年女作家,出版了六部小说后即要迁居墨西哥。但是怀特回来了,因为澳洲是他的家乡。我想,比起一般人,作家是更需要祖国的土壤的,是更需要民族的后盾、更需要自己的文化传统的哺育的。

话题转到前天我们看的电影《苔丝》。我和瑙玛从澳洲黄金海岸的兰噶塔飞到悉尼,一下飞机,把箱子藏在杂物室内,就直奔电影院,兴致勃勃地在六部电影中选了《苔丝》。我以为那电影很忠实于原著,对得起我爱好的哈代。

"我也该看看这部电影,"怀特说,"只是改编文学作品的电影常使我失望。亲眼见的形象总不大像读书后自己脑海中的形象。"

对极了。我也有这种想法。尤其是自己最偏爱、最熟悉的作品,最不容易满意。对中国人来说,红楼人物的扮演,大概是最难的了。视觉艺术太实了,很难满足心灵的想象。

也许这就是电影、电视不能代替文学的一个原因?

我们又谈到文学的使命。我在介绍中国当代小说时用了《明镜和号角》这个题目。怀特也认为文学作品应把这二者结合起来而不是偏废。"但是文学作品不能成为宣传品。"他加了一句。

这时马诺利·拉斯卡里斯(Manoly Lascaris)先生走了进来。他是怀特的朋友和陪伴,已经四十年了。《人类之树》便是送给他的。他身材不高,肤色较深,也很亲切。怀特斟茶时说这是为招待我而选的中国茶,问我究竟是什么茶,我可说不出。他又抱来一只哈巴狗,据说也是中国的。狗对着瑙玛和我汪汪大叫,吵个不停。我们还漫步到后院和前廊。后院除了狗以外,还有盆栽的各种花木,其中有一盆是豌豆尖,原来怀特先生也爱吃豌豆尖!这盆绿色的蔬菜使我感到分外亲切。记得小时在昆明,家门前方桌面大的一块地上,种满嫩绿的豌豆尖。那绿色给我憧憬和希望,现在的绿色却使我念及往事,将来若再相逢,就又会有另一层回忆了。前廊上吊着一个盆子,拉斯卡里斯说,他就在这里喂鸟,每天两次。各种鸟都来,也有白鹦鹉。怀特的小说《白鹦鹉》中饲鸟的描写,大概便是从这里来的吧。

我为怀特照相,瑙玛为怀特和我一起照相。照相时他特地把那只中国哈巴狗抱在手中。遗憾的是,回国后照相馆冲洗胶片时不知道是彩色胶卷,结果连黑白的也洗不出了。我只好安慰自己,我不需要那视觉的限制!好在怀特送我的两本书平安随我到了家。一本是《沃斯》,讲的是一八四五年沃斯这个人首次横越澳洲大陆的故事。怀特说这是大家喜欢的书,装潢也好;另一本是《坚实的祭坛》,装潢普通,是企鹅出版社出的。怀特说这是他最喜欢的一本书。这书讲的是一对孪生兄弟的故事。他们从小到大,永不分离,分享着相同的一切,但只有对事物的观点不同。哥哥很聪明,看见了一切,却不理解;弟弟是傻瓜,懒得观察什么,却懂得了人生。

我送给怀特一张篆文,写的是"道可道,非常道"那一段。听说他对道教有兴趣,这时却无时间多谈了。车来了。他陪我们走下花园,直到木栅门外。他的步履虽不龙钟,也毕竟有些老态。我们握手告别,一再希望再见。我真心相信我们会再见的,在中国,或者在澳大利亚。

在驶往悉尼墓地的途中,我和瑙玛很少说话。我在想着从劳森到怀特的澳大利亚文学。这两位创造澳大利亚文学的人经历不同,风格迥异。劳森文章的朴素的美诉诸人的心灵,怀特的复杂的心理描写不只使人感,也使人思。他那有些神秘主义的色彩又是怎样不同于劳森的质朴的哲理。但他们都从欧洲文化传统而来,又扎根于澳洲的生活现实;都描写人类的开发精神,人类驯化自然环境时所做的奋斗,他们关注着人。这也许是澳大利亚文学的一个传统和特色。

悉尼墓地临海,气氛宁静肃穆。一座座坟墓在逐渐倾斜的坡地上缓缓排向海边。几乎没有一座坟墓是相同的。有的十分豪华,如同讲究的小房屋;有的则十分简朴,似乎显示着七尺棺的本来面目。我们遇见一位中年妇女,她来看望她活着的弟弟——守墓人。她热心地帮助我们找到了劳森的墓。

亨利·劳森的墓很简朴,如同他小说的风格一样,占地不过只够一人躺卧,离左右邻居都很近,有些拥挤。一九七二年,即劳森逝世五十周年时重新修理过,墓面还新。我在墓前肃立片刻,又把特地把从祖国带来的龙井茶叶轻轻撒在墓的周围。如果劳森知道有一个黑发黑睛的中国人,不远万里来看望他,是否会在他那充满不幸的心中,感到些许安慰呢?

我环顾周围的坟墓,出现在我眼前的却是劳森笔下那些充满同情心的人物:绰号长颈鹿的小伙子,总是张罗着"把帽子传一传",募捐帮助别人;好心的安迪,不肯告诉贝克太太她丈夫死亡的真相。我觉得人世间太需要这种同情、这种热心、这种体贴了。希望我们的读者,都来读一读劳森的书!

当然,劳森描写的"伙伴情谊",是在人开发自然时形成的。像他的诗句所说,先驱者没有被统治的烦恼,他们不见容于自己的故土,到这里来开创家园。现在这一片土地成为充满希望的花园,贪婪又来染指,情况就又不同了。虽然情况变化,但劳森的"伙伴精神"永远给人以鼓舞和安慰。

从墓地出来,我们到了悉尼艺术馆,在那里用午餐。这时我想到昨天的午餐。昨天中午我们在一家叫"颐和园"的中国餐馆里,同席的朋友有澳大利亚理事会①文学局负责人考斯蒂根博士,他是个很有修养、博学而沉静的人。我初到悉尼,在悉尼笔会主席克伦先生欢迎我的家宴上,他也曾出席并讲话。这时他送我一本澳大利亚儿童作品,是把各地区、各民族的许多孩子的作文收在一起

---

① 澳大利亚政府主管文化的机构。

编印的。装潢、印刷都很精美,然而最美的是那些孩子天真的、充满向往的心和话语了,有文法拼法错误都照原样不改,益发显出孩子的本色。从这里,会有伟大的文学家成长起来吧。考斯蒂根博士还安排同席的两位女士饭后陪我参观文学局,也很有意思。

这次午餐时,第一次遇见了克里斯朵夫·考希(Christopher Koch)。他的长篇小说《艰危一年》描写一九六五年在雅加达的动乱生活,那一年苏加诺下台,几乎有五十万人丧生。英国著名作家安东尼·伯吉斯评论说:书中比利·克万这个人,是近年来小说中最值得记住的人物之一。除了这本畅销、扬名的书外,考希还有两本小说:《岛上少年》和《越过海上的墙》,想来都和他所居住的塔斯马尼亚岛上生活有关。应该一提的是,考希崇敬两个中国人。一位是白居易。他通过亚瑟·维利的翻译读了许多中国诗,他最喜欢白居易。在《艰危一年》的扉页上,考希引用了白居易的诗。林庚先生帮助我查到诗的原句。那是《缚戎人》的最后四句:"缚戎人,戎人之中我苦辛,自古此冤应未有,汉心汉语吐蕃身!"另一位是何其芳。他读过其芳同志的《梦中之路》。我自己一直敬佩其芳同志的文章学问、品格修养,常以为像他那样德才兼备,而且在德才两个领域里又都很全面的人,世上不是很多。考希的谈话使我感到安慰。可见桃李无言,自然会有通往的路。考希说他即将到中国来,希望见到何夫人。后来我在北京又遇见他和诗人哈斯拉克(Nicholas Hasluck)和报告文学家、评论家安德逊(Hugh Anderson)两位朋友。因时间匆促,考希没有来得及见到何其芳的夫人牟决鸣同志。

很快便到了此行的最后一个夜晚,薄暮时分,璐玛和我来到悉尼歌剧院。曲折的海湾在暮色中显出一条条明亮的灯光,形成好看的曲线。歌剧院的大贝壳屋顶在我头上张开,我尽力仰头又仰头。这贝壳中,不是蕴育着艺术的珠宝吗?那满孕着风力的帆,不是想在艺术中探寻真和美吗?我凭栏凝望几十级也许是几百级台阶下的海水,海水宽阔而平静,反射出淡淡的光,我的心也充满了平静而又宽阔的欣喜。虽然还没有欣赏在这建筑中表演的艺术,我已经为这建筑本身的艺术感动了。

我们走进了歌剧院的餐厅。这餐厅三面都是落地的玻璃。我和主人们周旋谈笑,坐下来时,忽然迎面扑来一个灯火通明的悉尼,使得我眼花缭乱。璀璨的灯光画出了悉尼的一个个建筑的轮廓,好一幅豪华的夜景!在这明亮的灯火后面,每一个房间里,人们感觉到什么?又在思索着什么?他们常常是快活的,唱歌、聊天、冲浪、野宴……他们也有无穷的苦恼,罢工、失业、疾病、酗酒……

我对澳大利亚的了解很少。只对眼前一同吃饭的朋友,似乎还略知一二。梅卓琳是我们熟悉的。她曾获中国哲学和中国历史方面的博士学位,现在是澳中理事会执行主席。前些时在堪培拉中国大使馆举行的招待会上,大家都称赞她为中澳友好做出的贡献。在我访澳前,她读了《三生石》,并写出了英文提要分送各地,可见她的细致周到。前面提到的考斯蒂根和夫人,这时正高兴地翻看我送给他们的《中国文学》英文版,寻找着《弦上的梦》。

我想介绍一下另一位在座的澳大利亚著名作家托马斯·基尼利(Thomas Keneally)。上次到悉尼,他曾请我吃饭,这次算是老相识了。据说澳洲只有两位作家能靠稿费为生,一位是怀特,一位便是基尼利。我在各处旅行,听到谈论最多的除怀特外,就是基尼利。在昆士兰州,有一位女作家曾热情推荐他的小说《带来百灵鸟和英雄》(Bring Larks and Heroes),在墨尔本,一位讲明史的大学教师也称赞他的才情。这位朋友说,他的有些作品显然是为了挣钱，那也难怪，不如此他何以为生？但他并不只是为了挣钱。这位朋友相信他会写出真正最好的作品，超过他已出版的所有的书。

基尼利即席为我开出他的著作目录。最新的一部《次等王国》(The Cat-Rate King-dom)初次见面时他已送给我。那书前作者的话中写道："这小说不是真人真事。如果有些线索有所指，作者希望它们和任何个人私事无关，而是关系到澳大利亚灵魂的特征。"

这话打动了我。每一个从事写作的人，不是都想表现自己民族的灵魂，而避免"对号入座"的纠缠吗？

和有悠久岁月的中国文学相较，澳大利亚文学是年轻的。唯其年轻，也便应该有生命力。以前澳洲文学的两个主题似乎已在变化。那两个主题是"逐客心情"和"澳洲之梦"，前者描写被放逐的悲凉，后者描写建设的希望。如爱尔兰诗人叶芝的诗句所说："把自己的祖国当做宇宙的中心。"现在的澳洲作家，已经更着眼立足于澳洲的现实生活了。

还应该讲几句瑙玛。因为和她是这样熟悉，竟以为大家都和我一样了解她。瑙玛姓丁(Norma Martyn)，是悉尼笔会副主席，写过不少长、短篇小说，还在写研究张骞通西域的学术文章。她也积极参加国际文学运动，是个能干人。这时她策略地催我快些吃喝，说澳洲人吃饭快说话快是闻名世界的，而我吃饭慢说话慢是闻名澳洲了。这一次却是关于澳洲文学的遐想羁留了我。我们兴冲冲离开餐厅赶往剧场时，话题转到今晚的芭蕾舞，便把文学放开了。

1981年8月初
原载《世界文学》1981年第6期

不要忘记

火车在细雨迷蒙中到达墨尔本。邻座的建筑师帮我拿下箱子,找来手车,然后郑重告别。不一会儿,来接的伊丽斯女士找到了我,驱车直到沃蒙学院,我在那里下榻。沿路树木红黄相间,不知是否枫栌之属,只觉满眼秋色。不禁念及燕南园中,此时应是春光明媚、丁香如雪了罢?沃蒙学院的主楼建筑是维多利亚时代的哥特式,尖塔高耸,厚重的方形石柱上,缠绕着大概是爬墙虎一类的植物,叶子也已鲜红了。主楼四周是松墙,草坪,各种树木,还有些别的较古雅的楼舍。校园里的气氛从容而宁静。

按照计划,这个上午我该休息。因为空中小姐罢工,我原定从阿多雷德飞墨尔本,临时改乘了火车,似乎是有些累。不知是谁提起,这一天是"澳大利亚和新西兰日"。在这一天,参加过第一次、第二次世界大战的老军人全都上街游行,以纪念为国牺牲的战友,纪念太平日子的得来不易。我们便赶快乘电车前往。电车有轨道,给墨尔本城增添了几分古色古香。

很快便看见了游行队伍。一队队海、陆、空三军军人,各着军服,精神抖擞,战旗飘扬,鼓乐前导。有人虽已过了花甲、古稀之年,但步伐整齐有力,一点儿不显龙钟。伊丽斯说,参加过第一次世界大战的不知还有没有;参加过第二次世界大战的,也一年比一年少了。这时,走过来穿着苏格兰裙的队伍,前面有三匹高头大马,马上是三位英俊少年,也许是哪家老军人的子弟。他们似乎在说:年光流逝,老人总要离去;而这"澳大利亚和新西兰日"的游行,却是会继续下去的。

细雨仍在轻轻飘洒,但谁也不介意。我们跟着游行队伍,走走停停,来到一处高大的圆顶建筑物前,原来那是战争纪念馆。队伍在这里转过去,解散了,后面还不断地走来。因为游行,纪念馆闭馆。我不知道还有没有机会再来,有些怅然。

离开墨尔本的前一天,一位澳洲中国明史专家费克光先生陪我到植物园参观。这植物园真美!我们在黛色参天的各种树木间穿来穿去。忽见一泓澄净的湖水。湖畔绿草如茵,黑天鹅浮在水面,不时把红喙伸入水中。岸边宽阔的石阶上,有一群群白色的海鸥,有的飞起,有的向我们蹒跚走来。我觉得,澳大利亚中部艾耳石一带的原野如同"茅台",色彩强烈浓重,使人酩酊;而这里,这植物园的景色,如同"竹叶青",明丽而又有韵味,使人微醺。当然,对澳大利亚景物,对中国的酒,我都是外行;外行人的外行话,也许倒有真意。

但当我们来到战争纪念馆,站在那高大的圆顶下时,我觉得自己一点也不外行,我感到了应该纪念的一切。厅中有澳大利亚国旗和军旗,有澳洲男女军人的塑像,还有牺牲的人名单,很长很长的名单。当我们慢慢在馆中走动时,一队队中小学生进来瞻仰,从他们鲜嫩的脸蛋旁望过去,我看见在墙壁上,不只一处镌刻着这样的话:"不要忘记他们失去了青春的生命,以使我们生活得更好。"

"不要忘记"——我想起前几天的游行队伍,不也是"不要忘记"么?在阿多雷德的战争纪念碑下,常有人放置新鲜的花圈,不也是"不要忘记"么?在阿丽思泉,我们最先去瞻仰的,也是纪念碑。它在一座小山顶上,那里可以俯瞰全城。纪念碑本身简单朴素,上面没有名字,没有复杂的话语,只有这样几个字:"不要忘记。"

就是在眺望世界最大独石——艾耳石的沙丘上,也矗立着一块约有一人高的长石,上面也刻着"不要忘记"。

"不要忘记。"又怎能忘记呢？如果没有人向恶势力斗争,怎得创造、保存美好的一切？据说二次大战中,澳洲青年在东南亚一带牺牲了四分之三。在我们的八年抗日战争、三年解放战争,以及十年浩劫中,中华优秀儿女的骨殖为大地增添的分量,又是多少呢？

很快辞别了墨尔本,到达堪培拉。堪培拉的秋色也极浓,照计划栽培的树木一层黄,一层红,一层棕,一层绿,极为绚丽。城中有湖,湖上有桥。夜晚,桥上灯火通明,为夜色做了恰当的点缀。湖上有喷泉,白天定时喷水,水喷得高高的,在明亮的阳光下,闪耀着各种颜色。离湖边不远,有澳洲国立图书馆,有议会大厦,有新建的高级法院,还有正在建造的艺术馆。再过去,就是战争纪念馆了。那是我一定要去的。

论建筑,并不新奇。进门处有一个长形的水池,池水清可见底,池底疏朗地散落着银币,是表示纪念与尊敬的。内部有好几个厅、室,也有很长很长的牺牲军人的名单,哪一团哪一连都写得很清楚。也有三军战士和妇女后勤人员的塑像,都有真人大小,他们都是那样俊秀、年轻！地上摆着几门大炮,都是战争中的实物。因为时间仓促,我匆匆走了一遍。和我同去的几位澳洲国立大学的教师、同学,没有来得及讲解什么,我也没有看见哪儿写着铭文或别的话。当我走出大门,站在高高的石阶上时,我忽然感到一种强烈的感情的撞击,我几乎大声叫出来："不要忘记！"

难道谁能忘记么？我仿佛回到了自己的祖国,站在人民英雄纪念碑前,仰头看那湛蓝的天,一幕幕图景闪了过去——八年抗战时,那边远的山村,夜晚一灯如豆,窗纸上染着油烟的印迹;在飘扬的大雪中赶去看解放军的兴奋心情,那毛茸茸的帽子下年轻的红红的脸,显得那样天真;那老同志描述的战争的情景:"人的身体把战壕都垫平了,还是得在上面走";还有那十年的巨大灾难,那使人不成为人的巨大灾难;张志新、遇罗克临刑前那深沉的痛苦……哪一点应该从心上消失,能够从心上消失呢?痛苦的记忆会使人逃脱浅薄,会使人理解社会、人生,会使人奋力消除今天的痛苦。千万不要忘记死去的人啊!正是因为他们死去,我们才能活着……

在堪培拉战争纪念馆石阶上的片刻,我经历了人类向恶势力斗争的许多年。我知道,这历程远未结束。联邦政府的身着制服的司机朋友走来了,他是个胖胖的快活的中年人,有三个得意女儿。这时,已是夕阳西下,远山的轮廓在落照中勾勒得格外分明。在那云霞辉映的天空上,似乎也写着几个大字:

"Lest We Forget"(不要忘记)

1981年6月16日
原载《十月》1981年第5期

彼得·潘的启示

在童话人物中,彼得·潘可谓不朽者之一。这永远长不大的孩子,寄托了多少人不能达到的愿望;人们的逝去的童年就是漂流到那遥远的"绝域"去了罢。据说每年春天,伦敦都要上演根据巴利原剧编写的音乐喜剧《彼得·潘》,迄今已有七十五年了。那确是适合在春天上演的,提醒人们在万象更新时,要扫除肮脏的一切。许多年来,我一直想亲眼看见飞翔的彼得,想看见袅袅炊烟从蘑菇根里冒出来;还想知道彼得的音乐形象究竟如何,听听那一曲"我不愿长大"和鳄鱼腹中闹钟的声音。

去年夏天的一个傍晚,我坐在兄长家后院的大片草地上,和不时出没的野兔对望着。夕阳在茂密的树木后面沉下去了,绿屏风泛出一阵阵的红来。我不经意地翻着一份《匹兹堡晚报》:"斯坦利大戏院上演《彼得·潘》。"

这一行字忽然跳入我的眼帘。呀!彼得·潘!我熟识的小朋友!这时不是春天,也不在伦敦,我却可以一偿夙愿了。

经过许多次讨论,我终于独自出发去看彼得·潘。先到镇上等有轨电车。和一位美国老太太攀谈时,得知她是家庭妇女,儿女都已长大,觉得人太闲,房子太空。现在是进城去买"好东西"。上车后,我发现乘客中绝大多数都是中年以上的妇女。大概她们最感到闲和空罢。电车摇摇摆摆地前进。有段路很有点野趣,树在山坡上乱长着,车身哐当地摇着,倒有点像四十多年前在云南境内乘小火车的光景。

到市中心了,F在街口等我。第一件事就是去买票,可是F在匹兹堡居住二十多年,竟不知斯坦利戏院在哪里。"就在这一带!"她肯定地说。这我也知道,因为这里是市中心。

市中心有一个富丽的名字:金三角。三条大河,阿勒格尼河,俄亥俄河,还有另一条河在这里相会,形成一个三角地带。我们一面问路一面走,问到的每个人都详加指点。要是我们也细心弄清的话,问一个人就可以找到。但是F有点心不在焉,而又不惮其烦。我想她大概有把握问谁都不会碰钉子,所以这样问了又问。

终于到了剧院门口。F忽然宣布:"我不看,我从来不看音乐剧。"她确有许多"从来不",我当然不好打破她的规矩,可我一人认得路吗?而且又是晚上。我迟疑了两秒钟,立刻买了一张当晚的票。

"我们先实习一下,晚上你就认得了。"F很周到。

我们到三河交会处站了一会儿。一个过路人告诉我们三个名字各属于哪条河,可是我们转眼就又弄不清了。河面很宽,对面是华盛顿山,有缆车在上下。我们没有多停,即乘公共汽车到F家。那里名为松鼠山,房子依山势而造,所以家家门前有两层楼高的阶梯,一幢幢房子挨得很紧,台阶窄而陡。我简直担心她老来怎样出门。F好像许多年没有说过话,不停地说着她的生活和著作,并把她的文稿拿出来。我一面翻阅一面听她说着一篇讲谢枋得的文章。

"谢枋得?"我不知道这名字。

"你不知道谢枋得?亏你还是你老爸的女儿!"F大叫起来,"你十几岁就和我大谈义山诗。记得么?在昆明街角上!现在连谢枋得都不知道!你真把我气死!"

"你真把我笑死!"说着我们都大笑起来。我的知识从二十岁后长进确实不多,幸而我倒是深知自己的不长进。

我一人又回到金三角,刚下车就不敢确定方向。一位美国妇女问我:"需要帮忙吗?"我连忙问路。她还要陪我走一段,我婉谢了。很快到得剧院门首,尚未开门,我便在街上闲逛。这种闲逛是许久没有的了。我觉得就像在北京去看一个久已想看的戏,出发较早,赢得了闲暇一样。

走着走着,在光怪陆离的店铺门面中,忽然出现了"裸体"的字样,吓了我一跳。仔细看时,那间橱窗不是透明的,变幻着各种颜色。另外一行字也很醒目,那是"十八岁以下不得入内"。

我怕迷路,往回走了,一个黑人青年迎上来:"能给一杯咖啡的钱吗?"黑黑的脸上神色颇为可怜。我几乎想给她几角钱了,但是我马上说:"不懂你的话。"只管向前走了。想起曼斯斐尔德的小说《一杯茶》中,那女孩也是这样说的:"能给我一杯茶的钱吗?"

剧场前厅中人已很多,不少人带孩子来。大幕升起了,台上出现了温黛的家,三个孩子都入睡了。台正中的长窗忽地打开(原书说这是星星吹开的),在灿烂的星空前出现了彼得·潘,他飞进窗来寻找他的影子。这时满场响起了掌声。哦!彼得·潘!你这永恒的孩子!

温黛问他的年龄,他不知道,时间不是他的枷锁。丢了影子就坐在地上哭,缝上了就笑。他的生活就像在"过家家",有印第安人,有海盗,有惊险的走跳板,也有温黛那"遥远的曲调"。虽然只有他一个人永不长大,在"绝域"里,却不是他一个人在生活。

对这里的观众来说,温黛的歌一定是支熟曲子了,我的邻座竟随着台上轻轻地哼了几句。后来我向这里的亲戚描述时,她们颇以为怪,我倒觉得很有意思。休息时,人们在甬道上走动,彼此招呼。

一位太太看来是我邻座的老相识。一个问:"海伦怎么不来?"一个答:"她不太舒服。"接着说谁谁来了,又说唱得不错。虽然她们的话我不尽懂,却觉得像在北京剧场中,随时可以发现熟人似的。

孩子们连同温黛都落到海盗手里了。彼得来救他们,和海盗头子胡克大战一场。如果一个人的童年里没有打仗争斗的游戏,该是多么乏味!在西方,孩子们有海盗;在东方,我们有飞檐走壁的侠客。记得连不大喜欢活动的我也曾争当女飞卫陈丽卿,竟不知她是专门和花荣作对,镇压农民起义的人物。海盗们唱起"胡克的华尔兹"。那胡克唱得真好,可是他不能唱了,整天追着他的鳄鱼把他吃了!彼得啊彼得,我相信你总会胜利!

多年以后,彼得来找温黛去做春季大扫除,温黛已经长大,不能飞了。他很自然地和她的女儿洁因一起飞走了。以后他还会再找洁因的女儿同去"绝域",还有一批又一批的遗失的孩子和他在一起。彼得总不是一个人,人总是要和人在一起的。

曲终人未散时,我已走在金三角的大街上,我要赶公共汽车。店铺已经关门,但街上很亮。我听见自己的鞋跟敲在空荡荡的马路上,觉得就像走在王府井大街上一样。路虽不熟悉,却有亲切之感。其实,在北京,这种深夜独行的经验也并不多。

到了一个车站,我怕有错,便去问路旁的青年。他们几个人正在一起说笑。虽然语言不同,肤色服饰不同,那一起说笑的态度,和北京青年不知哪里有些像。我想这是因为他们虽不是我的同胞,却是我的同类。他们果然回答了我。

我爬上松鼠山窄而陡的台阶时,颇为得意。F正在看她那只有点线没有图像的电视。她马上说:"你可回来了,我真想找你去!万一出点事,我可怎么对得起冯老先生!""你怎么不说对不起我呢?"我心里想。还没有来得及说一句彼得·潘,F的话便一句接一句,如同倾盆大雨般浇下来,把我淋了一个透。

　　想起 F 的电话号码是不登在电话本上的,因为不愿和人来往。为此需另交一块钱。她确是很久不和人说话了。如果彼得·潘在"绝域"总是一个人,她再看到温黛的女儿,或女儿的女儿时,一定也是这样的。

1983 年 6 月

原载《天津文学》1983 年 10 月号

彩虹曲社

"破不剌马嵬驿舍,冷清清佛堂倒斜,一代红颜为君绝,千秋遗恨滴罗巾血。半棵树是薄碑碣,一抔土是断肠墓穴。再无人过荒凉野,莽天涯谁吊梨花谢!可怜那抱幽怨的孤魂,只伴着呜咽的望帝悲声啼夜月。"

这是《长生殿》弹词一节中的"七转"。我们在夏威夷一所小学校教室里,听几位朋友唱,唱声清越,忽而高遏行云,忽而沉入地下;直起直落,如同铁画银钩,不要圆滑,不要坡度,勾勒得极峭极美。连那心窍不通处,都由这陡笔打通了。

"我只为家亡国破兵戈沸,因此上孤身流落在江南地。"声音悲凉凄楚,从极高处陡然跌落下来,像是负荷不了那悲痛。一时间空荡荡的教室里充满了凄冷。

窗外有四时不谢的奇花异草,远山笼罩在烟霭中,山坡上散落着各种样式的房舍。眼前的景色是美的,我却不觉为这些身处异国的朋友感到浓重的乡愁,我的眼泪涌上来了。可是唱的人并不哽咽,伴着悠扬的笛声唱完了煞尾。"今日个知音喜遇知音在——这一曲霓裳播千载。"

我对昆曲是外行,根本没有听过几次,但是十分喜欢。尤其这一次唱,给我印象极深。

一九八二年夏的一个星期六下午,居住在夏威夷的语言学家李方桂和夫人徐樱,中国戏曲专家罗锦堂夫妇,还有两位女士和一位癌症研究中心的青年医生，在一起唱曲自娱，父亲和我得往聆听。据罗先生说，他们原先轮流在各家唱，邻居听得这般怪声，以为出了什么事，找了警察来。后来便选定这小学校，星期六下午学校无课，没人听见。他们自带点心，唱一阵休息一下再唱。有时兴起，连晚饭也免去，直到尽兴方休。

"你道翠生生出落的裙衫儿茜，艳晶晶花簪八宝钿，可知我一生儿爱好是天然？"

《弹词》唱过是《惊梦》，词句随着音乐送入心中，真觉得芳香直浸骨髓。我一面听一面诧异，他们怎么唱得这样好！五十年代曾在北京看过一次著名票友周、袁两女士的《游园惊梦》，载歌载舞，美妙极了。似乎票友总胜过专业演员，因为前者只凭着迷，"一生爱好是天然。"没有任何功利打算；后者则要受到种种客观制约。能"着迷"的人是可爱的，对任何事都不着迷的人，不只乏味，还有些可怕。

这几位朋友都迷着昆曲，迷得很天真。李夫人徐樱女士是家传，唱得好，还管吹笛子。这一场除她自唱的几段外，都是她吹笛子。后来自己笑说："都出汗了。"出了汗，还吹，还唱。罗锦堂夫人身体不好，声音却高而且亮，充满了感情。那位青年医生也唱得抑扬顿挫，字正腔圆，若是他唱一段曲子作辅助治疗，一定有好效果。

回国后听过几次昆曲，总觉得不像。各种艺术还是突出自己的特色为好，若互相靠拢，让人总觉差点什么。昆曲若无那点陡峭味儿，便无意趣。几乎以为，要听真正的昆曲，必须前往夏威夷了。当然，其实这方面的艺术家颇不乏人，且有极出色者，只是我无缘得见罢了。

前几天，偶然在电视里看到昆剧演员汪世瑜表演《拾画》，十分倾倒。一举手一投足，是那样潇洒，一发声一吐字，是那样润畅，歌和舞浑成一体,把人带到"寒花绕砌,荒草成窠"的废园中。

看来只要艺术精湛,业余和专业并不是界限。但是夏威夷那次听曲,余音绕梁,三年不去。可能因为他们的唱只是抒发胸臆,得不到掌声与喝彩,他们是唱给空荡荡的教室听的。

他们住处都离夏威夷大学不远。这一带因常有微雨,常有霁色,也常有彩虹,所以有彩虹谷之美名。那天我们出来时,便见半段彩虹,横在远山和云雾之间。他们的曲社,便名为"彩虹曲社"。

即以此文寄意所有的久居异乡的朋友,愿彩虹常现,人长健,曲常新。

1985 年 12 月

原载《女作家》1986 年第 3 期

从"粥疗"说起

我从小多病,以这多病之身居然维持过了花甲,而且还在继续维持下去,也算不简单。六十年代后期,随着"文化大革命"这场大灾难,我也得了一场重病。年代久了,记忆便淡漠,似乎已和旁人平等了。可能是为了提醒吧,前年底,经历了父丧之痛之后,又是一次重病,成了遐迩闻名的大病号。

病中得到广泛而深厚的关心,让我有点飘飘然。有时卧床而"飘",飘着飘着,想起二十多年前,我的夫弟——俗称"小叔子"的,他们只有兄弟二人,不必说明第几位——从上海寄了一本《粥疗法》,是本薄薄的旧书,好像还是古籍出版社一类的地方出版的。书中极称粥食之妙,还介绍了许多食粥之法。有的很普通,如山药粥、百合粥、莲子粥等,不必查书,我也曾奉食老父。有用肉类制作的,就比较复杂。无论繁简,都注明各有所治,"粥效"可谓大焉。不过此书的命运同我家多数小册子一样,在乃兄的管理下,不久就不见踪影,又是"只在此山中,云深不知处"了。

后来又听朋友说,还有一种书,题名为"一百种粥",所记粥事甚详。可见"粥"在出版界颇不寂寞。

病中不能出门,只在房中行走。体力恢复到能东翻西翻时,偶见陆游有一首食粥诗:"世人个个学长年,不悟长年在目前。我得宛丘平易法,只将食粥致神仙。"再一研究,写《宛丘集》的张耒,更有一篇《粥记》,文字不长,兹录如下:

> 张安定每晨起食粥一大碗,空腹胃虚,谷气便所补不细,又极柔腻,与肠腑相得,最为饮食之良妙。齐和尚说,山中僧每将旦一粥,甚是厉害,如或不食,则终日觉脏腑燥渴,盖能畅胃气,生津液也。今劝人每日食粥以为养生之道,必大笑。大抵养性命求安乐亦无深远难知之事,正在寝食之间耳。

这位张耒是自称"吾苏学士徒也"的,如此再作推理,原来东坡也嗜粥。他说:

> 夜饥甚,吴子野劝食白粥,云能推陈出新,利膈益胃。粥既快美,粥后一觉,妙不可言。

看来宋代便有不少大名士深知粥理。想想我曾那样不重视粥疗,不觉自叹所知太少。

南方人似乎喜吃泡饭胜于粥。幼时在昆明,一度住在梅家,曾和小弟还有从小到大的友伴和同窗梅祖芬三人一起偷吃剩饭。那天的饭是用云南特产的一种香稻做的,用开水泡一下,还有什么人送来自制的腐乳,我们每人都吃了两三碗,直吃到再也咽不下,终于胃痛得起不了床。梅伯母不知缘故,见三人一起不适,甚感惊慌。好在服用酵母片后,个个痊愈。梅伯母现已年近百岁,对于一起胃痛的奥妙,还是不甚了然。当时若吃的不是泡饭而是粥,谅不至于胃痛。

一九五九年下放在桑干河畔,那里习惯用玉米碴子煮干饭,称为"格仁粥",煮成稀饭,则称"格仁稀粥"。我印象中稀粥比名为粥的干饭容易下咽多了。房东大娘把炒过的玉米、小米和豆类碾碎,煮成粥状,也笼统称为粥。下放回来后,大娘还托人带来一小口袋这种粥的原料,试者无不说好。但若吃久了,这些粥都比不上白米粥。只是大米在北方农村不多,米粥也就难得了。

有一阵子以为广东粥很好。记得那年夜游洛杉矶,午夜到一小吃店吃鱼片粥,只那端上来时的热气腾腾便赶走一半夜寒。碗中隐约现出嫩绿的葱花,浅黄的花生碎粒,略一搅动,翻起雪白的鱼片,喝下去不只暖适而且美味。回来每每念及"广东粥",或外购或内制,总到不了那个水平。这也许和当时的身体情况以及环境有关。

陆游还有一首诗云:"粥香可爱贫方觉,睡味无穷老始知。要识放翁真受用,大冠长剑只成痴。"食粥的根本道理在于自甘淡泊。淡泊才能养生,身体上精神上都一样。所以鱼呀肉的花样粥,总不如白米粥为好。白米粥必须用好米,籼米绝熬不出那香味来。而且必须黏润适度,过稠过稀都不行,还要有适当的小菜佐粥。小菜因人而异,贾母点的是炸野鸡块子,"咸浸浸的好下稀饭。"我则以为用少加香油白糖的桂林腐乳,或以落花生去壳衣,蘸好酱油和粥而食,天下至味。

不知当初东坡食白粥,用的什么小菜。

1992年元月初
原载《收获》1992年第3期

星期三的晚餐

去年春来时,我正在医院里。看见小花园中的泥土变得湿润,小草这里那里忽然绿了起来,真有说不出的安慰和兴奋。"活着真好。"我悄悄对自己说。

那时每天想的是怎样配合治疗。为补元气,饮食成为一件大事。平常我因太懒,奉行"宁可不吃也不做"的原则。当然别人做了好吃的,我也有兴趣,但自己是懒得动手的。得了病,别人做来我吃,成为天经地义,还唯恐不合口味,做者除了仲和外甥女冯枚,扩及住得近的表弟表妹和多年老友立雕(韦英)夫妇。

立雕是闻一多先生次子,和我同岁。我和他的哥哥立鹤同班,可不知为什么我和闻老二比闻老大熟得多。立雕知道我的病况后,认下了每星期三的晚餐,把探视的日子留给仲。因为星期三不能探视,就需要花言巧语费尽周折才能进到病房。每次立雕都很有兴致地形容他的胜利。后来我身体渐好,便到楼下去"接饭"。见他提着饭盒沿着通道走来,总要微惊,原来我们都是老人了。

好一碗鸡汤面!油已去得干净,几片翠绿的菜叶,让人看了胃口大开。又一次是煮米粉,不知都放了什么作料,我居然把一碗吃完。立雕还征求意见:"下次想吃什么?""酿皮子。"我脱口而出,因为知道春华弟妹是陕西人。

"你真会挑!"又笑加一句,"你这人天生的要人侍候。"

又是一个星期三,果然送来了酿皮子。那东西做起来很麻烦,要用特制的盘子盛了面糊,在开水里搅来搅去。味道照例是浓重的。饭盒里还有一个小碟,放了几枚红枣。立雕说这是因为作料里有蒜,餐后吃点枣可以化解蒜味儿,是春华预备的。

我当时想,我若不痊愈,是无天理。

立雕不只拿来晚饭,每次还带些书籍来。多是关于抗战时昆明生活的。一次说起一九四五年一月我们随闻一多先生到石林去玩。闻先生那张口衔烟斗的照片就是在石林附近尾泽小学操场照的。

"说起来,我还没有这张照片呢。"我说。

"洗一张就是了。"果然下次便带来了那照片,比一般常见的大些。闻先生浓眉下双目炯炯有神,正看着我们,烟斗中似有轻烟升起。

闻先生身后有个瘦瘦的小人儿,坐在地上,衣着看不清,头发略长,弯弯的。

"呀!"我叫了一声,"这是谁呀?"

素来反应迟钝的仲这次居然一眼看清,虽然他从未见过少年时代的我:"这是谁?这不是我们的病号吗!"

立雕原来没有注意,这时鉴定认可。我身旁还有一个年轻人,不是立雕,也不是小弟,总是当时的熟人吧。

素来自命清高,不喜照相,人多时便躲到一边去。这回怎么了!我离闻先生不近,却正好照上了,而且在近五十年后才发现。看见自己陪侍闻先生在照片里,觉得十分快乐。

在昆明有一段时间,我们和闻家住隔壁。家门前都有西餐桌面大的一小块土地,都种了豌豆什么的,好掐那嫩叶尖。母亲和闻伯母常站在各自的菜地里交谈。小弟立鹤学得站立洗脚法,还向我传授。盆放在凳子上,人站在地下,两脚轮流作金鸡独立状,我们就一面洗一面笑。立鹤很有才华，能绘画、善演戏，英语也不错，若是能够充分发挥，应也像三弟立鹏一样是位艺术家。可叹他在一九四六年的灾难中陪同闻先生在鬼门关走了一遭，一九五七年又被错误地批判，并受了处分，经历甚为坎坷，心情长期抑郁不畅。他一九八一年因病去世，似是同辈人中最早离去的。

那次去石林是西南联大学生组织的，请闻先生参加。当时立鹤、立雕兄弟，小弟和我都是联大附中学生，是跟着闻先生去的。先乘火车到路南，再骑一种矮脚马。我们那时都没有棉衣，记得在旷野中迎风骑马，觉得寒气逼人。骑马到尾泽后，住在尾泽小学。以后无论到哪里都是步行了。先赏石林的千姿百态，为那鬼斧神工惊叹不止。再访瀑布大叠水、小叠水。给我印象最深的是尾泽附近的长湖。湖边的石奇巧秀丽，树木品种很多，一片绿影在水中，反照出来，有一种淡淡的幽光。水面非常安详闲在，妩媚极了，我以后再没有见到这样纯真妩媚的湖。一九八〇年回昆明，再去石林，见处处是人为的痕迹，鬼斧神工的感觉淡得多了。没有人提到长湖，我也并不想再去，怕见到那本是不食人间烟火的天真烂漫，也沾惹上市井之气。

这张照片中没有风景，那时大同学组织活动，目的也不在风景。只是我太懵懂了，只记得在操场围成一个大圈子，学阿细跳月。闻先生讲话，大同学朗诵诗、唱歌，内容都不记得了。

一九八〇年曾为闻先生衣冠冢写了一首诗，后半段有这样几句："亲眼见那燃着的烟斗/照亮了长湖边的苍茫暮霭/我知道这冢内还有它/除了衣冠外。"原来照片中不只有它，还有我。

闻先生罹难后，清华不再提供住宅。父母亲邀闻伯母带领孩子们到白米斜街家中居住。我们住后院，闻伯母一家住前院。我常和立雕、小弟三人一道骑车。那时街上车辆不像现在这样拥挤，三人并排而行，也无人干涉。现存有几张当时在北海拍摄的相片，一张是立雕和我在白塔下，我的头发还是和在闻先生背后的那张上一模一样。后来我们迁到清华住了，他们一家经组织安排到了解放区。一晃便是几十年过去了。

在昆明时，教授们为生活所迫，不得不做点能贴补家用的营生。闻先生擅长金石，对美学和古文字又有很高的造诣，这时便镌刻图章，石章每字一千二百元，牙章每字三千元。立雕、立鹤兄弟两人有很好的观摩机会，渐得真传，有时也分担一些。立雕参加革命后长期做宣传工作，一九八八年离休，在家除编辑新编《闻一多全集》的《书信卷》之外，还应邀为浠水闻一多纪念馆设计和编写展览脚本。近期又将着手编闻先生的影集《人民英烈闻一多》。看样子他虽离休了，事情还很多，时间仍是不敷分配。

看来子孙还是非常重要，闻先生不只有子，而且有孙。《闻一多年谱长编》是由立雕之子闻黎明编写的。黎明查找资料很仔细，到昆明看旧报，见到冯爷爷的材料也都摘下。曾寄来蒙自"故居"的照片，问"璞姑"是不是这栋房子。房子不是，但在第三代人心中存有关切，怎不让人感动！

父亲前年去世后，立雕写了情意深重的信。信中除要以他们兄妹四人名义敬献花圈外，还说："伯父去世是我们国家和人民的重大损失。我永远忘不了在我们最困难的时候，伯父、伯母给我们的关怀、帮助和安慰。我们两家两代人的友谊，是我脑海中永不会消失的美好记忆与回忆。"

从那桌面大的豌豆地，从那长湖上的暮霭，友谊延续着，通过了星期三的晚餐，还在延续着。我虽伶仃，却仍拥有很多。我有知我、爱我的朋友，有众多的堂兄弟姊妹、表兄弟姊妹，还有因上一代友情延续下来的诸家准兄弟姊妹——

比起"文革"间那一次重病的惨淡凄凉,这次生病倒是满风光的,怎舍得离开这个世界呢。

活着真好。

1992 年 3 月中写,4 月底改
原载香港《大公报》1992 年 7 月 15 日

《世界文学》和我

《世界文学》是鲁迅所办《译文》的延续。它即将满四十岁了,可谓正当壮年。四十年来编辑部人员进进出出,人数想来也颇可观。我是其中极平凡的一个。若就我自己的经历来说,简历上会有这么一条:一九六〇年至一九八一年,在《世界文学》工作。二十一年!占我工龄的大半。我和《世界文学》,也算关系不同寻常了。

一九六〇年十月,我从《文艺报》奉调到《世界文学》,任评论组组长。"文革"以后,在作品组帮着看稿。这二十一年间,除去十年动乱,又由于我自己的健康原因,实际工作时间打了大折扣。现在想来,评论和作品两方面,也还有些事可以略费几行笔墨。

六十年代初的《世界文学》正面临一个方向问题。为了革命的步伐,配合世界人民的斗争,刊登了许多亚非拉地区政治性极强的作品,也发表中国作家各种支援、声明等。当时作协党组提出一句话,"不要把《世界文学》办成《人民文学》。"希望多介绍外国优秀作品,在评论方面,则要求介绍古典文艺理论。这可能和当时的大气候有关,也反映了文学界对标语口号的厌恶和求知愿望。

我们组到的第一篇稿子是朱光潜摘译的莱辛著《拉奥孔:论画和诗的界限》。那时朱先生住在燕东园,我骑车去请教。当时冯至先生也住在燕东园,我也曾去讨教。随着时间推移,先生们陆续下世,令人长思风范。而我是车久已不骑,燕东园也久已不去了。

我也常记起长期在《世界文学》工作,现已去世的朱海观、庄寿慈、罗书肆等同志,他们的名字和《世界文学》分不开。

拉奥孔是希腊神话传说中特洛伊国日神庙的祭司,他和两个独生子一起被海神遣来的大蛇绞死。约在公元前五十年,有雕刻表现这一题材,约三十年后,维吉尔把它写入诗篇。诗中表现拉奥孔的痛苦比雕刻表现的强烈得多。为什么这样?乃成为美学家们研讨的题目。莱辛认为雕刻家要表现美而避免丑,不能捕捉激烈的时刻;诗人用文字表现物体丑,因为不通过视觉,使人比较容易接受。以后陆续发表了文艺复兴时代卡斯特尔维屈罗等人的著述,莱辛的《汉堡剧评》等。这些美学见解,当时引起许多人的兴趣,也引起我自己的兴趣,曾对美丑的关系、崇高、滑稽(grotesque)等的内容想过很多。

我们在一九六一年第三期发表了雨果的《克伦威尔序言》。这是一篇文论史上极重要的文章,是浪漫主义运动的宣言。正在列入选题,安排翻译时,得知属于哲学社会科学部文学所的《古典文艺理论译丛》也要发表此文。严格说来,《世界文学》提供的窗口应该使读者看到当前的世界文坛,介绍古典文艺理论正是《译丛》的事。可是我当时非常想把重要的文论都登一遍,便征得领导同意,到文学所找《译丛》负责人蔡仪同志索取这篇稿子。照说这要求毫无道理,蔡仪同志竟宽厚地同意了。我打着得胜鼓回到编辑部,很得意了一阵子。

得意的日子并不久长。不久,大气候又有变化,评论工作转向批评。我因身体不好,经常住在北大家中,工作也不那么努力了。

一九七七年《世界文学》(内部发行)复刊,于一九七八年第三期刊登了萧乾摘译的《彼尔·金特》,我是这一稿件的责任编辑。那几年在作品组看的稿子不少,有时真是看得头晕眼花。在这一段工作中,我以为,最有意义的事就是使《彼尔·金特》先于四川人民出版社版本数年和读者见面了。

五十年代中,萧乾同志曾把《彼尔·金特》英译本送给潘家洵,希望潘先生翻译。七十年代初潘先生托我转回那几本书。看来,我和《彼尔·金特》早有此渊源了。

《彼尔·金特》是一个让人倾倒的剧本,充满了奇妙的想象,美丽的诗句,智慧的思想。具有人妖两重性的彼尔·金特本来的结局是在勺子里给铸造成一粒纽扣,还没有窟窿眼儿!那永远等候的索尔薇格,和中国妇女的坚贞似有相通处。格里格那旋律优美的《索尔维格之歌》浇灌着多少干涸的心!萧乾同志以极流畅的白话传达出诗剧的神韵。我在经手这篇译作时,从作者、译者都学习到了很多很多。我还因此对北欧文学深感兴趣而有一阵子分管北欧。

记得在发稿过程中,和萧乾同志打过好几次电话。那时他家没有电话,我家的电话第二次被拆掉了,都用公用电话。有几次还没说到正题电话就断了,后来萧乾同志总是说:"我们赶快!"在以后的岁月中我常常姑息自己,懒得做事,不知不觉还会想起这四个字:"我们赶快!"

在《世界文学》这一段日子,没有什么功绩,对我自己来说是有收获的。如果不作为工作任务,我大概不会读那些理论文章。如果不是做编辑而是在研究所这么多年,书会读很多,大概很难从书堆里钻出来了。我常说希望自己有三个头,一个搞创作,一个搞研究,一个搞翻译。却从未想过还要一个头来编刊物。其实做一段编辑工作很有好处。何况除了获得知识以外,还有编辑部里里外外的众多故事呢。

那时我有巨大的财富——年轻。于编辑工作之余,还有精力创作。《西湖漫笔》这篇散文是一九六一年七月的几天间,每天清晨六时到八时在办公室写作的。桌上玻璃板下压着一张父亲为我写的墨迹："莫以善小而不为,莫以恶小而为之。"我写着,看着窗外的天愈来愈亮,心中充满喜悦。一九八〇年写《废墟的召唤》时,已完全不是那种抖擞的状态了。我太累了。一九八一年,我离开了《世界文学》。

以后我并没有忘记《世界文学》,虽然看得少多了。从七十年代后期起,它就不是通向世界文坛的唯一窗口了。但它在许多介绍外国文学的刊物中保持了自己的特色,从未做趋时之举。这是全体编辑人员努力的结果,我想也和它属于外国文学研究所有关。

1993 年 3 月 18 日
原载《世界文学》1993 年第 3 期

京西小巷槐树街

这是一条长不足百米的胡同,两侧皆植槐树,掩映着一个个小宅院。名为槐树街,可谓名副其实。这一带街道,再没有种槐树的,若寻槐树街,认准槐树便是。

可能因为短小,人们说到它时,加之以"儿"——槐树街儿,似乎很亲热。树荫后面人家,经过许多变迁了,门前高台阶大都破旧不堪,双扇院门上的对联字迹模糊,很难辨认。有些双扇门已改为房门一样单扇门了,开在胡同里,有点不伦不类。但那门前歪斜的台阶,门上剥落的字迹,以及两行槐树,仍然像北京的数千条胡同一样,给人一种遥远的、宁静的气氛。

这个居民点总称成府,位于北大和清华之间。以前的燕京和清华,现在的北大和清华,都有教职工住在这里。

一个黄昏,我站在槐树街口,目的是看一看槐树街十号。

找到十号。门洞窄小,房子没有格局,直觉地感到不对。一个人出来说,原来的十号改为九号了,请到隔壁。

隔壁有几层台阶,门扇依然完好,若油漆一下,还是很像样的。经过仔细辨认,认清了门上的字,"中心育物,和气生春。"

我不记得这副对联。

进门向右,穿过一个小夹道,眼前豁然开朗,这是一个真正的四合院,正门朝北,垂花门开在西侧,正房对面建有南房。四面房屋都很整齐,木格窗,正房还有雕花。

院中几个人在闲坐，拿着蒲扇。旁边一棵石榴，正开着火红的花朵。正房前搭葡萄架，翠绿的叶子垂下来。多少年不见这样的院子了！

"这是我的出生地，就在这北房里。"寒暄后说明来意。

他们大概是东厢房的住户，很殷勤，却没有邀我进房去参观。只问："走了多少年了？出国了吧？"

其实我出生后两个月，随父母迁到清华。转了几十年，并没有转出北大清华这一带，很觉惭愧，只好含糊应了一句。

"我们是北大的职工，这房子属北大，新十号属清华。"他们介绍，"现在这院子里住了八家。"

四面房屋前都搭了小棚屋，还停着一辆平板车，上有玻璃罩，写着"米酒"。

"是第二职业了？"我笑问。他们说是邻居的，当然是业余的。

告辞时主人说欢迎常来。我知道我不会常来。

出了门，见斜对过有彩灯一闪一闪，原来是开了一家冷饮小店。记得邻近的蒋家胡同有一间常三酒馆，当年是燕京学生们谈心的好地方，专营海淀莲花白，那酒有的粉红，有的青绿。后来酒馆改为门市部，专营全世界到处买得到的东西。走过时张望了一下，心中诧异，怎么没有听说常三酒馆要重新开张。

走过新建的砖房，简直说不出是什么式样。两墙之间有一条极窄小的胡同，仅容一人行走，通过去不知是哪里。墙上挂着崭新的牌子"新胡同"，也是名副其实。

一阵清脆的笑声，从新胡同跑出几个女孩子。她们是要跳房子还是跳皮筋？我站住等着。她们不跳什么，笑着跑远了，把笑声留在胡同里。

1993 年 6 月 5 日
原载《宗璞文集》，华艺出版社 1996 年 1 月

客有可人

这天天气很好。我想在客厅摆些花。五月初,花不少,插两枝丁香或几朵月季就可以添许多生气。可是似乎到客人来了,花也没有插上。

客人是英国人。一位是多丽斯·莱辛,根据报上的称呼,她是一位文豪。另一位玛格丽特·德拉布尔,则是著名作家。同来的还有德拉布尔的夫婿麦克尔·霍罗尔伊德,是传记文学作家。两位女作家的大名我当然知道,但没有读过她们的书。九年前访英时她们不在伦敦,未曾谋面。这次得知她们要来访我,心下是有几分诧异的。

《中国大百科全书·外国文学卷》中有莱辛小传。她一九一九年生于英属伊朗,童年时全家迁到英属罗得西亚。一九四九年才返回伦敦定居。对于祖国来说,她是一个异乡人,一定会有很多不寻常的感受。卷中说,她写作题材广阔,富有社会意义。"西方有的评论家认为,莱辛是当代英国最优秀的女作家,堪与简·奥斯丁和乔治·艾略特媲美。"她的作品有《青草在歌唱》《天狼星的试验》《优秀的恐怖分子》等数十种。在向百科全书讨教之余,我记起有人送过我一本莱辛的短篇小说集《习惯的爱》(抑或《爱的习惯》?)。为了领略文风,很想找来翻一翻,但是书籍一入风庐,向来难以寻觅,于是临时的佛脚也没有抱成。

德拉布尔是一位女性文学的现实主义作家,著有《光辉的道路》《自然的好奇》和《象牙之路》三部曲等书。由于文学上的成就，已被封为英国勋爵。她生于一九三九年，一家人都毕业于剑桥大学。我在伦敦时倒是见过她的姐姐安托尼亚·勃雅特，也是一位小说家。她们的妹妹海伦是艺术史家，弟弟理查德是一位法官。关于玛·德拉布尔的介绍，总是全家出动的。

她们进了院门，从小径上走过来了。莱辛是一位瘦削的小老太太，满头银发。德拉布尔则较高大，看去不像年过半百。英语系教授陶洁陪同前来。她们刚刚在英语系会见学生，讲了英国文学情况。

坐定后献茶。这时莱辛对我说："我不喝印度红茶。"我一愣，顿时想起贾母不喝六安茶的声明，想来这是老年人的性情。当即回答说我这里没有印度红茶，我们喝的是北京花茶。"茶叶用茉莉花熏过的。"陶洁的英语极流利。

茶过三巡，话也说了不少。她们所以来访，原来是因为读了我那篇小说《鲁鲁》（见于《1949—1989中国最佳短篇小说》）。这书是中国文学出版社编选出版的，前面有李子云序。全书无论从哪方面看都很好，子云的序也很精彩。最令我高兴的是《鲁鲁》的译文，除一些小地方不够准确（谁也难免）外，颇为传神。好几年前，澳大利亚一家出版社出版了一本中国女作家三人集《吹过草原的风》，内有《鲁鲁》，译文较为生硬。有的翻译更看不出原作面貌了。《最佳短篇小说》中《鲁鲁》的译者是克利斯朵夫·司密斯。

她们说她们喜欢动物，也喜欢写动物的作品。奇怪的是她们没有读过屠格涅夫的《木木》。话题转到英国文学，说起哈代。莱辛说她喜欢哈代，最喜欢《无名的裘德》。我想我最喜欢的是《还乡》，其中游苔莎一心向往大城市的心态，现在若重读，定会有新的感受。

她们去过了八达岭。莱辛说那一条路很像意大利(希望我没有记错)。她问我写不写长篇小说,我说写的。她说希望早读到,可得找个好翻译。她的小说《金色笔记》已译成中文,我没有勇气替她看看文笔如何,以前读书读稿一目数十行,随意间就完成,现在数行之后眼睛就发花,想看也看不见了。

话题转向了德拉布尔。我说你们家很像勃朗特姊妹一家,三姊妹都写作,有一个兄弟。她笑起来,说:"大家都这么说。可是我们的弟弟比她们的强多了。"勃朗特家的男孩游手好闲,有人请客,常找他陪着说话,类似清客一流人物。说话间,德拉布尔送我一本图文并茂的书《作家的不列颠》,其中有许多作家故居和他们吟咏描写过的景物。莱辛也拿出书来,但并不送我,而是交给陶洁,赠英语系。当然这样读这书的人会多得多,是好办法。两个多月后,莱辛从伦敦寄了书来赠我,书名"伦敦观察",是一本短篇小说集,内容多为自己成为祖国的异乡人这类感受,正是我关心的。

霍罗尔伊德不只写传记,还做了许多组织工作,曾任英国作家协会主席、英国笔会中心主席。他话不多,显得很谦逊。在座的还有英语系教授陈瑞兰,她翻译了多篇安格斯·威尔逊的小说。客人们希望见她,可能也希望她多译些英国作品吧。

过了几天,数理逻辑专家兼哲学家王浩教授偕夫人哈娜来访。王浩兄留了胡子,须发灰白,若在路上相遇,一定认不得了。他的成就是大家熟悉的,于此不多赘。他们从美国来参加北大校庆,特别是数学系庆,后在勺园小住。哈娜是捷克人,思路活泼敏捷,说的英语很悦耳。我觉得她很可爱。她说她到北大来,只想见一个人,可惜见不到了,那就是我的父亲——冯友兰先生。人见不到,还可以看看三松,看看遗著,看看我,于是来到三松堂。哈娜说她最喜欢《中国哲学简史》这本书,我们马上互引为同调。我素以为《简史》是一本出神入化的书。写这书时，父亲已有哲学史方面的研究成绩，又创造了自己的哲学体系，两卷本《中国哲学史》和"贞元六书"俱已流传。《简史》将两方面成就融会贯通，深入浅出，内行不觉无味，外行不觉难懂。还有经过卜德教授润饰的英文，可谓清丽流畅。哈娜还喜爱文学，对莱辛、德拉布尔的作品都很熟悉。也说起勃朗特姊妹。人处五洲，肤色各异，可是谈起来都很了解。世界真像个大家庭。

座间还有清华学长唐稚松。他一九四八年到香港，我父亲写信叫他回来，他就回来了。唐兄现任中科院学部委员，一项研究成果获国家自然科学一等奖，为国家人民做出了贡献。除是科学家外，他还是诗人，旧诗格调极高，有"志汇中西归大海，学兼文理求天籁"之句。一九五一年陈寅恪先生曾专函召他赴穗任唐诗助教，可见其造诣。他因另有专长，未能前往。

和王、唐两位谈话，每觉有新趣。他们都是"志汇中西""学兼文理"的人物，聚在一起，真是难得。遗憾的是，说的话我渐渐不懂了，虽用心听着，还如在五里雾中坐地。

八月下旬，美国女学者欧迪安来访。她是冯学研究专家，最近将几篇研究冯学的论文译成英文，自己写了一篇洋洋洒洒的序，将在美国出版。她极赞赏父亲对郭象的见解，屡次提到。我乃赠以一本冯氏英译《庄子》，其中有一篇专论郭象的文章。她真是大喜过望，如获至宝。她这次要查清冯著每一本书的出版年月，十分认真仔细。有一本书一时找不到，她辗转问过许多人，那晚深夜又问到我这里，经过补充的线索，终于查清。

我还想起另一位女学者，日本的后藤延子。《三松堂全集》中有的文章是她在日本找到的。她也是不肯有一点马虎的，对我们有些学者大而化之的作风频频摇手兼摇头。《三松堂全集》总编纂涂又光曾慨叹道:"若不认真努力,愧对延子。"

坚忍执着,知其不可而为之,本是我民族精神的重要组成部分,现在似乎是要渐渐融化在滔滔商海中了。不要说皓首穷经,就是肯安下心来坐一坐冷板凳的人也愈来愈少了。

然而总有希望。我想起另一位来访者。

七十年代末,大家刚刚可以随意走动,三松堂来了个李姓青年人,年纪不过十八九岁,家在河南某县农村。他来的目的,是谈谈读书。他非常喜欢读书,村里无书,便每天步行数十里路,到地区(似是洛阳)图书馆去读书,回家往往在深夜。我后来根据他的谈话写了童话《星之泪》,写星星为一位好学的年轻人照亮路程。他的读书范围很广,除中国经典书籍外,那时正在读西方启蒙运动时的著作。他很想读狄德罗的《拉摩的侄儿》,却找不到。我发愿若买到一定寄去。我把他的地址姓名的纸条放在砚台里,过了好几年,纸条终于不见了。

那年轻人后来不知读了多少书,又不知走上了哪一条生活之路。我想,在读书做学问的道路上,总会有更年轻的人跟上来的。

1993 年 12 月

原载《光明日报》1993 年 12 月 4 日

药杯里的莫扎特

一间斗室,长不过五步,宽不过三步,这是一个病人的天地。这天地够宽了,若死了,只需要一个盒子。我住在这里,每天第一要事是烤电,在一间黑屋子里,听凭医生和技师用铅块摆出阵势,引导放射线通行。是曰"摆位"。听医生们议论着铅块该往上一点或往下一点,便总觉得自己不大像个人,而像是什么物件。

精神渐好一些时,安排了第二要事:听音乐。我素好音乐,喜欢听,也喜欢唱,但总未能登堂入室。唱起来以跑调为能事,常被家人讥笑。好在这些年唱不动了,大家落得耳根清净。听起来耳朵又不高明,一支曲子,听好几遍也不一定记住,和我早年读书时的过目不忘差得远了。但我却是忠实,若哪天不听一点音乐,就似乎少了些什么。在病室里,两盘莫扎特音乐的磁带是我亲密的朋友,使我忘记种种不适,忘记孤独,甚至觉得斗室中天地很宽,生活很美好。

三小时的音乐包括三个最后的交响乐《第三十九交响曲》《第四十交响曲》《第四十一交响曲》,还有钢琴协奏曲、提琴协奏曲、单簧管协奏曲等的片段。《第四十交响曲》的开始,像一双灵巧的手,轻拭着听者心上的尘垢,然后给你和着淡淡哀愁的温柔。《第四十一交响曲》素以宏伟著称,我却在乐曲中听出一些洒脱来。他所有的音乐都在说,你会好的。

会吗?将来的事谁也难说。不过除了这疗那疗以外,我还有音乐。它给我安慰,给我支持。

终于出院了,回到离开了几个月的家中,坐下来,便要求听一听音响,那声音到底和用耳机是不同的。莫扎特《第二十一钢琴协奏曲》的第二乐章,提琴组齐奏的那一段悠长美妙的旋律简直像从天外飘落。我觉得自己似乎已溶化在乐曲间,不知身在何处。第二乐章快结尾时,一段简单的下行的乐音,似乎有些不得已,却又是十分明亮,带着春水春山的妩媚,把整个世界都浸透了。没有人真的听见过仙乐,我想莫扎特的音乐胜过仙乐。

别的乐圣们的音乐也很了不起,但都是人间的音乐。贝多芬当然伟大,他把人间的情与理都占尽了,于感动震撼之余,有时会觉得太沉重。好几个朋友都说,在遭遇到不幸时,柴可夫斯基是不能听的,本来就难过,再多些伤心又何必呢。莫扎特可以说是超越了人间的痛苦和烦恼,给人的是几乎透明的纯净,充满了灵气和仙气,用欢乐、快乐的字眼不足以表达。他的音乐是诉诸心灵的,有着无比的真挚和天真烂漫,是蕴藏着信心和希望的对生命的讴歌。

在死亡的门槛边打过来回的人会格外欣赏莫扎特,膜拜莫扎特。他自己受了那么多苦,但他的精神一点没有委顿。他贫病交加,以致穷死,饿死,而他的音乐始终这样丰满辉煌,他把人间的苦难踏在脚下,用音乐的甘霖润泽着所有病痛的身躯和病痛的心灵。他的音乐是真正的"上界的语言"。

虽然时代不同,文化背景不同,专业不同,莫扎特在音乐领域中全能冠军的地位有些像我国文坛上的苏东坡。莫扎特在短促的人生旅程间写出了交响乐、协奏曲、独奏曲、歌剧等许多伟大作品。音乐创作中几乎什么都和他有关,近来还考证出他是摇滚乐的祖师爷。苏东坡在宦游之余写出了诗词文赋等各种体裁的作品,始终是未经册封的文坛盟主。他们都带有仙气,所以后人称东坡为坡仙,传说中八仙过海时来了九朵莲花,第九朵是接东坡的,但他没有去。莫扎特生活在十八世纪,世界已经脱离了传说,也少有想象的光彩了,我却愿意称他为"莫仙"。就个人生活来说,东坡晚年屡遭贬谪直到蛮荒之地。但在他流放的过程中,始终有家人陪伴,侍妾王朝云为侍奉他而埋骨惠州。莫扎特不同,重病时也没有家人的关心(比较起来,中国女子多么伟大!),但是他不孤独,他有音乐。

　　回家以后的日子里,主要内容仍是服药。最兴师动众且大张旗鼓的是服中药。我手捧药杯喝那苦汁时,下药(不是下酒)的是音乐。似乎边听音乐边服药,药的苦味也轻多了。听的曲目较广,贝多芬、柴可夫斯基、肖邦、拉赫玛尼诺夫等,还有各种歌剧,都曾助我一口(不是一臂)之力。便是服药中听勃拉姆斯,发现他的《第一交响曲》很好听。但听得最多的,还是莫扎特。

　　热气从药杯里冉冉升起,音乐在房间里回绕。面对伟大的艺术创造者们,我心中充满了感激。我觉得自己真是幸运而有福气,生在这样美好的艺术已经完成之后——而且,在我对时间有了一点自主权时,还没有完全变成聋子。

1994年1月
原载《音乐爱好者》1994年1月号

《幽梦影》情结

近见报纸杂志上常出现这样那样的"情结"字样,所谓"情结",大约来自"俄狄浦斯情意综"一词,指在潜意识中无法化解的几乎是宿命的一种情感。《幽梦影》这本书对于我可算得是一种"情结"。

抗战时期,为了躲避轰炸,我家在昆明东郊龙头村,一住三载。当时最近的邻居有一仓库看守,其人极胖大,称为余先生;一对犹太夫妇,称为米先生、米太太;还有北京大学文科研究所。

有一段时期,我和弟弟没有上学,获准在文科研究所去立读,随便翻阅各种书。我们常常在书架中流连徜徉,直到黄昏。我患近视便从那时始。翻阅的书不少,它们也算得我的邻居。对十来岁的孩童来说,那些书是太深奥了。给我留下深刻印象的一本书,是清初张潮所著《幽梦影》。

这是一本讲生活艺术的书,颇像有些书上的眉批,三五句十数句,对生活这本大书做出评点。书中一部分讲人生哲理,讲入世应如何,出世应如何;一部分讲对大自然的欣赏态度,讲如何赏花,如何玩月。轻松的言及居室布置,严肃的讲到音韵学。其序跋有云:"一行一句,非名言即韵语,皆从胸次体验而出,故能发人警醒。片玉碎金,俱可宝贵。""三才之理,万物之情,古今人事之变,皆在是矣。"也许这些说法评价太高,但读过后,使人自觉减少了俗气,增添了韵致,便是作用了。

我愿意首先提到如何做人的一则:"立品须发乎宋人之道学,涉世须参以晋代之风流。"宋人道学以诚敬为本,若无这主心骨,不拘小节的风流便是恃才傲物,或竟是轻薄,令人生厌。近年来流行得大红大紫的"潇洒"二字,因为没有主心骨,有时已成为不负责任的代名词。张潮将立品与涉世并提,先有立品,才能涉世。只有心存诚敬,才能潇洒风流,自是高见。

又一则云:"少年人须有老年之识见,老年人须有少年之襟怀。"梁启超《少年中国》一文喻老年为字典,少年为戏文。或可发挥云,少年是演戏的阶段,老年是看戏的阶段。少年应以字典为规范,便有老年之识见;老年应记得自己也是轰轰烈烈演过戏文的,看戏时便有少年之襟怀。若能做到点滴,代沟或可变浅,只是很不容易。

另一则云:"情必近于痴而始真,才必兼乎趣而始化。"情到极处自然成痴。现在情近于痴的人恐已如朱鹮、白象一样稀罕。"才兼乎趣"的"趣"字很难界说,是否可以说一方面要对生活有兴趣,生机勃勃如源头活水;另一方面则要有幽默感。十七世纪我们还没有"幽默"这个词,但当然有这种感,有些禅语机锋便是一种幽默。有了"趣","才"才是活的。

又言:"律己宜带秋气,处世宜带春气。"此乃律己严责人宽之古训以形象出之也。

又一则提出了值得钻研的美学问题。"貌有丑而可爱者,有虽不丑而不足观者。文有不通而可爱者,有虽通而极可厌者。此未易与浅人道也。"张潮若生在现代,大可就此写一本书。丑而可观必有其特殊的力量,必定更曲折更深刻。不丑而不足观必平庸无奇。一篇文章句句合语法,并不算好文章。鲁迅文章有几篇峭峻难读,但使人如嚼橄榄,回味无穷。

张潮是大自然的知己。他热爱大自然，了解大自然。他说："风流自赏，只容花鸟趋陪。真率谁知，合受烟霞供养。"独自和大自然相处，是他最得意的境界。他能看出每一景物最特殊的地方。他说："天下万物皆可画，唯云不能画。"这实在是把云的千变万化揣摩透了。又一则云："玩月之法，皎洁则宜仰视，朦胧则宜俯视。"曾在黄山，于晴夜观满月。见清光万里，觉得自己都化在月光之中。朦胧之月，则景物之朦胧更引人遐想。他又说，镜中之影是着色人物，是钩边画；月下之影是写意人物，是没骨画。传神地表达了月下的朦胧景色。

天时变化，草木虫禽在他眼中都是有生命的。不只有生命，且有伦理。"南山之乔，北山之梓，其父子也；荆之闻分而枯，闻不分而活，其兄弟也。"他还自告奋勇做红娘，提出梅聘梨花，海棠嫁杏。物如有知，当感谢他的关心了。

这书中对妇女的态度我不以为然，那不是对人的态度，而是对物的态度。拟之以花，以供观赏，而不问她们自己的意愿。这是古时中国文人对妇女的普遍态度。张岱《西湖梦寻》中有文讲一扬州名妓，年极幼，少言语，居张家数日，只说得一句话："回家去。"这实在是极沉痛的一句话，十数日间供人玩乐，她又有什么话可说！好在人的思想逐渐开明进步，我们也能看出古人的局限了，无论张岱、张潮，若生在今天，一定和我们持同样看法。

张潮是安徽歙县人，生于一六五〇年，卒年不详。其弟称黄山为吾家山，可能因此他对云这样了解。他曾任翰林孔目一类的官职，编纂过一部传奇小说选集《虞初新志》，较有影响。

继《幽梦影》之后，有道光年间朱锡绶著《幽梦续影》，近人郑逸梅又作《幽梦新影》，俱亦可读。

几十年来，我虽记不得《幽梦影》中的文字，其中的精神却拂之不去。五十年代自我改造，在思想检查中还批判了《幽梦影》的影响，怎样批判记不得了。近年来，褪下了改造的紧箍儿，又很想看这本书。好容易从北京大学图书馆借得一本，湖北人民出版社出版，将三影合在一起，经钱行校注，并有前人序跋及林语堂英译此书时的介绍。这本书已经很旧了，可见看的人不少，我很感安慰。再读时渐渐明白，于我心头拂之不去的，是中国文化对人生的智慧的态度和与万物相知相亲的审美心理。我曾言自己多病，病最深者为"烟霞痼疾，泉石膏肓"。这已入膏肓的痼疾，便是中国文化赋予我的情结。

张潮文中有几则，我读后不觉技痒，这里也接着说两句。

张潮曰："《水浒传》是一部怒书，《西游记》是一部悟书，《金瓶梅》是一部哀书。"宗璞曰，《红楼梦》是一部痴书。

张潮曰："……菊以渊明为知己，梅以和靖为知己……鹅以右军为知己，鼓以祢衡为知己，琵琶以明妃为知己……"宗璞曰，夜莺以济慈为知己，二月兰以燕园众人为知己。

住在燕园的人，都爱那如火如荼的二月兰。今年不知为何，二月兰很是稀落，想是去年开得太盛。本想再写一则曰，最恨花有小年。但又想，花的生活也需要有张有弛。应该佩服花的聪明，而不必恨。

原载《新剧本》1995年第4期

祈祷和平

世上有些事如过眼云烟,在记忆中想留也留不住。有些事如高山大川定在生命之中,想绕也绕不开。该忘记的事很多,不能忘记的事很少,至于永远不能忘记的,则少之又少了。可是它是那样巨大,那样浓重,人遇上了,便是一辈子的事。

八年抗日战争的苦和恨是渗透在我们全民族的血液中的。我没有直接参加过战争,战争的阴影覆盖了我的少年时代。我想,一个人经历过战争和没有经历过,是很不一样的。在成长时期经历和已是成人时经历,也很不一样。

八年抗战,七年在昆明。其中四年几乎天天要对付空袭。轰炸,是我少年时代的音乐;跑警报,是我少年时代的运动。

人已渐老,过去的朋友、同学稍有暇相聚。几个中学同学叙旧时,回忆起那段日子。一个说,最初听见警报响,腿都软了,明知该跟着大人走,就是迈不开步,后来渐渐习惯。看来人什么都能习惯。一个说,当时我们的高射炮火力太弱了,敌机低飞投弹,连驾驶员都可以清楚看见,我看见敌人在笑!真的,刽子手在笑!一个说,因为飞得低,他们用机枪扫射地上的无辜百姓,瞄准了扫射,肆无忌惮地扫射,笑着扫射!

我们相望着,我们怎能忘记!我们永远不能忘记!

当时后方各大城市无不遭受惨毒的轰炸,比较说来,昆明受到的轰炸还不算太凶狠。我想这和当时敌人的力量有关。如果日本帝国主义有能力，它会把炸弹从早到晚倾泻在美丽的昆明坝。昆明在轰炸中遇难的人数我不清楚。记得一九三九年有一次激烈的空袭，只那一次便有百人之多，西南联大有数名学生遇难。他们辗转逃难，前来求学，却化作他乡之鬼。设于西仓坡的清华大学办事处后园曾中弹，一名老校工当场死去。那园中有几株蜡梅树，我不知是否把他葬在了蜡梅树下。

那时轰炸目标不只是城市，连郊外田野也是目标。因为田野上有人，因为侵略者想杀人！南京大屠杀还不过瘾，对零星的人群也不放过。

我原籍河南唐河县。冯氏是大族，有许多认不得的本家。同曾祖的兄弟姐妹，男十六人，女十六人。我行九，人称九姐九妹九姑九姨。和我年龄相仿的八姐、十妹，便在一次轰炸中丧生。当时十二弟和她们在一起，正走过田野，要到树林中去躲藏，他摔了一跤，慢了几步。敌机忽然到头顶，追逐着人群，用机枪扫射！他亲眼见她们和别的乡民们一起倒下来，倒在血泊中，离他不过五十米；亲眼见族人们把她们抬到小河岸上，亲眼见她们的父亲（弄不清是几伯几叔）守着她们，直到天黑。

我从来没有见过她们，她们当时大概也只有十来岁。知道这一消息时，我忽然觉得前后都空落落的。我这个"九"还在人间，"八"和"十"都被杀死了，杀死在自己家门外的土地上！

我们怎能忘记！我们永远不能忘记！除了轰炸，八年中最大的威胁是疾病。那时患病当然不是"丫环扶着到阶下看秋海棠"的情景。疾病给人的折磨是残酷的，患病的日子是难熬的。生病而缺医少药，营养差，休息不够，便敌不过病魔，退却了；再要翻身，又需要更多的时日。俗话说"贫病交加"，其状极惨。我们还不能说是到了这一步。我们不是孤立无援的，有父亲工作的学校，有同事,有朋友,有云南老百姓。我们还有一定要胜利的精神力量,为国家、为民族,也为了每一个自己,我们不能死!

我们活着,亲眼见到了抗日战争的胜利。

一九八一年我应邀访问澳大利亚,在墨尔本,正遇见二战老兵游行,纪念反法西斯战争的胜利,那一年并不是逢五逢十。他们和儿子、孙子一起,有的骑马,有的步行,精神抖擞。我又看见许多地方都立有纪念碑,写着"不要忘记"。回来后,我写一篇文章,题目是《不要忘记》。中国人已经忘记得太多了。

待到记忆之井全部干涸,是追悔莫及的。我们有责任把我们的记忆留给后人。

每一年七八月间,我都有一个念头,举行一次烛光晚会,继之以游行,以悼念在抗日战争中英勇牺牲的抗日战士,悼念惨遭日本帝国主义杀戮和在苦难中丧生的我无辜同胞,以及全世界为和平献身的人们。

到时候我可能走不动了,便是坐轮椅,我也要去参加。

为了和平,为了未来。

写下以上的文字时,老实说,我心中充满了悲痛,仇恨占的地位不多。我愿意相信古代哲学家张载的话"仇必和而解",人民之间永远是友好的。我曾经在飞机上看见云雾堆拥的富士山,心想那里一定是极美的地方,住在那里的,一定是善良的、和我们相互了解的民族。在富士山下,有川端康成的小说,有东山魁夷的画⋯⋯

六十年代初,日本女作家深尾须磨子来访,中国作家协会派我陪同。深尾二十七岁寡居,三十年过去了,她见到铁路员工的制服时,向我介绍,她的丈夫是在铁路做事的。她的深情令我感动。八十年代,近代史研究者后藤延子治学的认真态度,令我敬重。《三松堂自序》日译者吾妻重二汉学造诣很深,与老学者合影时,双手放在膝上,一种发自内心的恭敬态度为我国学子所不及。九十年代,一位退休的内藤佼子女士看到《花城》上刘心武的文章,其中写到我和我院中的丁香花,乃要求北大日本学专家张光珮带她来访。她手持这本杂志,要看看我和丁香花。我当然是随便看的,可惜当时早过了丁香开花的季节。她说见到人是最要紧的,没有花,看看树也是好的。

日本人民在战争中也遭受到苦难。最令人发指的是日本慰安妇。中国、韩国的慰安妇是被迫的,这笔血泪债一定要清算!而日本慰安妇有一部分是自愿的,其中有学生、教师、工人等。她们于服务后要向士兵说一句"拜托了",拜托他们去侵略去屠杀!她们不只身体受蹂躏,灵魂受到戕害的程度更无以复加。我真要为此闭门痛哭!

日本人民和全世界人民的利益是一致的。我绝对拥护禁止原子弹。今年四月间中央电视台《焦点访谈》播放了反对原子弹的报道。一开始便是广岛上空的蘑菇云,却没有指出那两颗原子弹为什么投下。我要大声说,那是为了制止兽行,为了加速结束侵略战争,那是为正义而投下!是的,日本人民因此受到了苦难,我们当然同情,但应该对此负责的不是正义的一方,而是日本军国主义。日本人民应和我们一起向日本军国主义讨还丧失的一切!在咀嚼原子弹带来的灾祸时,想一想中国人民吧,想一想中国和亚洲老百姓那些年惨绝人寰的遭遇!

德国领导人主动否定侵略战争,瑞士领导人曾为在战争中拒绝犹太人入境而公开道歉,这说明历史向着和平与光明发展。但是六月六日的日本国会决议案却含糊其词,连道歉、悔过的字样都没有。这不能不让人感到战争的阴影还在,空袭的警报声、敌机声、轰炸声还如梦魇般压在我们身上。这些会唤起积淀在千百万中国人和亚洲人心中的愤慨,其力量大过蘑菇云!

我希望举行烛光晚会时,日本朋友也来参加。我们都爱和平,让我们一起祈祷和平。

为了和平,为了未来。

1995年6月

原载《人民日报(海外版)》1995年7月10日

"字典"的困惑

梁启超的《少年中国》中有一句云:"少年人如戏文,老年人如字典。"我早已告别了"戏文",现在大概渐渐定型为"字典"了。辞典是古板的、教条的,恐怕我也是免不了有这些框架。《群言》要讨论文学创作的问题,要我也说几句话,只好从框架探出头来说几句。

我近年目力很差,读书不多,就接触到的作品而言,有的令人欣喜,有的发人深思,还有一些令人困惑。何者使我困惑?(且不说人)那就是太多的、不必要的关于性的描写,有些颇有新意深意的作品也要写上几段,似乎少了这个便不成文。性是生物延续后代的本能,是生物所普遍共有的。我们看见植物亦分雄雌,各种果实的结成需要授粉,觉得自然界真是奇妙。但是生物是不自觉的,而人是有理性、有情感的,是自觉的。现在的许多描写把人的自觉的、感情的活动降低为生物的本能的活动,对此津津乐道,写个没完,这些描写的客观效果我想是和黄色电影、录像带等等差不多的。那些炮制录像带的人只知唯利是图,不顾其他,而我们的作者,甚至是很有才能的作者也这样做,实在是令人不可解。据说其中还有深奥的意义,大概就更非"字典"所能够了解的了。

"字典"应该是理智的,已经成了格局的,无动于衷的。可能修炼还不到家,我有时还会感到气愤。有一些描写实际上是把妇女作为玩物,完全是不平等的,作者的立场比封建时期的文人并没有半点进步。在作者的笔下,那些妇女生活中最大的要求好像就是供人消遣。《金瓶梅》当中有一个仆妇宋惠莲,她为西门庆所霸占,在西门庆害死了她的丈夫以后,宋惠莲也投环自尽。宋惠莲在一种混乱的生活中还有一股刚烈之气,而现在我们的有些小说中的女性人物连这一点人气都没有了,有的只是生物的活动。张潮的譬喻常对妇女取玩赏态度;张岱《西湖梦寻》中有文写一雏妓,实在缺乏同情心。我曾批评他们不把妇女放在平等地位,但我以为他们如果是现代人,必也不赞同把妇女当做猫狗一样的宠物。现在看来,现代人的文明意识并不是生活在现代就能具有的,即使生活在现代,也不一定会有多么明白,还需要努力。

新春伊始,我只有一点小小的希望,希望我们的作品能干净些,正常些。那么,"字典"就该老实地待着,少些困惑。

原载《群言》1996 年第 3 期

过去的瞬间

——《宗璞影记》自序

岁月如逝水，流去了，本来是存不下一点痕迹的。东坡有句云："事如春梦了无痕。"形容得很恰切，但是人们发明了摄影，能够把瞬间的变化固定下来，记录下来，而且成为艺术作品。据说，摄影刚发明时有人怀疑它会把人的精魂摄去。这怀疑已经成为历史。它能为人的短暂的生活留下痕迹，让人看到已经逝去的具体的面貌，和文字的功用大有不同。可以以影记人、记事、记生活，是谓影记。

小时候摄影还很不发达，留下的照片不多。少年时在战火纷飞的艰苦岁月中，摄影是一种奢侈。青年以后，生活较稳定，但一直不喜欢让一个照相机来窥伺，而且觉得喜欢照相有些俗气。这实在是一种矫情。那时觉得老和死是很遥远的事，现在是属于我的，我就不需要留下什么。后来忽然醒悟，觉得该留下一些痕迹时，却已经无物可寻了，更何况那痕迹。

然而在世上已经这么多年，旧箱箧里总会有一些古老玩意儿。这次检点照片，看到我和外子蔡仲德的合影，十分惊异我们都曾那么年轻。看到母亲抱着我的照片，更惊异母亲那时不只年轻，而且那样清秀，那样美。照片带我回到过去，把年轻美丽的母亲还给了我。看到五十年代在文联工作时小演唱的留影，记起那时我们总是在唱歌。我们生活在理想的光环中，觉得生活就是一首首歌。下放劳动锻炼时，披着大棉袄，站在墙根，也在唱歌。我们用理想去诠释民众的疾苦和自己受到的折磨，那是一种很特别的诠释法。

在搜检的过程中，我想起一些曾经有过，但没有保存下来的照片。记得我有一张二十岁以前的照片，那是我长大后，唯一一张脸上没有附加物（眼镜）的照片，是我最喜爱的，可是被一位老大姐要走了，遗失了，再也找不回来。我也无法再找回二十岁以前的岁月。我在澳大利亚时，曾经与怀特老人合影，他还特意抱着一只北京哈巴狗。胶卷是彩色的，回来误作黑白冲洗，这张照片再也得不到了。比起这些，更大的遗憾是那些根本没有留下来，而其实更该留的画面。譬如大学毕业时，我们竟没有和诸位名师合影。几位我敬爱的友人和近亲也没有在这册子中留下容貌。更如抗日战争中困苦而充满信心的时光，"文化大革命"的疯狂日子，都无踪迹。我现在用一张黑纸来记录"文革"中的厮杀、黑暗和沉默。希望能从这里看出什么。

要想留住一点痕迹，不只是感情的寻找，也是历史的需要。我近来深为历史抱不平。掺进来的假冒伪劣的文字太多了，以致我几乎不想读书。照片当然也可以做手脚，但毕竟困难一些，不至于太多地出产颠倒黑白、混淆是非的所谓著作。我想可能以后我会更喜欢摄影这门艺术，但是我的生活内容中，值得拍摄的是愈来愈少了。

但是摄影本身也是有遗憾的。这本影记中有送春的二月兰，有报秋的玉簪花，但是没有紫藤萝瀑布。静止的画面无法表现我所感受的那种灵动，那种活泼，那种热闹和生机，我想就不让照片介入我的文字了。便是二月兰和玉簪花，也只是记下形状而已。

经过近两个月的搜寻和整理，《宗璞影记》终于编成。也许它会留下一些生活的痕迹和时代的影子。那也是很浅淡,很微弱的。我不希望它有太多的读者。

对所有帮助留下这些痕迹的亲友,我心怀感谢。

1996 年 4 月底

原载《文汇报》,1998 年 12 月 4 日

一封旧信

"一封旧信"实际上是一封旧信引起的思索。因我素不喜长题目,四个字也足够引起所该引起的了。

近在旧物中发现一封写给俞平先生的信,写信人的名字是养知,不知是哪位前辈。现将这封信全文抄录如下:

平伯先生:

朴社刊行之书多佳本,弟常罗致一二。独惜校雠不精,令人讽诵之际尤有痛扫落叶之感。顷读近刊《人间词话》,虽寥寥三十页,而仍不免有讹字。如页二二之"難似",页二三之"令人",揆诸文义,决当是"雖似",是"今人"。此等处显而易见,不待推勘矣。然因此二误,转疑全书尚不知有几许讹夺,若讹夺处为似是而非,不易察见,则误人不浅,而亦大悖左右重刊之旨也。近年来海上书贾竞相翻印旧籍,以牟厚利,亥豕鲁鱼,逐叶多有,贻害读者,诚非浅鲜。吾尝谓主持教育者能禁布歹本书,是亦一功德也。不谓朴社学者主政,亦复蹈斯恶习,殊为遗憾。谨致忠告,唯亮察。先生勿徒草草刊书,必也不惮校仇之劳。若意图以孤本索重值,急切成书,是又邻于书贾之见。先生或不出此,然讹夺之咎终须有人任之。先生如能收回此书(未售出者),排版另印行,固善。万一重视本钱,则亦置之可也。唯望此后刊书慎重慎重。

养知匆上
三月卅日

一九二六年八月朴社社长顾颉刚先生到南方去，委托冯友兰先生代理事务，想来因此俞先生将信拿来商量，就留在我家。此信写于一九二七年。近七十年间许多极贵重该保存的信件都遗失了，这封信不知何故能留到今日，来引发我的思索。

现在书籍中校对的错误，简直不是痛扫落叶，而是陷入地雷阵了。有时看了令人茫然不解，有时看了令人哈哈大笑。一篇文章里有"无字天书"四个字，错成了"天字无书""天字天书"。"王子就该有王子的谱"这样一句话，错成了"王子就该有五线谱"，实在是有字天书了。与"无字天书"相对的"有字人书"，错成了"有字丛书"，从一个人变成了两个人。我知道校对是很不容易的，有时候翻来覆去就是看不出来。如果用电脑排版不知是否会减少错误？我想将来总会有办法。这是技术问题，属于肌肤的范围。

比校对错误更高一级的是文章本身就有错，这属于筋骨问题，是更深层的。个别研究现代史的不知道胡适没有在清华工作过，研究当代问题的不知道冯友兰并未被打成右派。最近出版的《中国哲学简史》附有一篇作者小传，全文不过三百余字，错误竟达七八个之多。最可笑的是，白纸黑字写着冯友兰曾获美国普西敦大学名誉博士学位，这普西敦大学令人想起克莱登大学，其实应该是普林斯顿大学，那是习惯的译法。据责编说这一小传抄自上海辞书出版社《哲学大辞典》。我没有能力去查对，只是想，既然是辞典，人家都要以你为凭，为什么在撰写时不弄弄清楚呢？那并不是不可能的。

再高一级的错误属于心灵,那就更可怕了。因为要达到自己臆想的结论,不惜歪曲史实,瞎编乱造,甚至把写得明明白白的话改为完全相反的意思,敷演出大篇假冒伪劣的文字,真是给读者制造麻烦。

想想我们的后代要通过肌肤、筋骨和存心编造等方面的重重难关,在浩如烟海的书籍中分辨真伪,我真替他们叫苦不迭。

养知先生因《人间词话》有两个错字便要求将未发售的书收回,如果他老人家生在现世,可怎么活得下去?

附记:养知致俞平伯信,已交还俞先生的女儿俞欣。

原载《文汇读书周报》1996年7月7日

雕刻盲的话

熊秉明兄与我同为清华子弟,是成志小学的先后同学,可谓从小相识。但我读了《关于罗丹——日记择抄》这本书,才开始真正认识他。书中通过介绍罗丹的雕塑,有许多深邃、精辟的艺术见解,使我这对雕刻艺术一无所知的人,忽然发现了另一个境界。只是因为原是"雕刻盲",而且盲得太深,书带来了一线光明,但还不能是大放光明。

后来便注意看雕塑展,但限于条件,看得不多。罗丹作品展出时,也赶去看了。记得有一个女头像(玛丽女王?)让我很感动。那不是普通的头像,而是砍下来的一颗头,似乎还温热。

秉明兄要在北京开个人雕塑展了。我现在看到的还只是图片,已感到一种精神,一种力量。我喜欢那铁条鹤。那是一只展翅起舞的鹤。鹤翅上扬,几乎有兰叶拂动的感觉。铁条能有这样生动、清丽的姿态,只能说是注入了作者的灵魂了。爱鹤的卫灵公如见到这尊雕塑,一定会把它摆在君王宝座之侧。那鹤则可能厌恶朝堂的纷扰,而振翅飞去。

还有那牛,仿佛可以感到那肌肉的强劲和温暖。跪牛在图片上不太清楚,我最喜欢回首牛。我觉得这牛一看便是中国牛,其实我也没怎么见过外国牛。回首牛的脸,让我想到秉明兄形容的马锅头,那么这牛不只是中国牛,且是云南牛了。

抗战期间,秉明兄在崇山密林之中,持戈卫国之时,所做的雕刻梦,终于圆了。回到故乡展出一生成就,还有什么比这更快乐的事呢？我想这也是我国艺术界的一件盛事,对我国的雕塑艺术必然会起到推动发展的作用。

作为一个逐渐感到光明的雕刻盲,逢此盛事,我怎能不欢喜！我盼望亲眼见到那鹤、那牛。还有秉明兄创作的鲁迅像,陈列在北大图书馆中,已近一年。我以疏懒,尚未得见,这次一定也会见到了。我相信那塑像是凝聚着鲁迅精神的鲁迅。

1999 年 5 月

原载《中国当代艺术选集·熊秉明》,中国美术馆 1999 年 5 月

谁是主人翁

中华锦绣江山谁是主人翁？我们四万万同胞！快一致永久抵抗将仇报。家可破，国须保；身可杀，志不挠。一心一力团结牢，努力杀敌誓不饶！

旗正飘飘，马正萧萧，枪在肩，刀在腰，热血，热血似狂潮。旗正飘飘，马正萧萧，好男儿，好男儿报国在今朝。

这两首抗日歌曲，前一首《抗敌歌》，后一首《旗正飘飘》，都是黄自作曲，黄自、韦瀚章作词。这是我在西南联大附中上学时，附中合唱团常唱的两首歌，也是我印象最深的两首歌。《抗敌歌》先由男低音发问："中华锦绣江山谁是主人翁？"大家一起回答："我们四万万同胞！"我们"家可破，国须保；身可杀，志不挠"。后两句音调很高，大家都用力地唱，用心地唱，像在发出一个大誓愿。《旗正飘飘》唱时真觉得枪在肩，刀在腰，要奔赴沙场，杀尽日寇，还我河山。"好男儿报国在今朝！"这是每一个中华儿女的责任。这两首歌其实就是一首歌，唱的是一种浩然之气，一种正气。每次唱时，和着响遏行云的歌声，常见一个个年轻的脸庞上沾满泪痕。我们终于获得胜利，结束了东藏西躲、颠沛流离的生活，回到了北平。但是想一想，有多少在战争中死去的同胞，成为望乡之鬼，永远不能回到自己的家乡。他们是四万万同胞中的一分子，或军或民，或为国英勇牺牲,或无辜遭受屠杀,他们都是值得纪念的。

近年来,黄自的这两首歌很少唱了,连音乐学院的有些年轻人对它也很恍惚。我非常想再听到那雄壮的歌声,乃向朋友们建议组织一台抗战歌曲音乐会,每年唱一唱。不知能否做到。常唱的歌总会随时代而变化,它却是我心中永恒的记忆。

不管经过多少曲折,我们民族的那种正气,曾经凭借千百万仁人志士传递的,飘扬在歌声中的浩然之气,总会传下去。

"中华锦绣江山谁是主人翁?"现在我们的回答应该是:我们十二亿同胞!我们是吗?我们是主人翁吗?我们尽了多少义务,我们又有多少权利?铁马金戈中的歌声提醒我们,要做主人翁!要把这个答案做好。

原载《北京日报》1999 年 1 月 14 日

乘着歌声的翅膀

——歌曲集《记得当时年纪小》序

许多年前,我曾在一本钢琴谱的扉页上,写了这样一句话:我爱人类的歌,也爱自然的歌。我知道,没有歌声的地方,就有了寂寞。

不记得从哪里看来了这句话,也曾多次在文章中引用。这里说的歌,我理解为泛指,是指一种精神创造和生命力的活动。而在实际生活中,我们确实任何时候、任何地方都少不了歌,歌声陪伴我们长大。每一首歌都不只是一首歌,它可以唤起一段记忆,甚至代表一个时代,蕴涵无比丰富。我们唱《大同歌》,为两千年来人类追求的理想而感叹。《可怜的秋香》是一个小故事,那歌声引起多少对弱小者的同情。一曲《当我们还年轻》总是让人心头缠绕着惆怅。《松花江上》让人永远忘不了流亡的情景。《嘉陵江上》的曲调相当洋,但它很好地表现了我们的民族感情,表达了我们离乡背井又要收复家园的悲凉而又雄伟的情绪。我最喜欢那最后一句:把我打胜仗的刀枪,放在我生长的地方!那高亢的音调,像是一个承诺,像是在发一个誓愿。

《团结就是力量》《茶馆小调》展现了另一个时代,我们曾在街头唱这些歌,想促进光明的到来。我们还唱《半个月亮爬上来》《阿拉木汗》,并配有简单的舞蹈,这在学生中很流行。想起那又跳又唱的样子,真觉不可思议。

老歌是忠实的老朋友,谁不喜欢和老朋友相聚?和这些老朋友相聚时,我们会发现自己老了,而它们不老。这些歌里,更有一个永远的少年,简直像童话中的人物彼得·潘一样。这就是那首《本事》:"记得当时年纪小,我爱谈天你爱笑。"把少年人的性情表现得多么好。题目不叫"往事",而是"本事",是人生中本来的事。听到有些朋友把这首歌误称为《往事》,我就要气势汹汹地予以纠正。

感谢王健把这些老朋友都召集在一起,让我们回忆,让我们思索,让我们欣赏。王健是一位用心灵创作的词人,写过不少脍炙人口的歌词,她与我同年,都属龙。此龙只能蛰居风庐,苦念二十四番花信;彼龙则夭娇自如,竹杖青囊,登山越水,收集材料,怎不令人生敬而且生羡。

老朋友在一起,会不自禁地大声唱,我们要把青春唱回来!我还希望,有更多的新歌,好听的、真情的歌,让人们沿着新的千年一直唱下去。

乘着歌声的翅膀,永远不会寂寞。

2000年元月4日雪色映窗,乃另一千年雪矣
原载《新民晚报》2000年2月5日

我与人民文学出版社

一九七九年，人民文学出版社召开中、长篇小说座谈会，邀我参加。当时我正酝酿写"文化大革命"中一个癌症病人的故事。本来想写成短篇，又觉得写出来会太长，短篇容纳不下这样的内容。座谈会上，人文社要推动中、长篇的写作，大家谈了许多对中、长篇的想法，很有启发。会后我又考虑了许久，决定写一个中篇，便是后来的《三生石》。先在《十月》上发表，发表后，王笠耘同志要我在人文社出单行本。我那时虽已年过半百，却仍然"少不更事"。因已口头应允百花出版社，要重然诺，竟未与人文社合作。

我从五十年代就想写一部长篇小说，反映抗日战争时知识分子的生活。但总因各方面条件不成熟，没有落笔。那次会上，韦君宜同志、李曙光同志都认为我已经进入写长篇的阶段，向我约稿。我相信自己总是要写的，但一拖又是几年，仍旧没有落笔。

一九八四年人民文学出版社在烟台召开长篇小说座谈会，又邀我参加。大家讲了很好的意见。记得李曙光同志曾说，作者是出版社的衣食父母。好像还没有听哪家出版社这样说过，其实作者也很需要出版社的督促培养。

我在烟台会上没有发言，后来杨柳要我写一个书面发言。我写的是长篇小说要好看又要耐看。必须好看，才能耐看，也必须耐看，好看才有价值。我希望我能写出这样的作品，可是不知能否做到。

当时，我在外文所，还有研究任务。我写了论曼斯斐尔德和波温的文章，本来想接着写一本伍尔芙评传。有人认为研究伍尔芙我比较合适，我也有兴趣。可是一部长篇小说已在我心中逐渐形成，发了芽，长了枝叶，若再不把书中人物落在纸上，他们会窒息、干枯而死。研究和创作两方面的大题目同时并进，在我来讲是不可能的。且不说两种思维方式互相打架，只就精力而言也远远不够。我必须做出选择。我决定放弃科研专心写小说。因为我不做研究，还会有别人做，研究的毕竟是别人的东西，而小说是作者灵魂的投入，是把自己搅碎了，给小说以生命。而且我要表现的不只是我自己，是一个群体，一个时代。我不一定成功，但不试一试我是不甘心的。

一九八五年，我终于开始写长篇了。这部长篇分为四卷——南渡、东藏、西征、北归。总的题目想了很久都没有定下来，后来确定为"野葫芦引"，原有个题释："葫芦里装的什么药，谁也不知道，更何况是野葫芦。"后自己觉得并不能释，故未印出。我在外文所"挂单"，云游于野葫芦中。我曾考虑怎样来写这部长篇，如果用当时我正探索的内观手法，读者会看得太累，生活的巨大内容也难以表现，或表现了也难以和读者沟通。李曙光同志说，他记得在一次谈话中，我曾自问自答，我的书要怎样写，自答的结果是用现在的比较写实的手法。人文社很关心这部书。责编王小平常来了解进度，写成两章便先拿去，不只她一个人看，这本书是在人文社的热心关怀下写出来的。

一九八七年底书成，君宜同志已病。李曙光同志关心地安排这小说先在《海内外文学》杂志上发表，一九八八年九月即出书。

一九八八年秋，趁西南联大校友重返昆明之便（我在昆明上的是联大附中，也被扩大为联大校友），云南省文化局介绍我到保山，保山地区为我提供了交通工具,并派人陪伴。我从大理到保山,又到腾冲等抗日旧战场走了一遭。我到了国殇公园,在松山碉堡旧址看到一个残破的小碑,纪念抗日阵亡将士。我站在秋风中,不禁泪流满面。

一九八九年至一九九三年,我经历了父丧和重病。一九九三年下半年开始写《野葫芦引》第二卷《东藏记》。为了给自己的记忆之井中添些活水,觉得需要回昆明一趟。我向高贤均同志说了这个意思,人文社立即提供了来往旅费。在昆明我得到云南诸友的热情帮助,又感染了昆明的旧城气氛。一九九五年,《东藏记》的第一、二章先在《收获》第三期发表。

以后是漫长的等待,隔几个月便要生一次病,几乎成了规律。再加上莫名其妙的干扰,只能写写停停,停停写写。责编杨柳细心而耐心地守候着这部书。她从不催稿,但总能感到她的关心。今夏终于写成了《东藏记》,杨柳和我都舒了一口气。因为目疾,书成后我不能通读全稿,免不了许多遗憾。不过我已是尽力而为了。

人文社出版了"中华散文珍藏本"系列,其中有我一卷。散文浩如烟海,选择特别需要眼光。散文什么都可以写,在各种各样的题材中,我总觉得最好能有做大题目的、较有思想的散文,使我们散文创作的境界有所提高。

在当前众多的出版社中,人文版书籍的错误较少,虽然还免不了遗憾,但他们在校对方面是很认真的。

人文社的美术方面的工作似可改进,就我看到的有限的书来说,有些书的装帧封面和书的内容不甚相称。我一直有个想法,长篇小说需要好插图。现在的书有插图的很少,有好插图的更少。这种插图需要对文学有浓厚兴趣的美术家,可能这是可遇而不可求的。

随着社会的发展,出版社会遇到不同的难题,我想他们会以发展对付发展,走得更快更好。人民文学出版社不愧为我国第一家文学出版社,她的工作人员有见识、有才干、有为文学事业奋斗的热忱,我向他们敬礼。

2000 年 11 月 10 日

原载《我与人民文学出版社》,人民文学出版社 2001 年 3 月

散失的墨迹

最近收到老友资中筠、陈乐民来信,告诉我,在沈建中著《施蛰存游踪》中有一段关于我父亲的材料。上世纪四十年代在昆明,施先生常和父亲在翠湖边散步。父亲赠他两幅字,一幅写的是:"断送一生唯有酒,寻思百计不如闲;莫忧世事兼身事,须著人间比梦间。"另一幅是:"鸭绿桑乾尽汉天,传烽自合过祁连。功名在子何殊我,唯恨无人着先鞭。"两幅字都有上款,有印章。

施蛰存是一位中西融会、古今贯通的学者,创作学问都达高致,只是命运不济,一直被视为文坛另类。有时和中筠、乐民谈起,都为世事诡谲而慨叹。

来信是乐民执笔,他患病已十余年,在学术道路上始终没有停步,对冯学很关心,著有论文,为哲学界人士所称道。他们每发现有关材料,必告诉我。这次的信仍用毛笔书写,蝇头小楷,大有卫夫人簪花品格。我早已老眼昏花,偶然写字都是盲书,手持信纸只有佩服。

"断送一生唯有酒。"这首诗我估计不是父亲自作。后来我的"老战友"杨柳借助百度,立刻弄清这是韩愈的《游城南十六首·遣兴》。(顺便说一句,我父亲的祭母文中"维人杰之挺生,皆造化之钟灵",我一直怀疑"挺生"应为"诞生",是排印错误,经杨柳查辨,证明排印无误。)"鸭绿桑乾尽汉天"一首,我原以为是父亲自作,后来读到刘宜庆先生的文章,知道这是陆游的诗。乐民信中说这是一幅立轴,且有影印。前几年,从立雕得知,嘉德公司要举行一次字画拍卖专场,并寄来一本材料,上面印有要拍卖的字画,其中有父亲的一副对联,写的是"功名在子何殊我,唯恨无人着先鞭",这两句,笔迹饱蕴秀气。这是父亲书法的特点。拍卖品中也有闻一多先生的一幅字。立雕乃到现场观察,冯字经几次较量,以两万元被一个中年人买去。此对联无上款,可能是故意去掉了。

又有一天,时间较嘉德拍卖还要早,北大程道德先生送来一本自编的《二十世纪中国文化名人墨迹》。程君是书法爱好者,收集了许多书法,影印成册,其中有父亲的一幅,写的是"灵龟飞蛇感逝川,豪雄犹自意惘然。但能一滴归沧海,烈士不知有暮年。读曹操《灵龟寿》"。这是父亲在一九七四年写的一首诗,有小序云:"曹操《灵龟寿》辞意慷慨,然犹有凄凉之感。今反其意而用之。""龟虽寿"书法写为"灵龟寿",显系误记。此幅字上款是"紫光同志属书"。父亲与金紫光并不相识,经人代求而写此字。现在这幅字流落市间,程先生以三千元的价格购得,编入此册。据说还有一位书法爱好者,到各市场去"捡漏",以九百元买得冯先生一幅字,雀跃不已。

我自己曾做一件傻事。有人从上海写信给我,说一书画店有冯先生一个中堂,是二十年代写给孔德成的。我托人去看,说写得不错;店中人并说,此件从海外传进来,得到很不容易。乃以七千元买回。亲眼见时,觉得不像,尤其是神气不像,家人也都认为是伪造。弄虚作假真是无孔不入。

父亲曾为王伯祥先生写了一个条幅,写的是李翱诗"练得身形似鹤形,千株松下两函经。我来问道无余说,云在青天水在瓶"。四十年代父亲常写李翱的两首诗,这是其中之一。王伯祥之子王湜华曾将此字拿到我家,让我欣赏。我非常喜欢这幅字,那诗的空灵和字的隽秀浑然一体,沁人心脾。我将此字送到荣宝斋复制,悬于壁间,每日相对。侄儿冯岱自美归来,见到此字也非常喜欢,便让他带走了。想再复制一幅,找王湜华找了好几年,好容易托人找到了,可是他却不知道字在哪里。可能家里字画太多,又不知要找多久,真是添麻烦了。

最近又有人告诉我,在河南电视台"鉴宝"节目中,有父亲的一幅字,估价三十万元,不知道是什么字,也不知道后来流落何方。我并不打听。该知道的事要全知道是不可能的,先就得累死。

父亲曾说有一位先生评一个人的书法,说其俗在骨,不可救药。我觉得父亲的字是其秀在骨,是天生的,练不出来的。他从来也没有练过字,都是随意写来。其俗在骨不能医,其秀在骨不可学。

我们从小的生活有一个内容:为父亲研墨、拉纸。研墨常是我和弟弟的事,两人轮换着磨,眼看砚池里的清水变成墨汁,总觉得成绩很大。拉纸则大多是我的事。父亲写字时,要有人站在桌对面,慢慢把纸拉过去,他好往下写。纸有时要熨,那是母亲的事。家里始终没有预备毛毡一类的铺垫,可见不是书法家。最初我拉纸时,父亲是站着写字,写得很直,间隔匀称,自己看看,说行气很好。老来写字,一行字总要向右歪。我提醒说歪了,歪了。他答应着,却总是正不过来。给我写的一副对联"高山流水诗千首,明月清风酒一船",下联便是斜的,我称之为斜联。约在八十五岁后,他改为坐着写,手抖,字的笔画有时不准确,但仍写了不少幅。这几天在书橱中翻出父亲的一幅旧作,写的是"一别贞江六十春,问江可认后来人。智山慧海传真火,愿随前薪做后薪"。最后写着"时年八十有九"。一九八二年我陪侍父亲到他的母校哥伦比亚大学接受名誉博士学位,他写了这首诗,并将此诗写了一个条幅,赠给美国汉学家狄百瑞教授。当时西南联大校友毛春帆也想要字,父亲说回去再写。两年后他践约,写了这幅字,可是不知往哪里送了。这幅字一点没有歪,笔锋虽有不匀,整体看来仍觉遒劲有力。这是精神的力量。

人民出版社哲学编辑李之美在网上看到父亲的字,说真好看,建议将所有的字搜集在一起影印成册,出一本冯友兰书法。我一直无暇顾及此事。这当然是应该做的,应该做的事真多,怎么办呢。

2007 年 10 月 22 日

原载《人民日报》2007 年 11 月 6 日

"大乐队"是否多余

六月中旬的一天,我携高个儿外甥女到国家大剧院,聆听海上昆曲名家演唱会,一路十分兴奋。我很喜爱昆曲,却是外行。外甥女更是从来没有听过昆曲。进得剧院,走过大厅,见两旁壁饰辉煌,头顶水纹荡漾,已是惊叹。到演出厅前,窗内华灯千盏,窗外一片碧波,灯光水色,交映出琉璃世界。心想,剧院已经美到这样地步,演出还不知怎样摄人心魄。

不料,我们陆续受到挫折。进音乐厅后,需下多个无扶手的台阶,才能到达座位。据说,无论到哪一排,都要从最高处下。这也许是根据什么声学原理,也许我们不会走。

坐定后,便想看节目单,外甥女跑了一圈,得到的回答都是"没有"。幸好旁边坐了一位年轻的昆曲行家,事先在网上抄了节目,让我们不至过于茫然。

昆曲行家是一位女士,穿一件淡绿色改良旗袍,是自己设计的。她做了预习,一个人下午便来到剧院附近,可谓粉丝了。

第一组节目,是青年演员演唱,都是《牡丹亭》片段。台上出现一个庞大的乐队,先奏了一通序曲,声震屋瓦。演员出来了,开始演唱。乐队并不退场,而是进行声势浩大、喧宾夺主的"伴奏"。他们把舞台占了一大半,只留给演员一个台口。因为原不指望看表演,也就无可挑剔。可是在庞杂的声音里,留给演员的空间也不多,而他们本该是主角。真觉不可思议。

"袅晴丝吹来闲庭院,摇漾春如线。""可知我一生儿爱好是天然。""良辰美景奈何天,赏心乐事谁家院。"美丽的词句和唱腔,迷失在乐器的轰鸣里。只觉一片混乱,也许是我们不会听。

我们听不清演唱,渐渐愤怒起来,几乎想喊口号:"请乐队下台!"但我们都是知书达理之人,只能耐心听下去。其实,那时就是喊口号,他们也听不见。

年轻的昆曲行家和我都想起《红楼梦》中贾母的议论。老太太说,只用一两支笛子,演员在水的另一边,细细唱来,借着水音才好听。贾母本是最讲究生活的,这真是深谙听曲三昧了。我联想到大剧院中的水波,是不是可以派上用场。

昆曲行家接着贾母的议论说:"看来昆曲只适合唱堂会。"我说:"一次小范围的演唱,可谓小众,有许多小众,不是就成了大众化?"

下一组节目是名演员表演,乐队总算下台。我期待计镇华先生唱"弹词"的"七转"或"九转",我最喜爱计先生的歌唱,尤其是高音,只是听得不多。那几句"半行字是薄命的碑碣""俺也不是擅场方响马仙期",真是余音绕梁,三日不绝。可是,他唱了"四转",而"四转"的音调很平。不过,总算听过真人唱了。

最后,作为压轴,乐队又上了台,我已经不记得演唱了什么曲目,只记得其声响雄壮有力,简直如军乐一般。也许是夹杂了什么别的音乐元素,而我们这些外行耳朵都不习惯。

外甥女记得她从医学院毕业那年,在中央音乐学院听过的那场音乐会,真是艺术享受。那已是二十年前的事了,我也记得她回来时兴奋的神色。这一次看演出后,却很不满足,有些发蔫,想是"军乐"震的。

我们想建议免除或减少昆曲的"交响乐"伴奏。具体情况一定很复杂,有些是我们不懂的。不过,既这样想,就这样写出来。

原载《新民晚报》2008 年 9 月 17 日

考试失利以后

近年来,多有知根底的老同学谈到我当年考大学的事。没想到,我和另外几位清华子弟的失败成为教育史上的一次见证,也成为教育界前辈们不谋私利的见证。就我自己来说,我的失败自然是有所失,但也有所得。

一九四六年,我从西南联大附中毕业,随父母复员回到北平。这一年,清华、北大、南开三校联合招考,录取分数不等。我报了清华,但分数不够,被南开录取了;还有几位清华子弟也没有考上清华。那时的清华各方面都很严格,无论是谁,都走不成后门,也没有谁会想到走后门。长辈们决不会以走后门的方式来"帮助"子女。

记得那年我们自昆明回北平,先从昆明走公路到重庆。我在路上大病一场,在贵阳停留时,父亲找了一位医生来诊治,次日即见好。但那天大家去游花溪,我还只能卧床梦游。我们在重庆候机一个多月,重庆天气酷热,每餐都要站起来去洗三四次脸,不然汗就滴到碗里。我们久居昆明,对这样的天气很不习惯,我和小弟都得了疟疾,那时称为打摆子,烧一阵冷一阵。治疗虽有特效药金鸡纳霜,但对人的损伤也很大。回到北平,参加了考试,自觉很不理想。当时南开可能考虑到生源不够,又举行了一次单独招考。我们几位考生讨论一番,觉得应该再考一次,如三校联合招考落第,还有一次上南开的机会。可见我们还是很喜欢南开的。于是又去应试,我已不记得同去的有谁。

南开是一所有特色专长的大学。据说,抗战前全国物价指数就是由南开大学经济研究所发布的。到天津应试回来,联合招考发榜,我考清华不中,被南开录取。我早有心理准备,父母也并不以我没有达到他们的要求而责备我。不久就得到南开单独招考的结果,我又被录取一次。自幼的友伴、一同报考清华的徐糜岐也被南开录取,开学时我们便同去天津上学。

南开校舍在抗战初起时被日军炸毁,我们去时校园还很荒凉,建筑不多。只有思源堂(教室楼)、芝琴楼(女生宿舍),还有胜利楼(办公楼),大概是抗战胜利后新造的。大片毁于战火的废墟依旧在目,断瓦颓垣、夕阳残照,我们称它为"南开荒原"。外面的景色是"荒原",学子们求知求真的精神,却如新生的禾苗一般茁壮成长。

因为我两次被录取,便有两个学号,我选择了一个,只记得最后两个数字是9和5。我在南开外文系读了两年。那时好几位先生都在南开,卞之琳教大一英文,李广田教大一国文,罗大纲教法文。后来他们都到了北平,分别任教于北大、清华。上世纪七八十年代,卞先生和我都在社科院外文所工作,还谈起南开往事。我一直想请卞先生用硬笔把他的《风景》一诗"你站在桥上看风景,看风景的人在楼上看你。明月装饰了你的窗子,你装饰了别人的梦"写成一帧书法,却总是拖下来,直到他老去,也没有提出。二年级的英诗教授是杨善荃,他对诗歌很有研究。教逻辑的是年轻一辈的王逊,他好像没有迈过"文革"这道艰难的门槛,在那个年代自杀了。还记得当时南开一年级文科生要学一门理科课程,我选了普通生物学,曾在实验室解剖青蛙。我一直对生物很有兴趣,特别是生命的起源和发展。

我很喜欢芝琴楼后面那一大片稻田和野地,在那里可以看见夕阳西下。我有一篇作文《荒原梦》,写这一带景色,得了A＋的分数,此文现存中国现代文学馆。那时我们每天都去看夕阳西下,如果哪一天没有去,便好像少了什么。一九四七年一月,天津《大公报》星期副刊刊载了我的小说《A. K. C.》。这是我第一篇发表的小说(后又于本世纪初刊载于《文艺报》某期),以后又发表过几首短诗。我发表文学作品是从做南开大学学生时开始的。

在南开的两年,民主运动正如火如荼,我参加过进步同学组织的读书会,却不很积极。虽对各门课程有兴趣,也只是浮光掠影。一九四八年,我参加了清华的转学考试,因为不急于工作,身体也不好,不能苦读,所以仍然报考二年级,这样录取的几率也大些。这次我考上了,父母很感安慰,最主要的是不必往来于平津途上了。父亲在一九四八年秋给远在美国的长子钟辽写信,第一句便说:妹考上了清华。我离开了"南开荒原",但那一段生活已成为我的记忆,我的历史。

西南联大结束五十多年了,现在和三校都有联系的人已经不多。我肄业于南开,毕业于清华,又是清华子弟;我也是北大子弟,是燕园长期居民。最近,我又给自己找了一个头衔——北大旁听生。六十年代初,我小病大养住在家中,曾去旁听过宗白华先生的中国美学史,可惜只听了一课,他讲的是中国美学的特点:虚和实的关系。又去听了冯至先生讲歌德,可惜也只听了一课,那次还有组稿任务。没有好好听过冯至论歌德,始终是我的一个遗憾。我冒昧忝列北大旁听生,想来不会有人反对。三所大学都是我的母校,南开去年校庆有专函邀请,可惜我正在住院未能前往;清华图书馆保存着我的毕业论文《论哈代的诗》,也常有联系;北大对我更是多有照顾。一个人有三个母校,可算得是极富有了。也可以说,这是失败成全了我。

我考大学的经历,除了为教育史做了一次证明,还可以反映那时的教育环境是宽松的,考不上清华可以考南开,考上南开也可以转清华,当然都要通过严格的考试。在本校也可以自由转系,因为初入学时也许并不清楚自己的兴趣所在。好几位西南联大哲学系学长都是理科转来的。只有在自由的天地里,鸟儿才能飞翔,才能感受蓝天、展望碧野,才能嘹亮地歌唱。

忽然想起一位小辈的亲戚说,一九五几年她上幼儿园时,常被安排坐在痰盂上,一坐好几个小时,边坐边唱:"我们都是木头人,不许说话不许动,看谁立场最坚定。"后来知道,这首儿歌是一项游戏的内容,却被拿来当做管理孩子们的规矩。从这样的幼儿园开始(现在应该有所改变了吧),以后再接受格式化的教育,鸟儿的翅膀早退化了,遑论飞翔。

2010 年 3 月 5 日
原载《中华读书报》2010 年 4 月 23 日

铁箫声幽

常觉得我们这一代人很幸运。旧书虽念得不多,还知道些;西书了解不深,总也接触过。没有赶上裹小脚、穿耳朵,长达半尺的高跷似的高跟鞋也还未兴起。精神尚不贫乏,肉体不受虐待,经历更是非凡。抗战那一段体会了人的最高贵的精神、信念与坚忍;"文革"那一段阅尽了人的狠毒与可悲。我们的生活很丰富,其中有一项看来普通、现在却让人羡慕、值得大书特书的,那就是,我们有兄弟姊妹。

传统文化讲五伦,其中之一是兄弟。常听见现在的中年人说:他们最羡慕的就是别人有兄弟姊妹。想想我的童年,如果没有我的哥哥和弟弟,我将不会长成现在的我。

我们兄弟姊妹四人,大姐钟琏长我九岁,所以接触较少,哥哥钟辽长我四岁,弟弟钟越小我三岁。整个的童年是和哥哥、弟弟一起度过的。抗战胜利,我们回到北平,回到白米斜街旧宅中,这座房屋是父母的唯一房产。有一间屋子堆满了东西,和走的时候完全一样。那时冬日取暖用很高的铁炉,称为洋炉子。烧硬煤,热力很大,便有炉挡,是洋铁皮做成的,从前常在上面烤衣服。我们看到那铁炉依旧,炉挡依旧。最有趣的是炉挡上面写了两行字,也赫然依旧。这两行字是:"立约人:冯钟辽、冯钟璞。只许她打他,不许他打她。"当时在场的人无不失笑。父亲说:"这是什么不平等条约!"那时哥哥已经去美国留学,那条约也因炉挡的启用擦去了,他没有再见到我们的不平等条约。

我已不大记得怎么会立下那不平等条约,却有些小事历历如在目前。清华园乙所的住宅中有一间储藏室,靠东墙冬天常摆着几盆米酒,夏天常摆着两排西瓜。中间有一个小桌,孩子们有时在那里做些父母不鼓励的事。记得一天中午,趁父母午睡,哥哥在那里做"实验",我在旁边看。他的实验是点一支蜡烛烧什么东西,实验目的我不明白。不久听见母亲说话,他急忙吹灭了蜡烛,烛泪溅在我身上。我还没有叫出来,他就捂住我的嘴,小声说:"带你去骑车。"于是我们从后门溜出。哥哥的自行车很小,前后轮都光秃秃的没有挡泥板,但却是一辆正式的车,我总是坐在大梁上左顾右盼游览校园。哥哥知道我喜欢坐大梁,便用这"游览"换得我不揭发。那天的"实验"也就混过去了。

后来我要自己骑车了。我想那时的年纪不会超过九岁,大概是八岁。因为九岁那年夏天开始抗战,我们离开了清华园。我学会骑自行车完全是哥哥的力量。那时在清华园内甲乙丙三所之间有一个网球场,我们好像从来没有打过网球,只在地上弹玻璃球。我在这场地上学骑自行车,用的是哥哥的那辆小车,我骑车,他在后面扶着座位跟着跑。头一天跑了几圈,第二天又跑了几圈。我忽然看见他不跟着车了,而是站在场地旁边笑。我本来骑得很平稳了,一见他没有扶,立刻觉得要摔倒,便大叫起来。哥哥跑过来扶住,我跳下了车,捏紧拳头照他身上乱捶。他只是笑,说:"你不是会骑了吗?"我想想也是。可是,下一次还是要他扶,他也就虚应故事地跟着跑。就这样我学会了骑自行车,我可以骑姐姐的成人的女车,在清华园里转悠。常从工字厅东边沿着小河过小桥,绕过大礼堂,经过图书馆前面,再经过当时的校医院——这座建筑还在吗——最后从工字厅西面回家。有时一直骑到西院,去看看那一片荒野。当时清华园内人很少,骑车很自由。后来,上个世纪六十年代,我常骑车从灯市口到建国门去上班。我从学车起到停止骑车从未摔过跤。

到昆明以后,哥哥上中学,我和小弟上小学。我们所上的南菁学校因为躲避日本飞机的空袭,迁到昆明郊外岗头村,我们都住校,家还在城里。后来家迁到东郊龙泉镇,我们又在城里住校。不记得是怎么回事了,总之有很长一段时间我们常在周末从乡下走进城,或从城里走到乡下,一次的距离大约是二十里左右。我们三个人一路走一路说话,讲故事,猜谜语,对小说的回目,对的主要是《红楼梦》和《水浒》的回目,《三国演义》我不熟。还有一项重要内容是讲自己编的故事,轮流主讲。大概也是编故事的需要,三个人每人有一个国家,哥哥的国家叫"晨光国",在北极;弟弟的国家叫"英武国",在海底;我的国家叫"逸坚国",在火星上。不知为什么,我从小便对火星有兴趣,到现在也觉得火星很亲切。我的兄、弟后来都是工程师,但他们在文艺方面的天赋绝不逊于我,故事编得很热闹,可惜我都不记得了。

家里孩子多,吃饭就成为一个有趣的局面。我小时有一个习惯,就是喜欢脱鞋。尤其是在吃饭的时候,觉得脱了鞋最舒服。这时,哥哥就会把鞋拿走藏起来,我便闹着要鞋,弟弟便会找鞋,常常是笑作一团。到后来还是哥哥把鞋拿出来,我又赖着不肯穿。直到母亲发话:"不要闹了。"才算安静下来。

后来我上了联大附中,一度在城里住校。那时联大附中没有宿舍,甚至没有校舍,不知是借的哪里的一个大房间,大家打地铺。一次我生病了,别人都去上课,我昏昏沉沉地躺在空荡荡的大房间里。"妹。"是哥哥的声音,睁眼只见他蹲在我的"床"边。他送来一碗米线,碗里有一个鸡蛋。

哥哥于一九四二年考入西南联大机械系,他不用功,却热心演话剧。参加演出过曹禺的《家》,饰演觉新。我和小弟随父母去看演出那一晚,在高老太爷去世那一场,哥哥把觉新头上的孝布去掉了,为的是怕母亲看了不高兴。他还写小说,我还记得他有一篇小说的第一句是"不疾不徐的雨"。他的文字是很好的,字也写得好,还会刻图章。那时的男孩似乎都会刻图章。他大学二年级时志愿参加远征军,直接在反法西斯战争中做出贡献。有一次他从滇西回昆明度假,看见我的头发长了,要给我剪一剪。他说:"头发为什么要剪成那样齐?剪成波浪式的不好吗?"当时大家都认为他很荒谬,没想到几十年后头发真的不以"齐"为美了。抗战胜利后,哥哥获得美国总统自由勋章,获得此项勋章的翻译官共二十二人。我曾想就此写一篇文章,介绍这些好男儿,因为要用一些英文材料,我的眼睛已坏,不能阅读,便放弃了。文章虽然没有写,对那些投笔从戎的大哥哥们,无论得没得勋章,我都永远怀有敬意。

以后,哥哥到美国就读于宾夕法尼亚大学,继续读机械系,也继续开展他多方面的兴趣。他喜欢击剑,入选了校队,代表学校出去比赛;还学过几个月芭蕾舞。工作以后学会开飞机,曾开着飞机从所住城市到另一城市去看望朋友,乘客只有一人,就是我后来的嫂嫂李文沛。上世纪七十年代哥哥一家回来探亲,说到此事,父亲说:"敢开飞机倒不稀奇,难得的是有人敢坐。"大学毕业以后,他根据兴趣又读了数学、物理两个专业。至今他还在研究有关电的问题,前两年曾回国参加静电学会的活动,但是他的理论很少人支持。前些时,哥哥来电话,告诉我一个不幸的事件,他的钱包丢了。别的都没有关系,只是其中的飞机驾驶执照也丢了,他觉得是一大损失。我安慰道:"你反正也不开飞机了。"他沉默了片刻,说:"用不着了——也不可能再补发了。"

九十年代初,我出版了一本散文集,书名为《铁箫人语》。取这个名字是因为家里有一支铁箫。书出版后不久,南京的"洞箫博物馆"——也许是"乐器博物馆"——来人要求看一看铁箫。他们说他们藏有铜箫,还没有见过铁箫。我把箫拿给他们看,他们观看良久,又试吹过,承认它是一支箫。但我想大概不是很合格。然而它究竟是一支箫,而且是铁箫。我还为这支铁箫写了一小段题记:

我家有一支铁箫。

那是真正的铁箫。一段顽铁,凿有七孔,拿着十分沉重,吹着却易发声。声音较竹箫厚实,悠远,如同哀怨的呜咽,又如同低沉的歌唱。听的人大概很难想象这声音发自一段顽铁。

铁质硬于石,箫声柔如水;铁不能弯,箫声曲折。顽铁自有了比干七窍之心,便将美好的声音送往晴空和月下,在松阴与竹影中飘荡,透入人的躯壳,然后把躯壳抛开了。

哦,还有个吹箫人呢,那吹箫人,在哪里?

吹箫人可以吹出不同的曲调,而铁箫只有一个。

是谁制作了这支铁箫?制作了这支可以从箫声和箫的本身引出许多联想的铁箫?是我的哥哥——冯钟辽。

箫属于中国文化,可以引起许多中国式的联想,都是陈货,也就不必说了。依我的极为有限的见闻,在冯钟辽做这支箫以前,从没听说过铁箫。它既是乐器,又可以做武器。我常想,最好能有一位女侠,用的兵器是铁箫;抡圆了可以自卫救人,扫尽人间不平事;吹响了可以自娱娱人,此曲只应天上来。也许,我哪天真会写出一篇武侠小说来。

在昆明时生活很艰苦,最常用的乐器只是口琴。母亲吹箫,当时家中有两支玉屏箫,母亲时常吹奏的乐曲是《苏武牧羊》。哥哥制作铁箫便是受竹箫的启发,用一根现成的废铁管,根据一点点中学物理知识,钻几个洞,居然可以吹出曲调,大家都很高兴。我们就是这样因陋就简,使得生活充实而丰富。

哥哥制作铁箫,只不过是他众多兴趣中的一项。他现在最主要的兴趣还是在电学。八十八岁了,仍不断做实验。我说:"可别像苏东坡一样,为制墨,把房子烧了。"哥哥的科学知识当然比东坡强多了,房子是不会烧的。但是试验做起来也颇麻烦,哥哥却乐此不疲。在他自己的实验的过程中,就有了辉煌。

2012年2月3日
原载《随笔》2012年第3期

云在青天

二〇一二年九月九日,我离开了北京大学燕南园,迁往北京郊区。我在燕南园居住了六十年。六十年真的很长,我从满头黑发的青年人变成发苍苍而视茫茫的老妪。可是回想起来也只是一转眼的工夫。六十年中的三十八年,我有父母可依。还有二十二年,是我自己的日子。在这里,在燕南园,我送走了母亲(一九七七年)和父亲(一九九〇年),也送走了夫君蔡仲德(二〇〇四年)。最后八年,陪伴着我的是花草树木。

九月间玉簪花正在怒放,小院里两行晶莹的白。满院里都漂浮着香气。我们把玉簪花称为五十七号的院花,花开时我总要摘几朵养在瓶里,便是满屋的香气。我还想挖几棵带到新居,但又想,今年天气已渐冷,不是移植的时候了。它们在甬路边静静地看着我离开,那香气随着我走了很远。

院里的三棵松树现在只剩两棵,其中一棵还是后来补种的。原有的一棵总是那么的枝繁叶茂,一层层枝干遮住屋檐的一角,我常觉得它保护着我们。这几年,只要我能走动,便在它周围走几步,抱一抱它。现在,我在它身边的时间越来越短,因为已不能久站。我离开的时候,特意走到它身旁拥抱它,向它告别。如果它开口讲话,我也不会奇怪。

北京大学哲学系主任王博和几位朋友来送我,我把房屋的钥匙交给王博。是他最早提出建立故居的想法。我再来时将是一个参观者。我看了一眼门前的竹子,摸了一下院门两旁小石狮子的头,上了车,向车窗外无目标地招手。

车开了,我没有回头。

决定搬家以后,我尽量找机会去再亲近一下燕园,最主要的当然是未名湖。湖北端的那条石鱼还在,在它的鳍背上缠绕着我儿时的梦。九岁那年,抗日战争爆发,我曾在燕园暂住,常来湖边玩耍,看望这条石鱼。七十多年过去了,我长大了,它还依旧。

现在湖北侧的四扇屏一带有几株蜡梅,不过我很少看见它的花,以后也不会看见了。从这里向湖上望去,湖光塔影尽收眼底,对岸的花神庙和石桥也是绝妙的点缀。从几座红楼前向湖边走去时,先看见的是湖边低垂的杨柳和它后面明亮的水光。不由得想到"杨柳依依"这四个字。它柔软的枝条是这样婉转妩媚,真好像缠绕着无限的惜别之情。那"依依"两个字,真亏古人怎么想得出来!每次到这里,我总要让车子停住,看一会儿。

在燕园流连的时候,我总在想一件事,在我离开家的时候,正确地说是离开那座庭院的时候,我会不会哭。

车子驶出了燕南园,我没有回头,也没有哭。

有人奇怪,我怎么还会有搬家的兴致。也有朋友关心地一再劝说老年人不适合搬家。但这不是我能够考虑的问题。因为"三松堂"有它自己的道路。一九五二年院系调整,冯友兰先生从清华园乙所迁到北大燕南园五十四号。一九五七年开始住在五十七号。他在这里写出了他最后一部巨著《中国哲学史新编》。他在《自传》的《序言》中有几句话:"三松堂者,北京大学燕南园之一眷属宿舍也,余家寓此凡三十年矣。十年动乱殆将逐出,幸而得免。庭中有三松,抚而盘桓,较渊明犹多其二焉。"这是"三松堂"的得名由来。北京大学已经决定将三松堂建成冯友兰故居,以纪念这一段历史,并留下一个完整的古迹。这是十分恰当的,也是我求之不得的。我必须搬家,离开我住了六十年的地方。

搬家就需要整理东西,我眼看着凌乱的弃物,忽然觉得我很幸运,我在生前看到了死后的情景。三松堂内的书籍我已先后做了多次捐赠。父亲在世时,便将一套《百衲本二十四史》赠给家乡唐河县图书馆。父亲去世后,两三年间,我将藏书的大部分,包括《丛书集成》和《四部丛刊》等分批赠给清华大学思想文化研究所,他们设立了冯友兰文库,后转归历史系,两个大房间装满了一排排的书,能在里面徜徉必是一件乐事。现在做最后的清理,将父亲著作的各种版本和其他的书一千余册赠清华大学图书馆。我曾勉力翻检这批书,有些是我从未见过的,书名也没听说过。如有一本《佛国碧缘击节》,很大的一本书,装帧极好。我很想看一看内容,可是只能用手摸摸。清华大学图书馆很快建立了一间冯友兰纪念室,陈设这些书籍。河南南阳卧龙区档案馆行动较早,几年前便要去了书房、卧室的主要家具。唐河县冯友兰纪念馆建成后,我也赠予了少量家具和衣物等。还有父亲在世时为唐河县美学学会写的一幅字,可能这个组织后来没有成立,这幅字就留在家里。现在正好作为唐河县纪念馆的镇馆之宝。韩国檀国大学有教师在北大学习,知道要建冯友兰故居,便来联系,便也赠给他们几件什物和书籍。他们要在学校中辟出房间,专门摆放,以纪念冯友兰先生。

最主要的东西仍留在三松堂,包括照片、各种文稿(含少量手稿)、信件、字画、生活用品、摆件及书籍和家具,还有父亲写的几帧条幅。这里的东西有的并不止限于六十年,几个书柜是从上世纪三十年代便在清华园乙所摆放过的。多年不曾开过的抽屉里,有一叠信封,上印"昆明国立西南联合大学冯笺",是父亲没有用完的信封。一个旧式的极朴素的座钟,每半小时敲打一次,夜里也负责任地报时。父亲不以为扰,如果哪天不响,反而会觉得少了什么。院中的石磨是母亲用来磨豆浆的,三年困难时期母亲想改善我们的生活,不知从哪里得来这个石磨,但实际没有磨出多少豆浆。这些东西,般般件件都有一个小故事。将来建成后的冯友兰故居,有他的内容在,有他的灵魂在。

我们还发现了一份完整的手稿《新理学答问》。纸已经变黄变脆,字迹却还可以看清。我决定将它送给国家图书馆。在那里已经有了《新世训》《新原人》的手稿,让它们一起迎接未来。

东西是一件一件陆续积累的,散去也不容易,我一批一批安排它们的去处。到现在已近一年,可以说才进尾声。在这段时间里,一切都进行得很自然,我没有一点感伤。一切事物聚到头,终究要散去的,散往各方,犹如天上的白云。

最有影响的是冯友兰的著作。近来,许多报刊都刊载了韩国总统朴槿惠的话,她说,在她处于生命的最低谷时,是中国哲学家冯友兰的《中国哲学史》像灯塔一样照亮了她的生活。西南联大校友吴大昌写信来,说他看到了二〇一二年出版的一本书《冯友兰论人生》,其中一篇文章《论悲观》是为他写的。一九三九年在昆明,他向冯先生请教人生问题,冯先生为回答他的问题写了这篇文章,他得到了帮助。他说:"我是一个受益的学生。我钦佩他的博学深思,也感谢他热心助人。"这都是中国哲学的力量。学中国哲学是一种受用。近年来,有一百多家出版社出版了冯友兰的著作。海外关于冯著的出版也从未断绝。《中国哲学简史》一九四八年问世以来,一直行销不衰。"贞元六书"中的《新原道》于一九四六年经英国人 Hughs 译成英文,名为《中国哲学之精神》在伦敦出版。我一直以为这本书没有能够再版。最近得到消息,这本书在这几十年间,一直有英、美数家出版社出版,隔几年便出一次,最近的一次在二〇〇五年。我非常惊异这本书的生命力,和冯著其他书一样,"文章自有命,不仗史笔垂。"它们勇敢地活着,把力量传播到四方,如同云在青天。

在这个世界上有很多不公道,但还是善良的人居多。对那些关心我、帮助我的人,我永远怀着感激之情。有些帮助是需要勇气的。从这里我看到人的高贵,一些小事也是历历在目。就燕园而言,北大校方对我时有照顾。还有那些不知名的人。地震期间,来帮助搭地震棚的学生和教师,他们走过这里便来帮忙。一次修房,需要把东西搬开,有一个班的学生来义务劳动,很是辛苦。就在我离开燕园的前几天,有人在信箱里放了一张复印件,那是一篇关于父亲的文章(《1948—1949 冯友兰再掌清华》)。放的人大概怕我没有看到。一切的好意我都知晓、领受,不能忘记。

一次从外面回来,下车时,一位中年人过来搀扶,原来是一位参观者。还有一位参观者从四川来,很想向冯先生的照片礼拜一番。当时我的原则是,室内不开放,只能在园内参观。不料,这位先生在甬路上下跪,恭敬地三叩首,然后离去。一位北大校友来信说,他在学校五年,没有到过燕南园。现在要回学校来,目的之一是看看"三松堂"。隔些时就有人来看望"三松堂",多年来一直是这样。这里仿佛有一个气场,在屋内的房间里,也在屋外的松竹间,充满着"蜡炬成灰泪始干"的执着和对文化的敬重,还有对生活的宽容和谅解。现在,这里将建为冯友兰故居,可以得到大家的亲近。希望这里能继续为来者提供少许的明白和润泽。

我离开了。我没有回头,也没有哭。

2013 年 2 月
原载《文汇报》2013 年 6 月 10 日

冷暖自知

冷暖自知
行走的人
痛读《思痛录》
耳读《朱自清日记》
耳读王蒙旧体诗
无尽意趣在"石头"
采访史湘云
漫说《红楼梦》
《我这九十年》序
紫藤萝瀑布
我的创作六十年

冷暖自知

近来常常奔走医院,在各种药物中,有两个中药方给我极深的印象。一个方子出自一位无名老中医之手,服药后颇觉轻快。另一方是位中年医生开的,服药后不大舒服。曾将后者给老人看,他笑笑说:"这方子意思是对的。"

于是联想到写文章。前者像一篇融会贯通、舒卷自如的文字,后者像一篇文法正确但是堆砌生硬的文字,效果就完全不同了。其实岂止写文章,读书、做学问,以至做人处世,各种事物间都要融会贯通,方臻上乘。只是要融会贯通,谈何容易!《神曲》中说:"我刚从天庭回来,那里有无数名贵美丽的珠宝,但没有人敢把它们带出,那美妙的歌声呵,若是自己没有双翼飞去倾听,只向来人探向消息,如同问着哑子。"

任何境界,都无法向来人探问消息。只好靠自己一点点去融会,一步步去贯通。真是如人饮水,冷暖自知了。

很想请老中医长期治疗,因他上"随意班",我没有时间精力去侦察,也就无缘得见。

希望明年始,多有些好缘分。

原载《文艺报》1985年8月17日

行走的人

——关于《关于罗丹——日记择抄》

曾对朋友说,若到巴黎去,一定得带上熊秉明著《关于罗丹——日记择抄》这本书(台湾雄狮图书公司出版),它能帮助理解罗丹,欣赏罗丹。

难道只是去巴黎时,看罗丹雕塑时,才需要这本书吗?其实不是的。在人生的行程中,若想活得明白,活得美些,都应读一读这本书。

许多书的归宿是废纸堆,略一浏览,便可弃去。部分书的归宿是书柜,其中知识,可以取用。有些书的归宿则在读者的灵魂中。这书便是那样,印在那里,化在那里,亮在那里。

书的封面上印着罗丹创作的铜像"行走的人",没有头,也没有双臂,却迈开大步,在行走。书中说,这是任何自然的阻力都抵挡不住的主体精神力量的显现。

  那一个奋然迈步的豪壮的姿态,好像给"走路"一个定义,把"走路"提升到象征人生的层次去,提升到"天行健"的哲学层次去。

  人果真有一个目标吗?怕并没有。不息地前去即是目的。全人类有一个目的吗?也许并没有。但全人类都巫巫地向前去,就是人类存在的意义。

这是作者一九四七年的日记。我没有见过那塑像,但已被这文字感染了,启发了。

书中有许多精辟的充满哲理的艺术见解,也讲到哲学和艺术的关系。"画一个苹果,若不能画出苹果以上的意义,那大可不必画。哲学不包含丰富的现实,也一样没有价值。"我注意到这一段话是在读小说后写的。那小说是德国黑塞的《纳齐思和戈德蒙》。

忽然记起有一位旅居海外的哲学家曾对我说,很羡慕你们写小说的人。何以呢?不明白。

一个有哲学头脑而又有艺术实践的人是有福的;一个沐浴在西方艺术之中而又曾为中国文化所"化"过的人更是有福的。书中谈到东西方艺术鉴赏的差别,谈到"人体的诗篇"、浪漫主义的主要观念等。深刻的睿智的见解仿佛很不经意地从笔端流出,让读者也觉得自己聪明了许多。

一九四九年和一九五〇年,作者两次记述了和朋友讨论回国问题。回不回去?他们处在人生的十字路口,各自做出抉择。一九五〇年初,他们曾有一次彻夜谈话,朋友们回国,作者因要继续学习,留在巴黎。在这一天日记后有一个"今注",是一九八二年的注:

三十年来的生活就仿佛是这一夜谈话的延续——当时不可知的,预感着的,期冀着的,都或已实现,或已幻灭,或者已成定局,有了揭晓。醒来了,此刻。抚今追昔,感到悚然与肃然。

曾有人把回来的和不回来的，不出去和出去的同一代人比作申生与重耳。果然那回来的艺术家经过不断沉痛忏悔，竟以为自己的绘画是浪费了纸张，自觉地满街捡马粪纸，以赎前愆。作者对朋友的同情是深厚的，他知道生活的分量，不像有些人只知一味责备别人的检讨。不过在揭晓之后，还有揭晓，又会有新的不可知，新的预感和期冀。

若无隽永的文字传达这些妙赏和深情，就不成为现在的"日记择抄"了。那文字是绝妙的，咀嚼三日而有余味。不知道作者怎样获得这样的文字功夫，毫不着力的功夫。照说他该有数学的天赋。

熊秉明，现任巴黎第三大学教授，是数学家熊庆来先生之子，也曾是清华子弟。少年时在清华西院，那荷塘的一侧居住过，云南是他的家乡。《择抄》中记了他对中国人——昆明人的面貌的怀念。"那面型我熟悉极了，那上面的起伏，是我从小徜徉游乐其间的山丘平野，我简直可以闭着眼睛在那里奔驰跳跃，而不至于跌仆。"

扯不断的乡思，把他从巴黎拉近了。世界在变小，因为，人在行走。

走向前去。向前去！

原载《人民日报》1989 年 1 月 26 日

痛读《思痛录》

在读《思痛录》的过程中,不时悲从中来。这是痛读的一层意思;另一层意思是,书中说了许多别人未必敢说的话,读了使人痛快。那十八层地狱里的日子谁也不能忘怀,可是勇敢地回忆它、正视它、思索它的人并不多。而眼前的这本书是这样做的。

新时期以前,除五十年代前期外,几十年的生活总结起来,就是批判和被批判,斗争和被斗争,阶级斗争年年讲、月月讲、天天讲。人们如同站在滚油锅边上,一句真话就可以掉进去。我在小说里发明了"心硬化"这个词。"心硬化"其实就是硬起心来说假话。"心硬化"未必是改造的目标,却是一部分结果。书中说:"参加革命之后,竟使我时时面临是否还要做一个正直的人的选择。这使我对于'革命'的伤心远过于为个人命运的伤心。"这段文字最使我震撼和痛心,人本来应该学"好",要正直,要真诚,可是在"革命"的名义下,这些都莫名其妙地划给了资产阶级。只要提到立场,话就可以有完全不同的说法。

五十年代末,我下放回来后,写了一篇小文章《第七瓶开水》,第一句话写道:"天下的母亲都是爱自己的儿子的。"自己再一看,暗叫不好,这分明是人性论,于是改掉了。改成什么样记不得了,但那一句"天下的母亲都是爱自己的儿子的"却还牢记不忘。可见无论怎样改,真事是改不掉的。"心硬化"已成为一种沉疴,不过,既然知道它是病,就会治愈。

君宜同志在"心硬化"的过程中经历较久,但她始终是一个正直的人,真诚的人。她说过假话,但她愧悔,她挣扎着要说真话。现在有些人并没有经过多少精神的折磨、心灵的摧残,为了自己的小小名利,挖空心思编造假话,我看这样的日子也不好过。《思痛录》不只记叙了过去的种种坏事,也像照妖镜一般,照出现在的一些丑恶面目。作为一个病人,写出这样勇敢、健康的文字,令人起敬。当然书里也有不够准确的地方。一个个人来看整个历史,必然或有所缺,但如果大家都能真诚地说出自己所能看到的,那就是一部真实的历史。

巴金老人在人们庆祝他九五华诞时,写下了三个字"讲真话"。这是老人始终关心的最大的事。能不能说真话,关系着我们的民族精神,或沉沦堕落,或健康发展。每念及此,心中像坠着一个大秤砣。唯愿有更多的人记住巴金老人的这三个字:讲真话。

挣扎着说真话,《思痛录》的可贵处就在这里。

1998 年 12 月
原载《文汇读书周报》1999 年 1 月 16 日

耳读《朱自清日记》

前两年写过一篇文章《乐书》，即读书之乐。其实我现在是读不了书的，只能听书，是曰耳读。耳读感受不到字形的美，偶然用放大镜看到几句文章真觉舒畅极了，只是这机会越来越少。因为同音字多，听力也不是很好，便要常常追问到底是什么字，费时费力，也只能大体知道个意思。但我幸亏还有这点听的本事，能有耳读之乐。

那大概已是前年的事了，仲为我读《朱自清日记》，从头到尾。日记从一九二四年七月二十八日开始，到一九四八年八月二日为止。记叙简略，一般是记下了书信、人际往来，自己做了什么事，读了什么书，间或也有感想。文字极平淡，读后掩卷之余，我们似乎觉得朱先生就在面前。

这是一本真正的日记——照日记本来的意思，都是为自己看的，不必给别人看。现在有些日记，在写时尤其在整理时都是想到有个读者在，若以为日记所记都是真实的，就未免太老实了（我本想说那就是大傻瓜）。《朱自清日记》是真正的日记。朱先生怕别人看，有一部分用英文和日文杂写，他绝没有想要通过日记来炫耀什么，或掩饰什么。而我们就从这些文字中看到了一个真正的人和一段真正的历史。

我曾有过这样的问题：朱先生这样怕别人看他的日记，事先还做了防备，现在出版他的日记是否违反本人的意愿。但我又想，能够提供一段珍贵的史料,朱先生可能是会同意的。

我们在日记中看到的是一个平凡的普通人。他常常借钱借米,他自谦得有时甚至有些自卑,总觉得自己的学术地位不如人。但是他勤奋、宽容,常常为别人着想。最使我感动的是闻一多先生殉难后,朱先生在成都讲演募捐,做了很多工作。那是需要勇气的,有些人避之唯恐不及。他本不是一个热心斗争的人,但是出于最普通的同情心,他要做他所能做的事情。一直到胃病很严重的时候,他仍勉力编撰《闻一多全集》。闻朱之交可能不像有些人以为的那样深,但是却达到了一种高致。我并不否认朱先生的觉悟、认识、热情,但总以为他的本性不是英雄人物。正是他作为一个平常人的朴素的感情,使得他的人格发出光辉。这种光辉也许不是很强烈,却能沁透人心。

日记多次记述了和冯友兰先生的交往,一九三三年二月十一日记载:"晚赴王了一宴……多一时俊彦。芝生述张荫麟所举柏拉图派主仆故事,谓共相不足恃,渠亦将举学童解'吾日三省吾身'之'吾'字故事以证共相之作用。又述辜鸿铭论'改良'及'法律'二词及陈独秀与梁漱溟照相事。又绍虞误认杨今甫为白崇禧事。皆隽永可喜。归金宅,转述芝生笑谈,殊无反应。殆环境既异,才能亦差也。"又一则日记,一九三五年二月二十八日,"对霍士休进行考试的口试委员会今天下午开会。进展颇顺利。冯友兰先生指出唐代以后大量传奇故事的渊源。唐代的传奇故事是霍的研究题目,而这正是他论文中的大弱点,但我们却没有发现。"

日记还记下了在某家遇好饭食,一口气吃了七个馒头。也曾告诫别人冯家的炸酱面虽好,切不可多吃,不然胀得难受。读来觉得朱先生真可爱。他的胃病持续了很多年。抗战中没有好的医疗条件,复员以后,似乎也没有认真地医治,也没有认真地休息。从最后几天日记中可以看到,他仍在读书写作,料理公事。日记忽然中断了。他再也不能写了。十天以后,他离去了。记得他去世前数日,父母到医院看望,也带着我。我站在母亲身后,朱先生低声问了一句:"你还写诗么?"我喏嚅着,不敢大声说话。他躺在那里,比平时更加瘦小,脸色几乎透明。那时我对死亡没有什么概念,只觉得父母亲的脸色都很严肃。五十多年过去了,我还记得那个院子和病榻上朱先生几乎透明的脸色。

一九四八年我到清华上学,那时常写一点小诗,都是偶感之类,不合潮流。一次曾随几个同学到朱先生家,同学们拿出自己的诗作请朱先生看,我也拿出一首凑热闹。朱先生认真看了,还说了几句话,可惜不记得说的什么了。

我上中学时,课本里有朱先生的文章,几十年以后的中学课本里还是有朱先生的文章。大家都记得《背影》《匆匆》,而且都会背:"燕子去了,有再来的时候;杨柳枯了,有再青的时候;桃花谢了,有再开的时候。但是,聪明的,你告诉我,我们的日子为什么一去不复返呢?"真的,我们的日子为什么一去不复返呢?这是我和我的同龄人常常发出的慨叹。一天,一位老友打电话,说他极想再读一读《匆匆》这篇文章,想着我这里总会有的,能否查一查。那时我查书比较方便,只需要和我的图书馆长仲说一声。文章找到了,我先在电话里念给老友听,念完了,我们都沉默了半晌。

时光如河水般地流去了,在荷塘月色中漫步的朱先生已化成一座塑像伫立在荷塘月色之中。老实说,现在经过修整的这座荷塘远不如旧时,那时颇有些荒凉的荷塘要自然得多,美得多。不过,朱先生的文字中凝聚着的美,那是朱先生的精魂,是不会改变的。

这部日记是朱先生之子乔森在化疗期间骑自行车送来的。读完全书,他已又住进医院。我说我要写一点感想,真写下来时,乔森已然作古。这一道门槛,是每个人都要跨越的。

朱先生并不需要我来为他添加什么,现在也不是某种纪念日。只因读过他的书和日记,我在心底升起一种情感,便写出来。

时间继续流逝,"去的尽管去了,来的尽管来着;去来的中间,又怎样地匆匆呢?"在这去来之间,在时间的匆匆里,有了多少变化,不能预防,不可改变。人,只有忍受。

聪明的,你告诉我,日子为什么一去不复返呢?

2002 年 5 月稿
2002 年 12 月改
2004 年 9 月重读
原载《人民日报》2004 年 9 月 9 日,
题为《耳读偶记——读〈朱自清日记〉》

耳读王蒙旧体诗

人皆知王蒙的文章好,较少人注意他的诗,其实王蒙不止能诗,旧体诗也写得好。他的写作几乎涉及了文学的全部体裁,各种体裁中都显示出自己的特色,旧体诗也是如此。

王蒙旧体诗数量不多,估计约百余首,但却给人一个相当完整的诗的世界,有历史、有地理、有感、有论,最主要的是有一个直抒胸臆的王蒙。开卷第一首《题画马》:"千里追风孰可匹,长途跋涉不觉劳。只因伯乐无从觅,化作神龙上九霄。"这时作者十岁,便有一个天马行空的架势。这种气势统领全书。以后的诗按年代排下来,反映了我们的各个时代。接下来便有这样的诗句:"脱胎换骨知匪戏,决心改造八千年!"记录了那时大家要改造的决心。记得那时大家常说小托尔斯泰的一句话,知识分子的改造是"在清水里泡三次,在血水里浴三次,在碱水里煮三次"。照我们的经验,就这样还是不能脱胎换骨,这是苦难的历程。有时我想起哪吒,挖肉剔骨和本阶级划清界限,从如来佛(马克思)那里讨得新生命。这种改造实在是人力很难达到的,所以需要"八千年"! 在新疆,作者有诗云:"家家列队歌航海,户户磨镰迎夏熟。"把政治运动和一片丰收景象连在一起,使人想得很多。而那两句"如麻往事何堪忆,化作伤心万里云",告诉我们很多没有写出的东西。

一九七九年以后,作者足迹遍及全世界。在诗中表现了各种山水的风貌,以及大自然的性灵。写天柱山的古风非常自然灵动,"天堕石为鼓,谁来播拍节?跃跃石如蛙,何处跳天阶?"好像各种大石都有了仙气。"惊恐迷知性,不知己何在。大雾已弥天,不知山何在。不知柱何在,不知路何在。在在如匪在,不知如不在。"读到这里已经感到禅意,后面直接点出了"或谓多禅意,万象皆心界",再看到注解,知道这座山和禅宗的关系。全诗一气呵成,如展开一幅长卷,各种画得出和画不出的怪石都在其中,又有很强的音乐性,读来气势磅礴,又不失一点神秘。想来天柱山也会同意作者的话,应一声:知我者,王子也。

他在诗中的地图领我们到了瑞士。指给我们看卓别林像:"悲情绞肺肝,妙趣喷鱼豆。铅泪动湖波,辛酸伫立瘦。"读此诗后我们常笑用喷鱼豆代替喷饭。又忽然想起陈寅恪在易卜生墓前的一句诗:"大锤碑下对斜阳。"易卜生墓碑上刻有大锤,是为了锤炼这个社会,还是为了铸造培尔·金特的那颗纽扣?后人哀前人,又不断增添着文化的色彩。

这本书中有十五页极有趣的文字,那便是《锦瑟重组三首》和《锦瑟的野狐禅》。我从少年时起,就极爱李商隐诗。因为从来读书不求其解,没有研究它们为什么这样美,这样迷人,只是喜欢读,喜欢背,却总是不懂。而就在这不懂中,化开了浓郁的诗意,让人有时不知身在何处。我因家中磕头碰脑都是书,对书既尊重爱惜又不怎么爱惜,甚至有些烦,因为书是要人伺候的,所以除家中图书馆外我自己的书很少,却有一部《李义山诗集笺注》总在陪伴我,虽然现在看不见,还时常翻一翻。编者姚培谦在凡例中说:"先释其辞,次释其意,欲疏通作者之隐奥不得。""至如锦瑟药转及无题诸什未知本意云何,前贤亦疑不能明。愚者取而解之,一时与会,所至不自量尔。"对《锦瑟》《药转》等诗的讨论也像对《红楼梦》的讨论一样从未停止过,以后也还会继续下去。这种讨论给人抬杠的机会,引发思考和想象,只要不钻进牛角尖爬不出来,总都是有益的。

在《锦瑟》凄迷的诗意里,果然有两个词最打中读者,"曰'无端',曰'惘然'。"以这两个词为诗眼,在众多讨论中最切近原意。几个重组中,七言、长短句都好,对联差一些,因为原诗中没有相当的数字。我现在也要淘气一番,补充一个自度曲的形式,不知是何模样:"沧海月明/无端珠泪悬/玉生烟/蓝田日暖/庄生梦迷/望帝心托/是蝴蝶还是杜鹃?//惘然/一弦一柱/追忆锦瑟华年/可待是五十弦。"本书中由《锦瑟》生发的关于诗的语言的一些议论也是很有趣的。

《山居杂咏》中有诗句从《锦瑟》化出:"君憾珠无泪,我悲句有烟。"其实整个诗集都可以看出文化传承的痕迹,不止表现了才高,也表现了丰富的学养。这一组很现实的似乎是只关于日常生活的诗,显出了作者的关心不只限于日常生活。如"方思痛定痛,更盼诚中诚","文心宜淡淡,法眼莫匆匆"等句,都有深厚的意味。

人说旧体诗老而不死,但不管怎样,它毕竟是老了,固定的字数,一定的体裁,多少限制着写诗人。但旧诗老了,王蒙却不老,诗中的汪洋恣肆,毫不拘束,还是天马行空的架势。人说东坡词是曲子缚不住者,王蒙旧诗也是旧诗的体裁缚不住的。这里的比喻是用的抽象比喻法,不以具体的诗相比。

这本书还有一个特点是配了许多幅极有童趣的画,我拿着放大镜看了几幅。封面上有"王诗谢画"的印章。作画人谢春彦并为序,说自己对王诗的爱好很真切。其实文化就是爱好者传下来的,他们是有功之人。画亦多抽象,一幅题为"潮涌心为海,风闲身作舟"的画,几条波浪上飘着一个葫芦,上坐一个小人,看了猛然一惊:是了,人可不是就坐在一个闷葫芦上。

2003年7月下旬
原载《解放日报》2003年10月21日,
题为《天马行空——耳读王蒙旧体诗》

无尽意趣在"石头"

——为王蒙《〈红楼梦〉启示录》写

王蒙在一次电话中以他一贯的调侃自嘲口吻说:请注意了,一颗红学新星正在冉冉升起。原来他自己正在研究《红楼梦》,已写成好几篇文章了。

随即在《读书》杂志上看到两篇:《蘑菇、甄宝玉与"我"的探求》《时间是多重的吗?》。展读之余,真有炎炎日午而瑶琴一曲来熏风之感。这的确是新星,不是因撰文者新涉足这一领域,而是因文章确有新意,是以前研究者没有写出,读者没有想到,或可说雪芹也没有意识到的。王蒙挖掘出来,给予细致的分析,并注入新的内容。其思想和笔调一样,汪洋恣肆,奔腾纸上。

笼统地说别人都未见识到,未免大胆。我是红学门外汉,极少阅读研究著作,和人谈论的机会也不多,不该妄言,还是只说自己为好。我从幼时读有护花主人评的《石头记》,常和兄弟比赛对回目、背诗词,当有人来借《红楼梦》时,却答以没有,因不知这一部书有两个名字。后来知道了,便发议论说,还是"石头记"这名字好,它点出了主人公的本来面目,包括降生在"花柳繁华地温柔富贵乡"以前的履历,"此系身前身后事。"而且这部书本身就是记在石头上的。也许有人要考证,高十二丈、见方二十四丈的大石头能记下多少文字,那就请便吧。王蒙也认为"石头记"的书名好,可谓虽不英雄而所见略同。从石头主人公,引出了一株草,引出了木石前盟的故事,使得宝黛的爱情更深挚更刻骨铭心。因为它是从前生带来的,是今生装不下的。套用"反面乌托邦"的说法,它是"反面宿命"的。深情与生俱来,却没有带月下老人的红线。石头有玉的一面,家族与社会都承认这一面。玉是要金来配的,与草木无缘。木和石乃情之结,石和玉表现了自我的矛盾和挣扎,玉和金又是理之必然,纠缠错结,形成红楼大悲剧。曾见一些评论,斥木石金玉等奇说为败笔,谓破坏了现实主义,实在不能同意。

关于绛珠仙草的想象,真是美妙极了。王蒙也是这样看的。它生长三生石畔,餐饭都不离"情",到人世的唯一目的便是还泪。脂砚斋有批云:"细思绛珠二字,岂非血泪乎?"从来多以花喻女子,用草喻女子的,除了这一株,一时还想不出别的来。花可见其色,即容颜,是外在的;草则见其态,即神韵,是内在的。这些比喻、想象和无稽之谈大大丰富了小说之所以为小说的道理。

我曾把幻境部分挑出来读,觉得特别有趣。只第一百一十六回"得通灵幻境悟仙缘"中的描写稍感凌乱。宝玉从此知道了众姊妹的寿夭穷通,渐渐醒悟。使我联想到有特异功能的不幸者,每日里见人的五脏六腑,未免煞风景。宝玉的参悟是生活使然。关于形而上的描写,应是若有若无,朦胧不清,若真像得了求签的结果似的,就索然无味了。

一切无稽之谈都来自无稽崖下的一块石头。有这块石头在读者心中坐镇,知道它从来处来,往去处去,人世间万种风光,不过转瞬即逝;和没有这块石头坐镇,只有现实的描写,给读者的印象必然大不相同。前者从已知看未知,便有种种遗憾,种种怅惘,种种无可奈何;后者从未知看未知,可能会减少这种气氛。当然书的成功在全部,不在这一局部,而石头之作用不可忽视。我很重视它,为它争"名",却从未想到它关系到一个至深的哲理问题:"我是谁?"

雪芹当时真想到这问题吗?那真是"太抽象太超前了"。但小说的具体内容给了人发掘的依据,高兴的是有人发掘了它。

《红楼梦》中的时间,是个老问题,不少人指出过。各人年纪只有个大概,姐妹兄弟四个字不过乱叫罢了。事件的顺序也只有个大概,是"一个散开的平面",不只是一条线或多条线。我一直以为雪芹不肯费心思排一排年代。排出年、月、日并不增加真实性,反不利于穿插其中的种种扑朔迷离的描写,反见其"板"。及读王氏"哨位"说,大觉畅快。可不是!那哨位是在大荒山无稽崖青埂峰下,大观园中的悲欢传递到那儿不知需要多少亿万光年。几天,几月,几年,几十年,又算得了什么!

书中还有许多问题,若从茫茫大荒彼岸的石头来看,可能都不值一提。贾府的排行很怪,姑娘们是两府一起排,哥儿们则不仅各府归各府,还各房排各房的。宝二爷上面有贾珠,琏二爷呢?那大爷何在?没有交代。贾赦袭了爵,正房却由贾政住着。荣国府的婚姻联结了史薛王成为四大豪门。宁国府在婚姻上好像很不动脑筋。秦可卿是一个小官从育婴堂抱来的。尤氏娘家也很不像样。作为警幻仙子之妹的秦可卿,其来历可能不好安排,所以就给她一个无来历,也未可知。别的一些是疏漏是不必顾及还是另有深意?

也许王著另外几篇会涉及一些具体问题,它们不像"我是谁"和时间多重那样富有哲理性,却也定有好论。《红楼梦》是一部挖掘不尽的书,随着时代的变迁,读者的更换,会产生新的内容,新的活力。它本身是无价之宝,又起着聚宝盆的作用,把种种睿思,各色深情都聚在周围,发出耀目的光辉。

近十年来,作家们写得很不少,够辛苦了。停下来做些研究或双管齐下,"作家学者化",是大好事。因为有独特的创作体验,读他人之作,可能总会有独特的感受见解。若不写下来,就太可惜了。

1990 年 1 月中旬

原载《读书》1990 年第 4 期

采访史湘云

且说这日宗璞闲来无事,出外胡乱行走。走过一个大门,迎面一座大假山,写着"曲径通幽"四个字,便知是大观园了,不觉走了进去。

循着幽径弯弯曲曲来到了芍药圃,见一女子卧于石上,满身的芍药花瓣。趋前观看,忽然悟到这是史湘云啊!正好史湘云睁开眼睛,见面前一个老婆婆鸡皮鹤发,站在那里摇摇晃晃,忙起身让座,一面自己低头拭泪。

宗璞笑问:"你是史大姑娘?一部红楼还未见你哭过,何事伤心?"

湘云叹息道:"我不说你也知道。"

宗璞道:"老来思维迟钝,还是你说吧。"因见湘云用的罗帕已经湿透,便递去纸巾。

史湘云道:"曹公在我的判词和红楼梦曲子里都写得清楚,'转眼吊斜晖,湘江水逝楚云飞。''云散高堂,水涸湘江。'就是说我回到册子中去了,怎么现在编出那么多离谱的事来。一个电视剧里说我后来做了妓女,你想我史湘云可是那等人,早一头碰死了。又一些人硬说后来我嫁给二哥哥,宝姐姐守寡是曹公早就安排好的,仔细读书就会知道。为什么'琉璃世界白雪红梅'一回里,大家都穿着大红猩猩毡斗篷,唯有珠大嫂子和宝姐姐一个穿藏青色,一个穿莲青色?这是说宝姐姐将来也要像大嫂子一样守寡。二哥哥早在宝姐姐去世前就出家去了,哪有我嫁他的时间? 再有一条更有人编排说:二哥哥其实是和我好。这把木石姻缘又放在何地,岂不叫林姐姐嫉恨我? 若真有这事我倒不怕,没有的事硬往人身上栽,岂不冤枉。"

宗璞道:"是呀,一部书中头等人物并不一定要处在头等地位,若是从上到下都是头等人物,这社会必然了不得。若是不管什么人物都要去占那头等地位,可就不得了了。"

湘云道:"你这话说得透。林姐姐来到这世间就是为了还泪,也有把这部书叫做'还泪记'的,我算老几。那天说了一句经济学问,二哥哥就轰我别的屋里去。他的心事书里交代得明白,怎么老拉扯上我?"

宗璞安慰道:"那是因为几位先生太爱这部书了,也太喜欢你了,就生出许多想法来,只是让你受委屈了。不要生他们的气,他们是好心。"

湘云道:"把我放在不属于我的位置上,真是窝囊。"

因觉得湘云的话有意思,宗璞拿出录音笔来,想做记录。

史湘云看着录音笔说:"当初我有个金麒麟,你这是什么呀?"

宗璞解释道:"用这东西做记录,我现在记性太坏了。"

史湘云说:"不知曹公怎样安排那金麒麟,是否让卫若兰射圃时捡到。卫若兰便是我的夫君,你听说过吗? '厮配个才貌仙郎,博得个地久天长。'可惜他命不长,先我而逝。"湘云说着又用纸巾拭泪。

宗璞道:"我还想到有人研究脂砚斋的批语,说脂砚斋是曹公续弦夫人,也就是你。"

史湘云忙道:"就算曹公有个续弦夫人和我有点像,也不能说我就是她啊。册子不是照尘世间发生过的事那样安排,小说归小说,曹公写的是小说,不是传记。你说是不是?"又说:"你既然写文章,拿着什么笔,就帮我宣传宣传。"

宗璞道:"那好,我也为你不平。说几句话纵然没有多少作用,也是说了。"

湘云道:"你回家吗?我看你走路不稳,我送送你吧。"

宗璞忙道:"不用不用。"说话间,一阵风过,芍药花瓣漫天飞舞,将史湘云遮住,她不见了。

宗璞叹息,自回到家。家中正乱成一片,人们进进出出,有的打电话,有的拿着呼叫器呼叫,见她回来,围上来问:"去哪里了?叫我们着急。"宗璞答不上来。被疑为患了老年痴呆症,得了一道禁令,以后不得独自出门。

原载《新民晚报》2010 年 6 月 17 日

漫说《红楼梦》

《红楼梦》是个永远的话题。我自七八岁起读《石头记》,抗战期间在昆明,和兄弟上学路上,我们一路走一路对回目,你说上联,我说下联。喜欢《红楼梦》的人,一辈子都喜欢。

那时我读的《红楼梦》,与现在的人民文学出版社一九八二年版不同,但忘记是什么本子了。人文版第三回"林黛玉抛父进京都",我读的本子,"抛父"作"别父"。"别父"是她不得不离开,"抛父"好像是她主动的,显得无情。第八回"比通灵金莺微露意,探宝钗黛玉半含酸",我读的本子是"贾宝玉奇缘识金锁,薛宝钗巧合认通灵",正式推出了金玉相会,我觉得这样比较好。第二十七回"滴翠亭杨妃戏彩蝶,埋香冢飞燕泣残红","杨妃""飞燕"的说法不好,"宝钗借扇机带双敲"一回中描写,宝玉把"杨妃"的比喻告诉宝钗,宝钗大怒。现在作者在回目里这样写,岂不要把宝姐姐气煞。玉环飞燕虽都是美人,却有不洁的传说,用来比喻闺阁女儿,太唐突了。我读的本子是"宝钗扑彩蝶""黛玉泣残红"。第五十六回的"实宝钗小惠全大体",我读的本子是"贤宝钗"。第四十二回的"潇湘子雅谑补余香","香"大概是错字,应是"补余音"。第三十九回刘姥姥讲的抽柴女孩"茗玉",应是"若玉"。第七十八回宝钗解释她出园去的原因,其中姨娘、姨妈混杂,似乎应该整理。

秦可卿的出身,我认为是个谜。她在书里是很重要的人物,简直是仕女班头,可是她是从养生堂抱来的。她的弟弟秦钟呢,又是秦业五十岁上亲生的。早先读的时候,我就对秦可卿的出身地位感到扑朔迷离。照刘心武的考证,她是废太子的女儿。这样说可以增加阅读的兴趣,好像也增加了了解,使得人物更丰富了,是否真实倒也不必考。

香菱也是个很重要的人物,她是第一个出现的女儿。她的原名"甄英莲(真应怜)",意思是"真应该可怜"。所以香菱的命应该是薄而又薄,才有代表性,她把所有的女儿的命都包括了。

我父亲冯友兰先生也很喜欢《红楼梦》。他认为《红楼梦》的语言特别好,三等仆妇说出话来都是耐人寻味的。念出来是可以听的。但是曹雪芹写王熙凤不识字,我觉得是一个缺陷。王熙凤自幼假充男儿教养,怎么能不识字呢?

还有一个地方也是不合适的。薛宝钗进京来是为选秀女,可她小的时候就有一个金锁,要"有玉的才嫁",那应该从小就知道贾宝玉有玉的事。为什么还来选秀女,还住在贾家,这有点矛盾。也许是薛家想着万一能选上秀女,前途就更光明了,就不把金玉良缘放在心上了?现在许多人对薛宝钗的印象好过林黛玉。我在哪里看见一句话,说是"我们虽然喜欢林黛玉,可是给儿子选媳妇还是选择薛宝钗"。其实《红楼梦》的好就在这里。一个是在世俗社会里头很圆满,一个是离经叛道、整个人都不合流。林黛玉代表了一种精神。人们喜欢黛玉是有原因的,在黛玉身上表现了觉醒的人格意识。某一回写到宝黛口角之后,黛玉说我为的是我的心,宝玉说我也为的是我的心,这在中国小说史上是头一次有这样的对话,他们有自己的心。所以这两个人物光辉万丈,他们的爱情又是在知己的基础上形成的,更是感人。

还有不少人喜欢探春。她有独立的精神,这在女子中是比较少见的。探春有政治家风度。林语堂在《凭心论高鹗》一文中戏言，程伟元应悬赏征求两篇文字，一是小红在狱神庙，一是卫若兰射圃，每篇一千美金。我建议还应再加一题：探春远嫁。多花一千美金。因为那是很值得写的。

冯紫英这个人物，我觉得像跑江湖的。卫若兰在前八十回没有现身，丢失的"卫若兰射圃"一定很好看。现在的描写只有喝酒看花，很少室外活动。想起《战争与和平》中描写的年轻人坐着雪橇到朋友家去，很畅快。"射圃"若不丢，就好了。也许他们在武事上已经退化了，但男孩子骑马、射箭还是要练的，不是贾兰还拿着小弓射鹿？可能是因为退化，所以描写少了。

《红楼梦》另外有个名字"石头记"，这个名字好，它点出了主人公的本来面目，包括降生在"花柳繁华地温柔富贵乡"以前的履历，"此系身前身后事。"而且这部书本身就是记在石头上的。也许有人要考证高十二丈、见方二十四丈的大石头能记下多少文字，那就请便吧。从石头主人公，引出了一株草，引出了木石前盟的故事，使得宝黛的爱情更深挚更刻骨铭心。因为它是从前生带来的，是今生装不下的。若套"反面乌托邦"（王蒙语）的说法，它是"反面宿命"的。深情与生俱来，却没有带月下老人的红线；石头有玉的一面，家族与社会都承认这一面；玉是要金来配的，与草木无缘；木和石乃情之结，石和玉表现了自我的矛盾和挣扎，玉和金又是理之必然。纠缠错结，形成红楼大悲剧。曾见一些评论，斥木石金玉等奇说为败笔，谓破坏了现实主义，我实在不能同意。

《红楼梦》里面讲，木石姻缘就是前生定的。雪芹写得非常明白，一个木石前缘，一个金玉良缘。世俗一方是要金玉的，可是宝黛的感情是前生带来的。这两条线非常清楚。林黛玉出场是多么隆重，完全表现了木石前缘的地位。高鹗在后面把这两条线抓得很紧，绝对没给弄乱。紧扣住这一根本设计从不偏离，是续书的最大成功处。

有人觉得"宝湘结合说"也能自圆其说:最后宝玉与湘云就是患难结合,那时已没有那么多浪漫主义了。我认为"宝湘说"有点画蛇添足的味道。宝玉对黛玉的爱情是非常真挚浓烈的:"你死了,我做和尚。"后来他果然是做和尚了。要再加个史湘云,就成了"四角",把宝玉的感情分去了。八七版电视剧写史湘云后来做了歌女,我认为不必。她的判词非常清楚:"云散高唐,水涸湘江。""湘江水逝楚云飞。"她就是死了嘛。"水逝云飞人何在。"所以她不见得能活得过宝钗。本来史湘云是很可爱的女子,没有必要把她拔高。而且在"诉肺腑心迷活宝玉"那一回,袭人说"听说姑娘大喜了",湘云已经许配了卫若兰。其上一回是"因麒麟伏白首双星",金麒麟与卫若兰有关,而非宝玉,这已说得很明白了。就算在现实生活里确实有史湘云的原型,她和曹雪芹后来结为夫妇,也不必照样写到小说里。小说就是小说,可以有自己的布局,不是曹雪芹传。读小说还是要读小说本身,研究小说是另外一回事,那就是做学问了。

贾宝玉最后离开家的时候,是辞别母亲,仰天大笑而去的。他走后王夫人和宝钗都"不觉流下泪来"。这都写得够好的了。李白诗"仰天大笑出门去,我辈岂是蓬蒿人",用来解释宝玉仰天大笑出门去,不大合适。宝玉本不是蓬蒿人,他去考试中举是为了安慰父母,以报亲恩,不是为了自己中功名;而出门别家的行为也和功名无关,而是永别了的意思。他要去出家是履行誓言,以酬知己。后面写他辞别父亲,又是那样一个动人景象。多有人批评宝玉出家前拜别父母是败笔,我却以为这是最近人情处——这就行了,这人就走了,我们再也看不见他了。他不会再从天上掉下来,"二进宫"的。

还有"宝钗早死"说,这说法不对。宝钗应该死在宝玉后面,她的命运一定是守寡。宝玉出家,就是进入了另外一个世界。有三段描写支持我的看法:一是第二十二回"制灯谜贾政悲谶语"中:宝钗作的诗谜最后一句是"恩爱夫妻不到终",谜底是竹夫人,想来是竹枕一类,冬天就用不着了,不得长久。这是我从前看的《红楼梦》里有的,我记得很清楚。人民文学出版社一九八二年的本子,这个诗谜没有了。这个本子里宝钗的诗谜是"更香",照注解说也是要守寡的意思,不过不如"恩爱夫妻不到终"直接。我看的那个本子"更香"这个诗谜是黛玉作的。二是"琉璃世界""白雪红梅"那一回,大家穿的外套都很好看,都是大红猩猩毡的,映着白雪一定很好看。唯有两人穿的不是红衣,一个李纨,一个宝钗。李纨穿的藏青色,宝钗穿的莲青色。李纨已经守寡了,这暗示宝钗将来也会守寡。这个我印象很深。还有第三点,就是她住的屋子,雪洞似的。贾母就给她收拾,拿点古玩摆一摆,还说年轻人不该这样。这都说明她将来要守寡的。我觉得这很明确,高鹗续也是对的。因为宝钗将要守寡,宝玉是不可能娶史湘云的。

紫鹃是个很完美的人物。她也是表现一种精神。护花主人评她"在臣为羁旅,在子为螟蛉",她对黛玉那么忠诚。写她也正是写黛玉。黛玉有这么好的丫头正说明黛玉的为人。但我不大喜欢晴雯,她对坠儿那么凶。晴雯是黛玉的影子,可黛玉是个小姐,所受的教育是不一样的,黛玉可以使小性子,但不能泼辣。《红楼梦》高就高在这儿,写女性地位不同的人物,非常准确,非常细致,非常活。

还有一个谜团人物是薛宝琴。对这个人物我有一些看法,她不只完美,而且还很显眼,宁国府除夕祭宗祠就是从她眼中写出来的。她初到荣府就被贾母看中,想要她做孙媳妇。可是她不属于红楼十二钗,也看不出她的性格。西方文学批评有一种说法,说文学中有两种人物,一种是圆柱人物(Round character),他们是复杂的、多面的、立体的;另一种是扁平人物(Flat character)他们是平面的、单一的。《红楼梦》中绝大部分人都是前者,而我觉得薛宝琴近似后者,近似一个扁平人物。《红楼梦》中有很多场景,如黛玉葬花、宝钗扑蝶、香菱学诗、龄官画蔷、湘云眠石,这些场景都是活生生的活动。湘云眠石本来是一个静的画面,可是她是醉后才在石头上睡着了,嘴里还嘟嘟哝哝说着什么,身上盖满了花瓣,这就显出她豪爽豁达的性格。睡着的人是活的。只有宝琴立雪不同,她好像定格在那儿,只是一幅画,看不出性格。黛玉葬花不能换成另外一个人去做这件事,因为这是从她的性格来的;湘云眠石也一样。可是宝琴立雪就不同了,换一个人也可以有这个场景。寿怡红群芳开夜宴,宝琴也去了,可是没有写明她抽到什么签,别的重要人物可以用花的个性表现人的个性,宝琴的个性不鲜明,也就不好给她派什么花。但若说对宝琴的描写是败笔,也不对,她是很美的,只是像个瓷娃娃。不知作者想借她表现什么。她和林黛玉的关系非常好,林黛玉把她当妹妹看,两人很亲近。这是从侧面写宝琴,是比较省事的写法,让人知道她大体上的倾向。有一个数学家写了不完整的后四十回,写到薛宝琴后来起义了,最后还嫁给了柳湘莲。

有一天我看见郁金香的花瓣落满了桌面,觉得很感动,立时想起玉兰花落。中国诗词关于落花的描写很多,很美。"林花谢了春红,太匆匆,无奈朝来寒雨晚来风",等等。但林黛玉的"葬花词"真是原创,从来没有人写过的。《红楼梦》后四十回没有什么诗词,怕是高鹗写不出来了。

有人注意到高鹗续里,有宝钗递给王熙凤烟袋的描写。我对此毫无印象,也许是我看的那个本子没有这个细节。若是宝钗、凤姐都咕噜咕噜抽起水烟来,岂不可笑!前八十回并无关于烟的描写,便是男士也没有抽烟的。所以这是高鹗的败笔。第一百一十六回"得通灵幻境悟仙缘"中的描写也稍感凌乱。宝玉从此知道了众姊妹的寿夭穷通,渐渐醒悟,使我联想到有特异功能的不幸者,每日里看见人的五脏六腑,未免煞风景。不过后四十回的主线是正确的。幸亏有了这后四十回,否则很难想象只有前八十回的《红楼梦》会是什么样子。《红楼梦》还有很多其他的续书,是绝对上不了台盘的,幸亏有了高鹗续。纵然他的才情差一点,但还是功大于过。这么伟大的一部作品,是高鹗给成全了。现在有些红学家研究十分细致,设想也到位。但总的来说,谁也代替不了高鹗。

说明:本文为《燕园谈红》(载《社会科学论坛》2010 年第 17 期)摘录

《我这九十年》序

任均老人是我母亲的幼妹,是我的六姨。她与大姨相差近三十岁,年纪和她的甥辈,我的长姊冯钟琏、表姐孙维世相仿。父母亲去世以后,亲友渐稀,有三家老亲时常来往,给我关心和温暖,照我的称呼,他们是七姑、七姑父(冯纕兰、张岱年),六姨、六姨父(任均、王一达),三姐、又之兄(冯钟芸、任继愈)。本世纪最初的十年间,他们一个一个离开了这个世界,只剩六姨一人,她现在是唯一的比我年长的长辈。每个人的离开仿佛都带走了一条连接历史的线索,关闭了一条通往历史的道路。六姨健在,自然应该写下她的记忆,何况她的记忆是那样不平凡。

外祖父任芝铭公是清末举人、老同盟会会员,为辛亥革命出力甚多,晚年思想进步倾向延安。他的思想从不停滞,能够清醒地对待现实。三年困难时期,外祖父一次来京,那时他已是差不多九十岁了,他对我说,"河南饿死了很多人,很多很多人,我是要说的。"他忧形于色,衰老的面容至今在我眼前。他确实说了,写信面谈他都做了,只不知起了多少作用。

六姨是由外祖父亲自送往延安参加革命的。上世纪四十年代末,六姨和六姨父全家从解放区来到北平,住在我家——清华园乙所。那时的人们对"解放"充满了憧憬,并有一种神圣的感觉。清华园中许多人都知道我家里住着延安来的亲戚。梁思成先生特来我家造访,询问毛主席喜欢住什么样的房子,也许他是想造一座。那时的人们是非常天真的。

五十年代末,六姨夫妇转到外交部工作,被派往我国驻保加利亚使馆。表弟表妹们都还小,住寄宿学校,一到放假都住在我家。那时家里还有我的三个外甥女,一大群孩子,十分热闹。大表弟乳名坦坦,一九四三年在延安出生,是冯牧告诉我这名字的意义。一转眼坦坦已是近七十岁的老人了,这期间我们又经过了多少坦白交代。

随着年龄的增长,六姨的面容越来越像我亲爱的母亲,这几年六姨的年龄已经超过了母亲。我每次见到六姨都有不同程度的感动,隔些时不见就会想念。而母亲无论怎样想念也见不到了。

这几年,我常感常识的重要。多年来,我们矫情悖理,做了多少荒唐事,现在总算明白了些,做事不能违背常识。六姨不是思想型的人,她久经锻炼,仍保持常识,不失常情常理,实可珍贵。

在革命之外,她在家庭方面很成功。六姨父曾说,他们这一家全靠六姨支撑,他的感愧之情,难用言语表达。儿女都很孝顺,最难得的是儿女的配偶也都孝顺,不能不让人称羡。

一本回忆录,除了内容以外,也要依靠写作的能力,如文笔、剪裁结构等。《我这九十年》撰写人我的表弟王克明,他是担得起这项重任的。

去年表弟表妹们为六姨做九十岁大寿,能有机会为父母做九十大寿是子女的福气。延安食府的墙壁上贴着当时延安的照片,其中就有六姨。可惜去年一年我都在辗转住医院,未能前往,我想有许多不到场的祝愿欢喜都飞到了那里。

六姨一家议决由我为《我这九十年》作序,我虽久病却不能辞,况且话都是多年来积在嘴边上的,不必搜索枯肠。拉杂写来,是为序。

2010 年 3 月
原载《文汇报》2010 年 4 月 19 日

紫藤萝瀑布

我不由得停住了脚步。

从未见过开得这样盛的藤萝,只见一片辉煌的淡紫色,像一条瀑布,从空中垂下,不见其发端,也不见其终极,只是深深浅浅的紫,仿佛在流动,在欢笑,在不停地生长。紫色的大条幅上,泛着点点银光,就像迸溅的水花。仔细看时,才知那是每一朵紫花中的最浅淡的部分,在和阳光互相挑逗。

这里春红已谢,没有赏花的人群,也没有蜂围蝶阵。有的就是这一树闪光的、盛开的藤萝。花朵儿一串挨着一串,一朵接着一朵,彼此推着挤着,好不活泼热闹!

"我在开花!"它们在笑。

"我在开花!"它们嚷嚷。

每一穗花都是上面的盛开、下面的待放。颜色便上浅下深,好像那紫色沉淀下来了,沉淀在最嫩最小的花苞里。每一朵盛开的花像是一个张满了的小小的帆,帆下带着尖底的舱,船舱鼓鼓的;又像一个忍俊不禁的笑容,就要绽开似的。那里装的是什么仙露琼浆?我凑上去,想摘一朵。

但是我没有摘。我没有摘花的习惯。我只是伫立凝望,觉得这一条紫藤萝瀑布不只在我眼前,也在我心上缓缓流过。流着流着,它带走了这些时一直压在我心上的焦虑和悲痛,那是关于生死谜、手足情的。我浸在这繁密的花朵的光辉中,别的一切暂时都不存在,有的只是精神的宁静和生的喜悦。

　　这里除了光彩,还有淡淡的芳香,香气似乎也是浅紫色的,梦幻一般轻轻地笼罩着我。忽然记起十多年前家门外也曾有过一大株紫藤萝,它依傍着一株枯槐,爬得很高,但花朵从来都稀落,东一穗西一串伶仃地挂在树梢,好像在察言观色,试探什么,后来索性连那稀零的花串也没有了。园中别的紫藤花架也都拆掉,改种了果树。那时的说法是,花和生活腐化有什么必然关系。我曾遗憾地想:这里再看不见藤萝花了。

　　过了这么多年,藤萝又开花了,而且开得这样盛,这样密,紫色的瀑布遮住了粗壮的盘虬卧龙般的枝干,不断地流着,流着,流向人的心底。

　　花和人都会遇到各种各样的不幸,但是生命的长河是无止境的。我抚摸了一下那小小的紫色的花舱,那里满装生命的酒酿,它张满了帆,在这闪光的花的河流上航行。它是万花中的一朵,也正是由每一个一朵,组成了万花灿烂的流动的瀑布。

　　在这浅紫色的光辉和浅紫色的芳香中,我不觉加快了脚步。

1982年5月6日

原载《福建文学》1982年第7期

我的创作六十年

看到这么多朋友光临这个会,听到大家十分温暖的讲话,我心里充满了感激。我的一首词中有两句"托破钵,随缘走",我觉得自己就像托破钵化缘的僧人。我的写作是生活给予的,是社会给予的。我在平常的生活里更是得到很多的、具体的帮助,在座的朋友们几乎没有不给过我帮助的。怎么能不感觉到温暖,怎么能不心怀感激呢。

说到创作六十年,我深感惭愧。从一九四七年,我发表第一篇作品《A. K. C.》那时是十九岁,今年我七十九岁,算是六十年了。《A. K. C.》发表在天津《大公报》,后来又接着写了几首短诗,再后来就停顿了。一九五七年发表《红豆》以后,和大家一样,有一段长时期的搁笔,算了一下,是十四年。我曾经有一首小诗,第一句就是"钝笔尘封十四年"。在以后的时间里,也是断断续续,要关心的事情太多,很少集中精力写作。所以说创作六十年,实在是非常惭愧,实际说起来充其量也就是二十年吧,也许是十几年。我曾称自己为四余居士,因为居士不出家,始终保持业余身份,业余的佛门弟子,那么我是业余作者,正好用居士这个称号。四余者,运动之余,工作之余,家务之余,和病魔做斗争之余。在这些"余"中,写了这些作品,也实在是很努力了。我的姑母冯沅君,有一部书,称为《四余诗稿》,也很惭愧,我从来没有见过这本书。我真想起姑母于地下,问一问她的四余是哪四余。据说老年人分几个层次,有年轻的老年人,真正的老年人。现在我已进入耄耋之年,成为真正的老年人。这一阶段可以说是人生的"余"了,我现在应该称为"五余"居士了。

我收到一封读者来信,是两个年轻人写的。他们说等着看《西征记》《北归记》等得不耐烦了,他们要我"加油！加油！！！",加油后面打了三个惊叹号。老实说,这油也剩得不多,不过我会努力写,以稍减惭愧之情。

元遗山论诗,有两句话,"诚乃诗之本,雅为诗之品。"这好像是郭绍虞先生总结出来的遗山的意思,不是原话。诚、雅两字,是我一贯的创作追求。许多朋友有很好的阐述。我想,诚就是说真话。也可以说是思想性。从良知开始到具有思想性,有很长的路。雅,就是艺术性。这个雅并不和俗相对。说真话有好几层,一个是勇气,一个是认识,认识有高下。能认识了,要有勇气说出来。我非常喜欢英国作家哈代,他在《苔丝》第一版弁言中引了圣徒圣捷露姆的话:"如果为了真理开罪于人,那么,宁可开罪于人,也强似埋没真理。"这很有勇气。可是勇气又分两个方面,一个是对外界来说,宁可开罪于人,也要坚持真理;一个是对自己来说,有的时候,没有勇气去看事物的深层;有的时候是看到了又不愿写,不忍写。读伟大作品时,有时有一种感觉,作者对自己很残忍。这是高尚的残忍。

王国维说,能够"感自己之所感,言自己之所言",才能写出伟大的文学。言自己之所言,就是宁愿开罪于人,而不可埋没真理;感自己之所感,就是对事物、对生活,要有自己的看法,独立的见识,这是人格的力量。静安认为宋代以下,有些人能够做到"言自己之所言"而也能做到"感自己之所感"的只有东坡一人。又说屈子、渊明、子美、子瞻都因为有极高的人格,才有极高的作品。如果他们没有文学天才,就人格而说也"自足千古"。没有相应的人格,写不出好作品,这是永远不会改变的。对于文学高峰,我只能心向往之,以为榜样,要想靠近是不自量了。

　　创作的道路很长,攀登不易,人生的路却常嫌其短,很容易便到了野百合花的尽头。我只能"托破钵,随缘走"。我的破钵常常是满满的,装的是大家的关心和爱护。我再次感谢大家。感谢人民文学出版社、外文所举办,现代文学馆、作家出版社协办的这次盛会。

　　我的大学毕业论文写的是哈代的诗。几年前,清华大学图书馆一位馆员热心地找到了我的论文,保存得那么好,它让我又想起哈代的诗。最后我来念一首,题目是"路",卞之琳翻译。

> 我的面前是平原,
> 平原上是路。
> 看,多辽阔的田野,
> 多辽远的路!
>
> 经过了一个山头,
> 又来一个,路
> 爬前去,想再没有
> 山头来挡路?
>
> 经过了第二个,啊!
> 又是一个,路
> 还得要向前方爬——
> 细的白的路?
>
> 再爬青天不准许,

又拦不住,路
又从山背转下去,
看,永远是路!

2007年11月2日